REBECCA SCHULZ

Die Möwen von Fehmarn

AF188756

Rebecca Schulz

Die Möwen von Fehmarn

Kampf um den Südstrand

Band II

Möwenkrimi

Bibliografische Information der Deutschen Nationalbibliothek:
Die Deutsche Nationalbibliothek verzeichnet diese Publikation in der
Deutschen Nationalbibliografie; detaillierte bibliografische Daten sind im
Internet über http://dnb.dnb.de abrufbar.

Deutsche Erstausgabe April 2023
©Rebecca Schulz
c/o Yachttechnik auf Fehmarn
Grüner Weg 57, 23769 Fehmarn
(www.rebecca-schulz.de)

Lektorat: Carina Rogaschewski (www.wortverzierer.de)
Korrektorat: Smilla Felgemacher (www.wortverzierer.de)
Umschlaggestaltung: Andrea Baitz (www.andrea-baitz.de)

Herstellung und Verlag: BoD – Books on Demand,
Norderstedt

ISBN: 9783744854320

Für Wolle.

Liebe Leserinnen und Leser,

schön, dass wir uns gefunden haben!
Wenn ihr mögt, hinterlasst mir gern eine
Rezension auf dem Portal eurer Wahl und besucht
mich auf:

www.rebecca-schulz.de
E-Mail: moin@rebecca-schulz.de
Instagram: on_an_island_like_this
Facebook-Seite: Rebecca Schulz
YouTube: Fehmarn-Roadtrips

Viel Vergnügen mit den Möwen!

~Mattis~

In guten wie in schlechten Zeiten

- Appartementhaus Strandburg. Südstrand -

Der Strandläufer schrie, als ginge es um Leben und Tod. Seine Finger krallten sich in das orange-weiße Papier der Brötchentüte, mit der freien Hand schlug der Mann nach Pit und Fiete. Die beiden Möwen attackierten ihn gleichzeitig von zwei Seiten, flatterten wild mit den Flügeln, während sie ihn wie Wirbelwinde umkreisten und taktisch verwirrten.

Mattis hockte hinter einem Hagebuttenstrauch auf der Düne, die an die Promenade grenzte. Er wusste, dass das *Doppelte Lottchen* stets zum Ziel führte. Die frischen, weichen Brötchen würden gleich den *Wilden* gehören, trotzdem bangte er um die Unversehrtheit seiner Freunde.

Je länger Mattis das *Mensch ärgere dich* vor dem Appartementhaus *Strandburg* verfolgte, desto mehr wuchs sein Mitleid mit dem Strandläufer; die Wangen puterrot, der zornige Mund empört aufgerissen, Spucke flog in weitem Bogen daraus hervor. Er war Pit und Fiete restlos ausgeliefert. Sie hatten das *Doppelte Lottchen* vom alten Jupp derart perfektioniert, dass die Hand des Mannes immer in die Luft griff anstatt ihre Federn und Schnäbel zu packen. Diese Mittagsbrötchen der Bäckerei *Börke* würden seine Familie nicht mehr erreichen.

Für eine bessere Sicht auf die Promenade schob Mattis einen dornigen Zweig aus dem Weg. Ein paar Schwalben, sie trugen elegante Gefieder, als würden sie auf einen Ball gehen wollen, hüpften auf den Geländern der Balkone herum. Das Schauspiel vor ihnen würdigten sie mit lautem Gepfeife. Ihnen gegenüber auf der Silberlinde saß Berti wie ein übermütiger Jungvogel. Seine aufgeschwemmte Leibesmitte wackelte, während er jubelnd die schwarzen Flügel ausbreitete. Seinen hellgelben Schnabel mit rotem Gonysfleck öffnete er ebenso weit wie der Strandläufer den wütenden Mund.

Anders als Berti verfolgte Haui neben der Mantelmöwe das Geschehen, als sähe er einer erbitterten Schlacht zu. Den rötlichbraunen Schnabel zusammengepresst, mit seinem linken (dem guten) Auge verfolgte er Fiete und Pit ähnlich einem Greifvogel kurz vor dem Angriff.

Die Zwergmöwe derart aufgewühlt und grantig zu sehen, versetzte Mattis einen Stich in die gefiederte Brust. So sehr er es sich auch wünschte, er war nicht in der Lage, Hauis schlechte Laune zu ändern.

»Vorsicht, Kleiner!«, krächzte Berti, wobei er aufgeregt mit den Flügeln wedelte. »Pit, mehr nach links. Achtung! Schnapp dir die Tüte! Schnapp dir die verdammte Tüte!«

Gesagt, getan.

8

Langfeder Pit grub den roten Schnabel in die Brötchentüte, warf den schwarzbraunen Kopf ruckartig zurück, zerrte am Papier und schwang die hellgrauen Flügel, um an Höhe zu gewinnen. Fiete flog dem Strandläufer ins unrasierte Gesicht, das mittlerweile wie eine Straßenlaterne glühte. Mit beiden graubraunen Flügeln schlug er dem Brötchenhalter gekonnt auf die Wangen.

Links, rechts, links, rechts, wieder und wieder.

Mattis biss den Schnabel zusammen, betete zum großen Njörd, dass Fiete nichts geschah.

Wie ein tollwütig gewordener Bär brüllte der Strandläufer, notgedrungen gab er die Tüte frei und schnappte nach der jungen Silbermöwe. Um eine Feder hätte er Fiete beinahe geschnappt. Er entwischte jedoch den gierigen Händen des Mannes und stieg in die Höhe, während Pit die Brötchen kaperte. Nur mit Mühe hielt er die schwere Papiertüte im Schnabel. Je länger Mattis seinem Freund bei dem Brötchentütentanz zusah, desto mehr drohte sein Herz aus dem Gefieder zu springen.

Der Strandläufer packte nach Pit, hatte ihn fast erwischt, da sank die kleine Lachmöwe mit der Beute geschwind in Deckung. Pit setzte auf den warmen Steinen der Promenade auf, nur um sich kraftvoll abzustoßen und davonzufliegen.

Hörbar atmete Mattis auf.

Unversehrt folgte Pit der jungen Silbermöwe über das rote Dach der *Strandburg* in Richtung Parkplatz, um die Brötchen auf ihrem Schlafast auf der alten Eiche zu deponieren.

Was für ein Schaukampf. Ein *Mensch ärgere dich* wie Mattis es lange nicht mehr gesehen hatte. Selbst auf der überfüllten Promenade hatte es sich gestaut. Mit ihren Smartphones und gaffenden Blicken standen die Strandläufer beieinander, staunten, lachten, zeigten mit Fingern.

Vor sich hin zeternd stapfte der Beraubte zurück in die Bäckerei. Bei diesem Anblick sackte selbst Berti wie ein Häufchen Federn auf dem Ast zusammen.

»Das war knapp.« Die Mantelmöwe schnaufte, als wäre sie selbst beim *Doppelten Lottchen* mitgeflogen. »Hast du das gesehen, Haui? Unsere Langfeder und den Kleinen kann niemand aufhalten.«

Was Haui aus dem zusammengebissenen Schnabel hervorstieß, bekam Mattis nicht mit. Es konnte jedoch nichts Gutes sein, so wie Bertis weißes Gesicht sich verfinsterte. Die Mantelmöwe baute sich vor der kleinen Zwergmöwe auf, als gäbe es gleich einen deftigen Zweikampf.

»Wiederhole das, wenn du dich traust!«

Haui schwieg. Ein Schweigen, bei dem Mattis mit jedem Augenblick regelrecht zusammenschrumpfte, denn er ahnte, was in seinem Freund vorging. Auf einmal kam ihm sein Hagebuttenstrauch wie ein stacheliges Gefängnis vor. Äste als Gitter, Dornen für die spitzen Schnäbel der Wärter, die ihn gnadenlos triezten. Ein dunkler, kalter Ort auf der Düne, obwohl die Mittagssonne am wolkenfreien Himmel über ihm brannte.

Erst als Fiete und Pit sich neben Berti auf dem Ast der Silberlinde niederließen, traute Mattis sich, zu den *Wilden* hinaufzuspähen. Berti begrüßte sie, als hätte er sie tagelang nicht gesehen.

»Ich habe gewusst, dass das passiert«, fluchte Haui dazwischen.

Mattis strengte sich an, um kein Wort zu verpassen. Immer mehr Strandläufer strömten auf die Promenade, um an den Sandstrand zu gelangen und in die Ostsee zu springen. Zwei Kinder kreischten lauter als Alina von den *Seidenfedern*. Sie rannten um den grünen

Bollerwagen ihrer Eltern herum und spielten fangen, als gehöre der Südstrand nur ihnen. Mattis kniff die schwefelgelben Augen zusammen und konzentrierte sich auf das Gespräch zwischen den *Wilden*.

»Was meinst du, Haui?« Fiete strahlte über das graubraune Gesicht, da Berti ihm anerkennend auf den Rücken klopfte.

»Hört nicht auf die missgestimmte Miesmuschel. Haui will über Mattis herziehen. Lasst uns lieber zur Eiche fliegen und die Brötchen vernaschen.«

Pit kratzte sich am breiten Bürzel. »Du bist auf Diät, Fridbert. Du selbst hast mir verboten, dir die butterweichen, überaus leckeren, vorzüglich duft—«

»Nenn mich nicht so!«, schimpfte Berti. »Fridbert heißt mein Vater. Hätte ich mit der dämlichen Diät bloß nicht angefangen.«

»Du hast so lange durchgehalten«, munterte Fiete ihn auf.

»Nicht mal zwei Tage«, korrigierte Pit. Im selben Moment duckte er sich, um Bertis Flügelschwinger auszuweichen, der knapp über seinen schwarzbraunen Kopf hinwegzischte. »Aber Stimmungsschwankungen hast du wie bei einer Dauerdiät.«

»Was soll ich machen? Mein Herz schmerzt, mein Bauch macht Geräusche, als fräße er die anderen Organe. Ständig habe ich Hunger – auch jetzt. Ich könnte euch alle gleichzeitig fressen.« Suchend sah Berti sich um. »Ich muss ... Ich brauche ... Dort!«

Kopfüber stürzte er vom Ast der Silberlinde und steuerte auf eine Mülltonne am Strandeingang zu, deren Deckel offenstand. Die Tonne verschluckte ihn, als wäre er ihr Mittagessen und nicht andersherum. Plastik- und Papiermüll flogen aus der Öffnung, bis Berti glücklich aufschrie.

»Ich habe gewusst, dass das passiert!« Haui wirkte verstörter als vorher, was Mattis nicht für möglich gehalten hätte. »Ich habe gewusst, dass wir ihn verlieren, wenn er zu den Ältesten geht.«

»Hast du nicht.« Pit hüpfte neben ihn und knuffte seinen Freund in den Flügel. Haui bewegte sich nicht, sondern starrte ins Leere. »Niemand hätte das voraussehen können, nicht einmal der alte Jupp. Und der hat sogar die Morde an den Hybriden vorausgesagt, wenn man den Worten von Kumpel Fasan glauben mag.«

Haui kehrte Pit den Rücken zu und schaute in Richtung Burgtiefe, wobei er die Flügel lüftete.

»Wo willst du hin?« Pit rückte näher an ihn heran.

»Das geht dich nichts an.« Ruppig drängte Haui die Lachmöwe zurück an ihren Platz. »Und rück mir nicht auf die Federn. Du riechst nach Strandläufer.«

»Willst du wieder zu Lutger fliegen?«

Haui schwieg, dabei fixierte er Pit wie einen Feind, der ihm die Federn rupfen wollte.

»Tu das nicht.« Pit hob einen hellgrauen Flügel und deutete in Richtung des Yachthafens. »Der Kormoran saugt dir jegliche Freude aus. Jedes Mal, wenn du zurückkommst, geht es dir schlechter als vorher. Der Vogel ist nicht gut für dich. Wir sind deine Freunde, Haui, nicht der Auftragsmörder.«

Mit dem Flügel stieß Haui Pit weiter nach hinten, beinahe wäre dieser über Fiete gestolpert, doch die junge Silbermöwe fing ihn auf.

»Was ich mache und mit wem ich mich treffe, geht dich nichts an, Langfeder. Niemanden von euch!«

»Bitte nicht streiten!«, flehte Fiete hinter Pit. Zögerlich nahm die junge Silbermöwe von beiden Abstand, bis sie mit dem Bürzel an den Stamm der Silberlinde stieß.

»Ich streite, mit wem ich will, Kleiner. Du hast mir nichts zu befehlen. Du bist nicht der neue Mattis.«

»Jetzt hack nicht auf Fiete herum! Er hat dir nichts getan. Wir alle haben dir rein gar nichts getan.« Pit streckte Haui den schwarzbraunen Kopf entgegen.

Wollte er Fiete beschützen oder Haui angreifen? Mattis hielt den Atem an und rang mit sich, ob er dazwischenfliegen und ihren Streit schlichten oder in seinem Versteck bleiben sollte.

Diese ganze Situation war absoluter Irrsinn.

Er durfte nicht mit den *Wilden* gesehen werden, so lautete der Befehl des Ältestenrats. Außerdem, je länger er darüber nachdachte, war es wohl keine gute Idee, sich jetzt zwischen Haui und Pit zu drängen, die ihm womöglich beide auf einmal die Köpfe ins Gefieder stoßen würden, um ihm eine Lektion zu erteilen.

»Drohst du mir etwa?« Gefährlich senkte Haui den Kopf und richtete ihn wie die Mündung einer Waffe auf Pit.

»Haui, bitte«, beschwor Pit seinen Freund. »Nicht jeder will sich mit dir prügeln! Wir sorgen uns um dich. Du bist unser Freund.«

»Freunde für immer«, fügte Fiete mit piepsiger Stimme hinzu.

Mattis' Kehle war so trocken wie jedes einzelne Sandkorn am Strand. Zerfressen von Schuldgefühlen saß er da, den dicken Kloß, der sich in seiner Kehle anbahnte, würgte er mit aller Kraft hinunter.

Freunde für immer. Er selbst hatte diese Worte zu Fiete gesprochen, als er ihn bei den *Wilden* aufgenommen hatte. Als die Welt am Südstrand von Fehmarn noch in Ordnung gewesen war. Damals, ehe er die erste von Lutgers Möwenleichen entdeckt hatte. Bevor sein Vater gestorben und er selbst in den Ältestenrat eingetreten war, um einen Haufen sturer Möwen ins 21. Jahrhundert zu lenken. In eine Welt, in der Hybriden und reinrassige Möwen miteinander leben und einander lieben durften, ohne vom Rat oder einer anderen Möwe dafür verurteilt zu werden.

Beim großen Njörd! Wie naiv er gewesen war. Alles hatte sich anders entwickelt als geplant. Jetzt hockte er allein auf der Düne und wahrte den Abstand zu den *Wilden*, um nicht gegen die Anweisung des Rats zu verstoßen.

Freunde für immer. Drei gewichtige Worte, die Mattis' Herz in Brand steckten, während er die *Wilden* weiter beobachtete.

Haui fächerte die hellgrauen Flügel weit auf und fiel von der Silberlinde. Er glitt über die grüne Wiese neben dem Appartementhaus, um am *Harem* vorbei bis zur alten Schlafeiche zu fliegen. Ehe er den Baum erreichte, schlug er die Schwingen, zog hoch und brauste über den Wipfel davon.

Sein Freund war fort und hinterließ eine seltsame Stille auf der Silberlinde. Fiete lehnte mit gesenktem Kopf am Baumstamm, Pit stand in der Mitte des Astes und starrte Haui hinterher. Nur Berti hing nach wie vor kopfüber in der Mülltonne, kramte nach etwas Essbarem, das seinen Hunger nach frischen Brötchen dämpfte.

»Sie werden es überstehen«, murmelte Mattis zu sich selbst, um sein schlechtes Gewissen zu bändigen. »Die *Wilden* überstehen alles.«

Die Nachmittagssonne brannte Mattis auf dem Gefieder, Hitze brachte seinen aufgewühlten Kopf beinahe zum Platzen. Im Schutze des Hagebuttenstrauchs kroch er über die Düne und schlich im Sand zur Promenade. Jedes einzelne Korn bemerkte er unter den Schwimmfüßen, als spaziere er auf glühend heißen Kohlen.

Pit und Fiete hatten sich zu Berti gesellt und halfen ihm aus der Tonne, als Mattis den Strandeingang hinter ihnen passierte. Hektisch huschte sein Blick über die Pflastersteine. Obwohl niemand ihn zu bemerken schien, quälte Mattis das dumpfe Gefühl, beobachtet zu werden.

Geschwind zog er den Kopf ein, lief zwischen den Beinen der Strandläufer hindurch, um sich hinter den langen Halmen des Strandhafers auf der anliegenden Düne zu verstecken. Einfach auf den Sandberg zu fliegen, für jedermann sichtbar, wäre zu riskant gewesen. Niemand durfte wissen, dass er sich am Südstrand aufhielt.

Schritt für Schritt schlich Mattis voran. Er zwängte sich durch die störrischen Ähren hindurch, bis er die Mitte der Düne erreicht hatte, dort, wo an Pfingsten die erste Leiche von Lutger aufgetaucht war.

Wie eine Ewigkeit kam es ihm vor, dass er mit den *Wilden* den Mörder vom Südstrand gejagt hatte und sein Vater gestorben war. Der grauenhafte Anblick der Möwenleichen hatte sich in seine Netzhaut gefräst wie die Muschelabdrücke in die Sohlen seiner platten Schwimmfüße.

Mattis kniff die Lider zusammen, um die Erinnerungen an die malträtierten Möwenkörper – Lutgers sogenannte *Kunstwerke* – zu verdrängen.

Sein Ziel war der Strandkorb mit der Nummer 13, der, auf dem die *Seidenfedern* jede Nacht schliefen.

Hinter einem besonders üppigen Büschel Strandhafer fand er den perfekten Sichtschutz. Mit einem seiner silbergrauen Flügel schob er ein paar Halme zur Seite, um besser auf den Strand zu spähen. Die Ostsee flirtete heute in sanften Wellen mit der strahlenden Sonne. Kein Wunder, dass die Strandläufer wie Ölsardinen Handtuch an Handtuch zwischen Meer und Strandkörben gequetscht lagen. Mit ihren Habseligkeiten bedeckten sie den feinen Sand, als wären sie allein auf Fehmarn.

Inmitten der Strandkörbe, die alle in Richtung Nachmittagssonne ausgerichtet waren, kroch ein kleiner Junge umher und sammelte Muscheln, die er eifrig in einem blauen Eimer deponierte. Zwei Mädchen saßen um eine imposante Sandburg herum und drückten Mies- sowie Herzmuscheln an die Mauern. Nicht weit davon entfernt spielten Jugendliche zwischen den mäßigen Wellen mit einem braunen Ball. Jedes Mal, wenn sie ihn fingen, schmissen sie sich ins Wasser und jubelten vor Freude. Sie erinnerten Mattis an das letzte *Rinderrammen*, das er und die *Wilden* auf der Wiese vor dem IFA Hotel gespielt hatten.

Mattis fuhr beim Gedanken daran ein Stich durch die gefiederte Brust. Schnell wandte er den Blick von den Jugendlichen ab.

In der Nähe entdeckte er zwei adlige Schwäne. Sie schaukelten auf der Ostsee und begutachteten mit erhobenen Schnäbeln den Südstrand. Was die beiden Schwestern, Adelheid und Irmgard, über das ausgelassene Toben der Strandläufer im Wasser dachten, konnte Mattis sich gut vorstellen. Aber dass die Strandläufer allen Vögeln den Südstrand gestohlen hatten, interessierte ihn in diesem Moment nicht.

Sein Blick ruhte auf dem *Strandkorb 13*.

Dort oben stand sie. Svea. Umzingelt von zwei Möwen, zwei männlichen Möwen, die ihr ungewöhnlich nah auf die silber-schwarzen Federn rückten.

Mattis kniff den dottergelben Schnabel zusammen, um nicht laut loszukreischen. Da drehte er sich fünf Minuten um, sofort war seine Svea von Gaffern und Angebern umzingelt. Er unterdrückte sein Verlangen, zu ihr zu fliegen und den Kopf in die Bäuche der Fremden zu rammen, ohne sich vorher vorzustellen. Das würde er hinterher tun. Vielleicht. Erst wollte er ihnen seine Schädeldecke in die Organe schieben, sie zum Würgen bringen und vom Strandkorb der *Seidenfedern* schubsen.

Aber er durfte nicht. Er war zum absoluten Nichtstun verdammt.

Deshalb verharrte Mattis in seinem Versteck, schnappte sich mit dem Schnabel zwei Halme und rupfte sie aus dem Sand. Leise vor sich hin knurrend kaute er auf dem Strandhafer, während die Möwe, ein Hybride, Svea verwegen betrachtete. Wollte der Fremde sie vor aller Augen auf dem Strandkorb begatten?

Bei der grauenhaften Vorstellung zog sich sein Magen schmerzhaft zusammen. Aber das Schlimmste an diesem Anblick war, dass es Svea gefiel. Sie beugte sich dem Hybriden entgegen, zwinkerte ihm ständig zu, lächelte. Ein warmes, wunderschönes Lächeln, das allein Mattis gebührte, keinem Unbekannten.

Wusste Svea denn nicht, zu wem sie gehörte?

Wenigstens wich sie zurück, als der Hybride einen heftigen Niesanfall bekam. Mattis hörte schon die Schlagzeile der *Stillen Post*: *Vogelgrippe am Südstrand. Strandläufer sperren Promenade für großräumige Ausweisungsaktion.*

Das durfte auf keinen Fall geschehen! Eher beförderte Mattis die lästige Virenschleuder eigenflügelig über die Insel und die Fehmarnsundbrücke zurück auf das Festland.

Zwei weitere Halme segneten zwischen seinem Schnabel das Zeitliche und verschafften Mattis Erleichterung. Wie leblose Regenwürmer hing das Grün zu beiden Seiten herunter. Innerlich verfluchte Mattis seine Tante Tilda und alle anderen starrköpfigen Möwen aus dem Ältestenrat. Ohne sie wäre er es, der neben Svea stehen und sie vor den lungernden Aasmöwen beschützen würde. Ohne die Ältesten wäre seine gewohnte Welt nicht zerstört worden.

Mattis schluckte hart. Übelkeit kroch seinen kurzen Hals hinauf, als die andere Möwe, eine kräftig gebaute Mantelmöwe, den krummen, schwarzen Flügel um Svea legte wie bei einer guten Freundin. Was dachte die Mistmöwe, wer sie war? Kam mit ihrem Kumpel an den Südstrand geflogen, um mal eben das schönste Weibchen aufzureißen?

Svea lehnte sich an den Fremden an, als gefiele ihr seine niveaulose Geste.

Ein unzufriedenes Grummeln entwich Mattis, lauter als beabsichtigt. Sofort ging er in Deckung und spähte durch die unteren Halme.

Niemand hatte ihn bemerkt. Dass Svea ihn blitzartig ersetzt hatte, traf Mattis tief. Wie ein alter Stein fühlte sich sein Herz an, der einsam und allein auf dem Meeresgrund lag.

Von Seelenverwandtschaft hatte sie gesprochen, wenn sie mit ihm allein gewesen war und sich an ihn geschmiegt hatte. Nun wirkte es, als könnte sie nicht schnell genug mit jemand Neuem ein Nest bauen, den sie nicht einmal kannte und der sie nicht im Entferntesten glücklich …

Moment!

Je länger er die Mantelmöwe mit dem krummen Flügel neben Svea betrachtete, desto mehr kam ihm der Fremde bekannt vor. Glänzendweißer, üppiger Kopf. Die plattesten Schwimmfüße, die er je gesehen hatte. Krummer, linker Flügel.

Krummer, linker Flügel?

Es gab nur eine Mantelmöwe auf Fehmarn, die einen beschädigten Flügel besaß und trotzdem fast so schnell fliegen konnte wie er selbst: Ignaz. Jupps Enkel und Sveas Cousin. Die Mantelmöwe lebte im Süden und kam hin und wieder nach Fehmarn zurück, um ihren Großvater zu ehren. Und wenn Mattis sich nicht im Datum täuschte, war morgen Jupps Geburtstag.

Die Anspannung der letzten Minuten rauschte in stockenden Böen aus Mattis' Gefieder. Seine Beine fühlten sich wie Gummi an. Erleichtert setzte er sich in den Sand, begrub Muscheln unter sich und stöhnte mit glühenden Wangen in den Strandhafer.

Deshalb lehnte Svea an der Mantelmöwe. Das war Ignaz. Und der niesende Hybride neben ihm musste ein Begleiter sein.

Wie bei einem Hustenanfall holperte hysterisches Lachen aus seiner Kehle. Ob vor Freude oder weichendem Frust, wusste Mattis nicht. Der Wahnsinn nistete langsam in seinem Kopf, je länger er dieses zwielichtige Spiel spielte. Auf dem schnellsten Weg musste er eine Lösung finden, sein altes Leben zurückzubekommen, ohne dass noch mehr Schaden verursacht werden würde.

Dann könnte er morgen Abend an Jupps Geburtstag eng umschlungen mit Svea im *Harem* tanzen und müsste nicht wie ein erbärmlicher Wurm verstohlen durch das Gebüsch spähen, immer auf der Hut vor den Ältesten.

Opa Jupps Geburtstagsfeiern waren einzigartig. Seit Mattis sich erinnern konnte, fanden sie im *Harem* zwischen der Promenade und der Schlafeiche der *Wilden* statt. Kumpel Fasan stand in Jupps Schuld, erzählte man sich am Südstrand, obwohl niemand den genauen Grund dafür kannte. Von Joghurtbechern und einem Überfall auf die Bäckerei *Börke* war hinter vorgehaltener Schwinge die Rede. Andere sprachen von einem fehlgeschlagenen Angriff auf das *Café Sorgenfrei*, um den Fressbestand des *Harems* aufzufüllen. Auf jeden Fall hätte Burger im Yachthafen bei der *SAR* für sehr lange Zeit eine Gefängniszelle belegt, wenn Jupp dem Fasan nicht den Bürzel gerettet hätte. Da waren sich alle einig.

Svea zwischen Ignaz und der fremden Möwe unbeschwert Lachen zu sehen, kurbelte Mattis' Eifersucht in ungeahnte Höhen. Er wollte seine Svea wieder in die Schwingen schließen, ohne dass er um ihr Wohlergehen fürchten musste. Ihre weichen Federn fühlen, mit dem Schnabel ihr Gefieder putzen und sich an sie schmiegen, wann immer ihm danach war.

Er musste einen Weg finden, die Ausweisung zu verhindern.

Beim nächsten Vollmond werden wir die Hybriden auf Fehmarn verbieten. Dann müssen sie unsere schöne Sonneninsel für immer verlassen.

Tildas Worte liefen Mattis kalt den Rücken hinunter, wann immer er an die Zeremonie dachte, in der er ein Ältester geworden war. Einer von ihnen. Wie sein Vater und andere edle Silbermöwen seiner Urahnen vor ihm.

Seither versuchte er flügelringend einen Weg zu finden, die Ältesten von ihren Vorhaben abzubringen. Wenn er sich dem Rat widersetzte, sich den *Wilden* anvertraute, den Hybriden half oder gar der *Stillen Post* einen Hinweis auf die bevorstehende Ausweisung gab, würde es weitere Morde hageln.

Jederzeit würde der Ältestenrat seine Drohung wahrmachen, so wie sie die Hybriden verabscheuten, das wusste Mattis. Ihm waren die Flügel gebunden. Und ihm lief die Zeit davon. In vier Tagen war Vollmond. In vier Tagen würden die *Seidenfedern* und all die anderen Hybriden den Südstrand für immer verlassen müssen.

Die Versuche, seiner Tante auf der Kohlhof-Insel ins Gewissen zu reden, verpufften jedes Mal wie dicker Nebel im Ostwind. Alle anderen Ältesten auf ihren Zweigen ließen erst gar nicht mit sich sprechen.

Sie drehten Mattis auf der Heiligen Birke den Bürzel zu, als würde er nicht existieren. Selbst bei Raudis Vater Richard hatte Mattis sein Glück gewagt, war jedoch an dem strengen Blick und der arroganten Schnabelhaltung gescheitert.

Die einzige Möglichkeit, die Mattis jetzt blieb und vor der es ihm mehr graute als vor einem nächtlichen Spaziergang auf der Fuchswiese, war ein Treffen mit Lutger. Der Kormoran könnte, so hoffte Mattis zumindest, den Ältestenrat mit seiner Aussage belasten. Bislang hatte Lutger die Morde an den Hybriden auf sich genommen, seiner *Kunst* gewidmet, damit all der Ruhm ihm allein gehörte.

Wenn der Kormoran an die Öffentlichkeit gehen und Kriminalhauptkommissar Henk sowie der *SAR* die Wahrheit sagen würde, dass er im Auftrag der Ältesten gehandelt hatte, wäre niemand am Südstrand mehr fähig, die Augen vor den Gräueltaten der Ältesten zu verschließen. Der *SAR* bliebe nichts anderes übrig, als gegen den Rat vorzugehen, oder sie verlöre ihre Autorität.

Ein kalter Schauder lief Mattis die Rückenfedern hinunter, wenn er daran dachte, Lutger in die smaragdgrünen Augen zu sehen. Diese krächzende Stimme zu hören, als fiele es dem Kormoran schwer, zu sprechen. Dem leichenblassen Schnabel und den bronzeschwarzen Schwingen zu begegnen, mit denen er Mattis' Vater das Leben genommen hatte.

Bei dem Gedanken an Mojes zerfetzte Leiche schüttelte Mattis sich, bis der Strandhafer um ihn herum wackelte. Nach ihrem letzten Gespräch auf dem Dach des IFA Hotels war viel Unausgesprochenes zwischen ihnen zurückgeblieben. Nichts davon würde sich mehr kitten lassen.

Dicke Tränen füllten seine schwefelgelben Augen, als Mattis an Mojes enttäuschtes Gesicht dachte.

Nach einer Weile wischte er sie fort und sah ein letztes Mal auf den Strandkorb der *Seidenfedern*.

Stine und Alina standen bei Svea, Ignaz und dem niesenden Hybriden. Hinter ihnen hielt sich ein Weibchen auf, das Mattis kaum kannte. Wer die Zwergmöwe war und woher sie kam, hatte er bislang nicht herausgefunden. Und jetzt hatte er Wichtigeres zu tun.

Geschwind lief er in Richtung Animationsgebäude, um zwischen den *Schnattertanten* auf die Promenade hinabzugleiten. Die Tauben gurrten empört und beschimpften ihn als Plagemöwe, aber er sorgte sich nicht, dass sie ihn erkannten. Für die alten Damen sah er wie jede andere Möwe aus.

Die *Wilden* behielt Mattis im Blick, während er über die Promenade eilte. Pit und Fiete saßen auf der Schlafeiche neben dem Appartementhaus *Strandburg* und verzehrten ihre ergaunerten Brötchen. Berti hockte am anderen Astende und ließ den Kopf hängen.

Zwischen sonnengeküssten Beinen und Fahrradreifen flitzte Mattis über die heißen Steine, um in den angrenzenden Büschen abzutauchen. Die Zweige griffen nach seinem Gefieder und piksten mit Dornen in seine Federn, aber das hielt Mattis nicht auf. Wenn er heute nicht zu Lutger ging, würde er sich niemals trauen und sich ewig vorwerfen, dass er nicht alles unternommen hatte, um die Ausweisung der Hybriden zu verhindern.

Je länger er im Dauerlauf zwischen den verzweigten Ästen der Büsche bis zur Straße hindurchlief, desto mehr keuchte er. Er war schließlich eine Möwe, keine Landratte. Wind sollte er zwischen den Federn spüren, die weiten Schwingen schlagen, um aufzusteigen und elegant über den Südstrand zu segeln. Er sollte sich nicht die Federn schmutzig machen und mit dem Bauch über den Dreck robben wie irgendein Kriechtier.

Am Ende des Gebüschs hüpfte er in einem Satz auf den Bordstein. Vorsichtig reckte er den Hals, als stecke er in einer Schlinge fest. Wieder aufrechtzustehen, war für ihn mit Muscheln nicht aufzuwiegen.

Mattis beobachtete die Schlafeiche, der kräftige Baum stand schräg hinter ihm. Keiner der *Wilden* hatte ihn bemerkt, weshalb er schnellen Schrittes in die entgegengesetzte Richtung über den Asphalt lief. Erst als er die Tennisplätze erreichte, wagte er es, sich vom Bordstein abzustoßen und die Flügel zu schlagen.

Hinter ihm hörte er ein stockendes Rauschen, ähnlich einem hektischen Flattern, doch da er niemanden entdeckte, bog er zum Yachthafen von Burgtiefe ab.

Schon von Weitem erkannte Mattis die *Eduard Nebelthau*. Die drei roten Buchstaben *SAR* prangten auf ihren Flanken mit zwei senkrechten Streifen dahinter auf weißem Grund. Der Seenotretter lag an Land neben dem Strandläuferweg auf einem kleinen Stück Rasen. Offiziell diente die *Eduard Nebelthau* im Yachthafen als Schauplatz. Inoffiziell war es das Hauptquartier von Kriminalhauptkommissar Henk und seinem *Search And Rescue*-Team, die das Treiben der Vögel am Südstrand beaufsichtigten.

Nahe dem rot-weiß-grünen Schiff setzte er auf dem Gras auf. Eine Ente und ein Erpel patrouillierten vor der kleinen Holztreppe, die an Deck der *Eduard Nebelthau* in die Zentrale führte. Das rot-weiße Kreuz auf weißem Grund des Seenotretters erinnerte Mattis stets an eine Sekte, die zwar geschworen hatte, sich um den Schutz und die Sicherheit der Vögel zu Land und zu Wasser zu kümmern, sich jedoch eher um das Wohlergehen der Strandläufer sorgte und den Tourismus am Südstrand förderte.

Aus den vier Bullaugen der roten Kabine neben dem Kreuz drang wildes Geschnatter. So unauffällig wie möglich schlenderte Mattis am Schiff vorbei. Wenn er sich recht erinnerte, befand sich die Anmeldung für die Besucher der Gefangenen vor den jeweiligen Stegen am Hafen. Innerlich betete er, dass er Henk nicht begegnete. Vorsichtig lugte er um die *Eduard Nebelthau*, aber von dem Kriminalhauptkommissar war nichts zu sehen. Vermutlich bestrafte der Erpel gerade irgendeine Vogelgang mit Zigarettenstummelsammeln. Alles im Sinne des Südstrands.

Mattis schnaufte bei dem Gedanken an seine letzte Bestrafung und scherte auf die Flaniermeile ein.

Da es nicht gestattet war, im Yachthafen zu fliegen, eilte er über die hellen Pflastersteine, vorbei an den Stegen, vor denen jeweils zwei Erpel Wache hielten. Sie beobachteten die Knastvögel unter den jeweiligen Holzlatten.

Der Andrang der Strandläufer erschwerte Mattis sein Vorankommen. Im Slalom lief er um eine Familie, die ihm mit ihrem breiten Kinderwagen die Sicht auf den letzten Steg erschwerte. Dort, wo die Schwerverbrecher schwammen. Der *Jollensteg 1*, nahe dem Aussichtsturm und den Hausbooten.

Schmutzig fühlte sich die See unter dem finsteren Steg an, aber vor allem einsam. Das wusste Mattis aus eigener Erfahrung und er würde alles tun, um nicht erneut in einer dieser elenden Zellen einzusitzen.

»Stehenbleiben!«, quakte eine helle Stimme aus der Ferne. »Schwingen hoch! Sofort!«

Mattis stockte der Atem. Automatisch hob er die Flügel, schwenkte den Kopf nach rechts und entdeckte Angret, die neben Sören vor dem *Jollensteg 1* Wache schob. Ihre braunen Augen glänzten, während sie ihn von den Schwimmfüßen bis zur Schnabelspitze untersuchte. Auf jeder Feder fühlte Mattis ihre stechenden Blicke, was ihm mit jedem Herzschlag unangenehmer wurde.

»Trägst du unerlaubte Dinge bei dir?«

Sören watschelte ihm entgegen. Den grün-gelben Schnabel hielt er unter Mattis' Flügel, nachdem er dicht neben ihm stehengeblieben war – viel zu dicht. Sören schnupperte, als versteckte Mattis eine Armee unter den Achseln, die den Hafen überrennen sollte.

»Unerlau… Was?«

Mattis blieben die Worte im Hals stecken, denn Sörens Flügelspitzen glitten an seinen Schwingen hinab, kreisten ihm über den Bauch bis hin zu den Schwimmfüßen.

Wollte der Erpel auch die Muschelabdrücke unter Mattis' Sohlen begutachten?

»Scherben, kaputte Muscheln oder giftige Vogelbeeren? Hast du irgendetwas dabei? Sag es lieber gleich, denn wir finden alles.«

»Jawohl, das tun wir«, stimmte Angret ihm zu.

»N-nein. Ich trage nichts bei mir. Wieso sollte ich?«

Wie ein U-Boot tauchte Sören langsam vor Mattis' Blickfeld auf, die Lider vorwurfsvoll zu schmalen Schlitzen geformt.

»Schnabel öffnen. Sofort!«

»Was? Nein!«

»Du willst bestimmt den Insassen aus *Zelle 5* besuchen, oder nicht? Ihr alle wollt das.«

»W-wenn das Lutger ist, dann … Ja.«

»Das habe ich mir gedacht.« Sören trat ihm so nah entgegen, dass Mattis dessen säuerlich-schleimigen Atem roch, der ihn vage an Schneckenmatsch erinnerte. »Schnabel auf oder du machst auf der Stelle kehrt und bleibst, wo der Sanddorn wächst. Verstanden?«

»Aaah.«

»Nichts. Mist. Rein gar nichts«, sprach Sören. »Er ist sauber, Angret. Lass unseren Gast passieren.«

Widerwillig trat die Ente vor dem *Jollensteg 1* beiseite, die gefiederte Stirn in missgestimmte Falten gelegt. Verachtung und Ablehnung entdeckte Mattis in ihrem gescheckten Gesicht, als er an Angret vorbeischlich. Dass sie ihm abfällig hinterherschnaubte, entging ihm nicht.

»Wir behalten dich im Blick, Mattis. Dieses Mal stiftest du keine Unruhe im Yachthafen.«

Zur Bestätigung hob Mattis beide Flügel und stakste schnell über die Holzlatten voran. Offenbar hatte ihm die *SAR* den kleinen Ausbruch um Pfingsten herum nicht verziehen, obwohl Svea, er und die *Wilden* der Polizei Lutger auf dem Silbertablett geliefert hatten.

Wie auch die anderen Stege im Yachthafen, war der *Jollensteg 1* mit Schiffen übersäht. Ein weißer Mast ragte höher als der andere in den blauen Himmel hinein, die wellige See schaukelte die Schiffsrümpfe friedlich hin und her. Auf den Decks sprachen die Strandläufer von überfüllten Straßen und Stränden, von guten Restaurants und von appetitlichen Fischbrötchen, bei deren Erwähnung Mattis das Wasser im Schnabel zusammenlief.

Nahe dem Ufer hockten drei Erpel im Wildrosengebüsch und beobachteten Mattis, während er an den Schiffen vorbei auf die letzte Zelle unter dem Steg zuging. Die Plätze davor waren allesamt frei. Im Ältestenrat hatte Richard davon gesprochen, dass Lutger die Insassen aus dem *Jollensteg 1* angestachelt hatte, gegen die *SAR* zu rebellieren und zu fliehen, weshalb der Kormoran von den anderen Knastvögeln getrennt worden war.

Je näher Mattis der *Zelle 5* kam, umso schneller hämmerte sein Herz. Seine Schwingen zitterten mit dem Schnabel um die Wette, aber anders als erwartet, durchflutete ihn keine Furcht. In ihm brodelte Wut. Mit jeder weiteren Holzlatte, die er überwand, tobten Erinnerungen durch seinen Kopf. Er sah Lutger vor sich, wie der Kormoran es gewagt hatte, den Flügel an andere Möwen zu legen, sie zu foltern und sie als Kunststücke in den Dünen auszustellen.

»Verdammter Drecksvogel!«, entwich es ihm. Mattis sah ans Ende des Stegs und hielt abrupt inne.

Ein Graureiher stand auf den Holzbrettern, den langen Hals zu Lutger hinuntergebeugt. Jonte. Seines Zeichens Journalist bei der *Stillen Post*, stets dazu bereit, die Wahrheit zu verdrehen, um eine denkwürdige Schlagzeile zu erhalten. Diese ausgefransten Rückenfedern erkannte Mattis überall.

Er schlich voran und hockte sich an ein dickes Tau, das am Steg befestigt worden war. Während er so tat, als beobachtete er die Strandläufer an Deck, lauschte er aufmerksam, was bei *Zelle 5* vor sich ging.

»Du schuldest mir einen Gefallen!«

Bei Lutgers krächzender Stimme stellten sich Mattis die Nackenfedern auf. Er presste die Flügel an den Körper, um nicht sofort zu dem Kormoran zu fliegen und ihn in seine Einzelteile zu zerfetzen.

»Wofür?«, raunte Jonte. Er trug ein Lächeln auf dem Schnabel, das ihm einen Hauch von Scharfsinn verlieh, den er nicht verdiente.

»Ohne mich wärst du nicht mehr bei der *Stillen Post*. Tore hätte dich längst gefeuert. Ich habe dir am Steilufer in Wulfen deinen Bürzel gerettet.«

Mattis suchte die bronzeschwarzen Federn des Kormorans unter dem Steg, jedoch sah er nur das aufgewühlte Wasser der Ostsee umherschwappen.

»Mein Gedächtnis funktioniert hervorragend. Deshalb erinnere ich mich auch daran, dass du mit meiner Verlobten geflirtet hast, Lutger. Von mir erhältst du keine Hilfe.«

»Bloß zwei Mal habe ich das. Und Alma kam auf mich zu. Dafür habe ich Zeugen.«

»Wer's glaubt.« Mit einem seiner mattgrauen Flügel fegte Jonte durch die Luft, als verdrängte er schlechte Erinnerungen. »Alma ist seitdem nicht mehr dieselbe.«

»Freu dich doch. Veränderungen tun gut. Sieh mich an. Lebendiger denn je und kurz davor, frei zu sein.«

Was? Scharf zog Mattis Luft durch den Schnabel. Das musste ein Irrtum sein. Niemals durfte Lutger die Freiheit zurückerlangen.

»Ich hoffe, du verreckst im Jollensteg«, erwiderte Jonte.

»Nicht, wenn ich es verhindern kann, Kollege!«

»Meine Story kriege ich auch ohne einen Kommentar von dir.«

»So wie es Klatschvögel eben tun.«

»Leck mich.«

»Komm runter, Jonte, wenn du dich traust.«

Doch der Graureiher hob den langen, spitzen Schnabel und ging. Sein Blick zeugte von Hass und Verachtung. Jonte sah aus, wie Mattis sich fühlte. Wütend, verletzt und überfordert.

»*Selbstmord in Zelle 5*. Das wäre mal eine reißerische Schlagzeile, findest du nicht, Lutger?«

»Darauf kannst du lange warten!«

Mattis bemerkte Jontes ahorngelbe Augen. Der Graureiher fixierte ihn wie seine nächste Mahlzeit.

Scheiße.

Mattis erster Impuls war Flucht, aber im Hafen war das Fliegen verboten.

»Wen haben wir denn da?«

Jonte stolzierte auf ihn zu, seine Krallen schlurften dabei über den alten Holzsteg. Mattis tat, als beobachte er den Einmaster mit blauem Rumpf, der neben ihm im Wasser lag.

»Wie? Keine Begrüßung? Kein *Wie geht's dir, lieber Jonte? Lange nicht gesehen. Was macht die Familie? Was gibt's Neues bei der Stillen Post?*«

Schweigend sah Mattis den Journalisten an. Er durfte nichts sagen. Jonte würde ihm jedes Wort im Schnabel umdrehen und in seinen Schlagzeilen gegen ihn verwenden. Er zog es vor, zu schweigen, bis der Graureiher verschwunden war.

»Gut, wie du willst.« Jonte beugte sich zu ihm hinab und schaute ihm forschend ins Gesicht. »Willst du dich zu den Gerüchten äußern, dass du deine Freunde für den Ältestenrat im Stich gelassen hast? Am Südstrand munkeln die Vögel, dass du ein eitler Pfau geworden bist, der niederes Möwenpack verschmäht.«

»Lügner!«

Mattis erschrak vor seiner eigenen Reaktion. Geschwind schloss er den Schnabel. Mehr würde der Journalist nicht aus ihm herauskriegen. Demonstrativ lief er am Graureiher vorbei.

»Moment, mein Freund.« Jonte trat zwei Schritte nach hinten, um sich ihm in den Weg zu stellen. »Du kannst mir nicht so eine Vorlage geben und dann gehen.« Er beugte sich hinab, als wäre Mattis ein Küken, das zurechtgewiesen werden musste.

»Erzähl mir erst mehr. Warum hast du die *Wilden* sitzen gelassen? Wart ihr vier nicht ein Herz und ein Schnabel?«

»Fünf«, knurrte Mattis. »Die *Wilden* bestehen aus fünf Möwen. Mach wenigstens einmal deinen Job richtig, Jonte.«

Ärger kroch ihm den Nacken hinauf. Wie schaffte der Graureiher es, ihm ständig einen Kommentar zu entlocken? Mattis stieg seine Wut zu Kopf, er musste inzwischen wie eine Dampflok aussehen.

»Eure Zwergmöwe hat ziemlich getobt. Wie hieß sie gleich? Hans? Hinz? Oder war es Robert?«

»Haui!«

Sogleich bereute Mattis die Aussage. Er sollte sich den Schnabel zunähen lassen oder sich augenblicklich in Luft auflösen.

»Richtig, Haui. Hauke-*Haudrauf*-Hinnerk. Rufname Haui. Ich erinnere mich. Die Möwe mit dem einen Auge. Ein richtiger Hitzkopf, nicht wahr?«

Mattis presste den Schnabel zusammen, bis es weh-tat. Von ihm würde der Graureiher nichts mehr er-fahren.

»Ein Interview mit euch beiden würde mir den Tag versüßen. Ihr könntet mit Lutger um die Titelstory buhlen. Wäre das nichts? Du wieder Gesprächsthema Nummer Eins am Südstrand. Alle süßen Weibchen würden sich über dich den Schnabel zerreißen.«

»Darauf kannst du lange warten.«

»Wieso? Reden du und Haui nicht mehr? Sind die *Wilden* nicht alle beste Freunde?« Neugierig betrachte-te Jonte ihn, als lese er die Antwort in seinem Gesicht ab. »Eine meiner Kolleginnen hat Haui öfter bei Lutger gesehen. Sind die beiden jetzt Freunde, weil du ihn im Stich gelassen hast?«

»Kein Kommentar. Verbreite deinen Tratsch woan-ders, Jonte.«

»Tratsch? Was für Tratsch? Fakten, mein Lieber! Mehr brauche ich für meine Reportagen nicht. Ich habe mit diesem Heinz selbst gesprochen.«

»Haui.«

»Mein ich ja, Haui. Die kleine Zwergmöwe scheint mir kurz vor einem verheerenden Wutausbruch zu stehen und auch die süße Svea wirkt …«

»Was hat Svea mit Haui zu tun? Wage es nicht über sie in der *Stillen Post* zu berichten.«

»Schon gut, schon gut. Nicht gleich flügelgreiflich werden.« Beschwichtigend hob Jonte die mattgrauen Schwingen. »Offenbar habe ich in ein Wespennest gestochen. Du kannst mir ruhig dein kleines Herz ausschütten, Mattis. Wenn die *Wilden* nicht mehr für dich da sind – ich bin es. Du weißt, wo du mich findest.«

Zum Abschied lächelte der Graureiher ihn an, als hätte er nicht eben mit Mattis' kleinem Leben Pingpong gespielt und sich über ihn lustig gemacht.

Arschloch.

»*Glücksjunge vom Südstrand lässt Freunde im Stich*«, hörte er Jonte beim Fortgehen vor sich hin schnattern.

Grummelnd sah Mattis auf die ausgefransten Rückenfedern des Graureihers. Welche Lügen würde sich Jonte noch einfallen lassen, bis ihn jemand aufhielt?

»Nein, das ist zu langweilig. Eher: *Wie man seine Freunde nicht behandeln sollte. Ein intimes Porträt über den Ältesten Mattis, Sohn von Moje, Neffe von Tilda.* Ja, das wird dem Chef gefallen.«

Gerade als Mattis Jonte beschimpfen wollte, schoss aus *Zelle 5* das gehässigste Lachen zwischen den Holzlatten hervor, das er je gehört hatte.

Lutger lachte wie ein Irrer, der Zorn schoss Mattis bis in die Flügelspitzen. Dass der Kormoran fähig war, Freude zu empfinden, trieb ihm die Hitze ins angespannte Gesicht. Die *SAR* hätte den Kormoran mit zugeklebtem Schnabel an einen Pfahl unter dem Steg binden sollen. Die Wellen der Ostsee hätten in aller Seelenruhe den Rest erledigt.

»Mattis, Mattis, Mattis«, krächzte Lutger. »Dass wir uns noch mal begegnen, hätte ich mir in den kühnsten Träumen nicht vorgestellt.«

Mattis setzte einen Schwimmfuß vor den anderen. Seine Beine bewegten sich wie von allein. Er schwebte förmlich über den Steg, immer dem abfälligen Lachen entgegen, darauf wartend, dass er seine Glieder unter Kontrolle bekam.

Die Gedanken in seinem Kopf rasten. Unzählige Beleidigungen drängten an die Front, wollten über seinen Schnabel in das ergraute Gesicht des Kormorans springen und ihm Ohrfeigen verpassen, bis dem Knastvogel schwindelig wurde.

Doch das wäre nicht klug gewesen. Er brauchte Lutger, brauchte seine Aussage vor der Öffentlichkeit, seine Bestätigung, dass die Ältesten die Morde in Auftrag gegeben hatten.

Tief atmete Mattis ein und aus, ehe er sich traute, zwischen den Holzlatten nach dem Kormoran zu suchen.

Zwei smaragdgrüne Augen entdeckte er. Lutgers Blick durchbohrte ihn, als könnte er Mattis durch den Steg in die Tiefe ziehen. Die Flügel ruhig, der Schnabel still, lauerte er darauf, was sein neuer Besucher von ihm wollte.

Bilder überfluteten Mattis, wie er Lutger des nachts in den Dünen neben der ersten Leiche erwischt hatte, wie der Kormoran sich an Svea rangemacht hatte, als wäre sie ein warmes Brötchen, dass es als Trophäe zu gewinnen galt, und wie sein Vater tot in der Düne lag, neben ihm eine bronzeschwarze Feder im Sand.

»Hat dir mein Anblick die Sprache verschlagen?«

Das hatte er. Lutger wirkte wie ein gerupftes Huhn, das täglich ausgiebig Prügel bezog. War das ein Schnabelabdruck an seiner Stirn? Innerlich freute sich Mattis über das verwahrloste Aussehen des Kormorans. Er hoffte, dass die *SAR* ihn dafür büßen ließ, was er den Möwen angetan hatte.

Es dauerte mehrere Atemzüge, bis er seinen Mut und die passenden Worte fand.

»Dein neuer Look steht dir.« Vor Aufregung zitterte Mattis' Stimme, aber das störte ihn nicht. Sollte

Lutger über ihn denken, was er wollte. Es zählte allein, dass er den Kormoran auf seine Seite zog.

»Ich passe mich meiner Umgebung an. Du kennst dich doch bestens mit dieser Zelle aus. Hatten sie dich nicht an meiner statt, für meine göttlichen Kunstwerke, hier unten eingebuchtet?«

Ruhig bleiben. Tief durchatmen. Nicht provozieren lassen.

»Willst du mich bloß anstarren und mich mit Schweigen strafen?« Lutger lachte stumpf, irgendwie hohl. »Mach es wie dieser Haui. Brüll und stampf auf dem Steg, bis dich zwei Erpel abführen. Das stimuliert meine Kreativität jedes Mal. Ich werde diesen kleinen Zwergmöwenkörper zu einem besonderen Kunstwerk zerreißen, wenn ich frei bin.«

Wenn die Holzlatten nicht zwischen ihnen gewesen wären, hätte Mattis seinen Schädel in Lutgers Rippen gerammt.

»Nie wieder wirst du deine Flügel ausbreiten und durch die Lüfte schweben. Dafür hat der Ältestenrat gesorgt.«

»Verraten haben sie mich – nichts weiter. Aber die alten Vögel werden sehen, was sie davon haben. Das letzte Wort ist noch nicht gekrächzt.« Lutger sah aus, als hätte er einen Pakt mit dem Teufel geschlossen. »Nächste Woche kommt Henks Chef vom Schwanenteich aus Burg, um über uns Häftlinge zu beraten. Dann plädiere ich auf Bewährung.«

Mattis verlor beinahe das Gleichgewicht. Der Kormoran zu seinen Schwimmfüßen war nicht mehr bei Sinnen. Glaubte er, dass ihn das Gremium freisprechen würde? Wegen mildernder Umstände? Unzurechnungsfähigkeit? Er hatte Möwen ermordet, beim großen Njörd!

»Nur über meine Leiche!«, rief Mattis. »So lange ich ein Ältester bin, wirst du unter dem Steg schmoren, bis dir sämtliche Federn ausfallen.« Selbst wenn das bedeuten würde, er müsse persönlich auf dem kleinen Aussichtsturm am Hafen sitzen und Lutger bewachen.

»Ja, richtig. Du bist ein Ältester. Die *Stille Post* hat es mir geflüstert. Ganz der Vater. Viel zu stolz und vor allem ... ein Weichei.«

Mattis' Brustkorb bebte vor Entrüstung. »Mein Vater war kein ...« Die Beleidigung wollte ihm nicht über den Schnabel huschen. Um sich zu beruhigen, fächerte er die silbergrauen Schwingen hin und her.

»Mojes Federn schmeckten nach Enttäuschung und Einsamkeit. Ich erinnere mich, als wäre es gestern gewesen. Gewehrt hat er sich kaum, mit röchelndem Atem entwich ihm sein Lebenslicht. Es war berauschend, sage ich dir. Moje starb voller Leidenschaft für meine Kunst. Hatte er nicht sogar ein Lächeln auf dem runzligen Schnabel?«

Jetzt reicht's!

»Wenn die Latten nicht zwischen uns wären ...«

»Dann, was, du halber Hahn? Du bist nichts weiter als der erbärmliche Abklatsch einer edlen Silbermöwe.« Verschwörerisch sah Lutger sich um. »Du bekommst nicht einmal mit, wenn du verfolgt wirst. Wie willst du es dann mit einem Genie wie mir aufnehmen?«

»Verfolgt?«

»Sie beobachten dich, kleiner Mattis. So wie sie mich und meine Kunst beobachtet haben.«

Die Leinen an den Schiffsmasten klapperten im seichten Wind. Von einem der näheren Schiffe erklang die Stimme eines Radiomoderators, was er sagte, interessierte Mattis nicht. Er sah keinen Vogel, nur ein Schwalbenschwanz kauerte auf dem Deck nebenan und genoss die Nachmittagssonne. Selbst Angret und Sören standen nach wie vor am Anfang des Stegs.

Niemand verfolgte ihn.

Der Kormoran spielte mit seinem Geist.

Erfolgreich.

Wie ein Hund schüttelte Mattis sich, verbannte jedes von Lutgers Worten aus dem Kopf. Der Kormoran war ein intelligenter Zeitgenosse, den er nicht unterschätzen durfte, bloß weil er in Gefangenschaft hockte.

Konzentriere dich. Bleibe fokussiert. Denke an deinen Plan.

Dieses Gespräch verlief in eine völlig falsche Richtung. Er wollte Lutger zu seinem Bündnispartner machen und sich keine Gehirnwäsche einfangen.

»Ich sehe«, begann Mattis und sortierte in Gedanken die Worte, die Lutger dazu bringen sollten, ihn bei seinem Vorhaben zu unterstützen. »Du bist ziemlich verärgert über den Rat. Wäre es da nicht eine Genugtuung für dich, gegen die Ältesten vorzugehen? Sie vor allen anderen Vögeln am Südstrand vorzuführen?«

»Was meinst du? Verrat an den alten Möwen?«

Ein Strahlen erhellte Lutgers smaragdgrüne Augen. Mit Verrat kannte er sich hervorragend aus.

»Ich spreche nicht von Verrat. Eher davon, die Wahrheit ans Licht zu bringen. Lass uns allen Vögeln erzählen, wer dich engagiert hat, die Hybriden zu ermorden.«

Hinter Lutgers gefiederter Stirn arbeitete es. Sein Blick huschte von Mattis zur Ostsee und hinauf zum Steg.

»Niemanden am Südstrand interessiert die Wahrheit. Die Vögel, von denen du sprichst, ertragen die Wahrheit nicht. Sie glauben lieber dem Getratsche der *Stillen Post*, führen gehorsam die Gebote ihrer Räte aus, ohne darüber nachzudenken, ob sie richtig oder zeitgemäß sind. Hirnlose Nutztiere für den Rat, mehr sind diese Vögel nicht.«

»Aber du könntest ihnen die Augen öffnen, ihnen erzählen, wer dich engagiert hat, um die Morde zu begehen. Du könntest derjenige sein, der den Ältestenrat der *SAR* ausliefert.«

»Du willst deine Position als Ältester gefährden? Alles, wofür dein Vater je gelebt hat? Für so dumm hätte ich dich nicht gehalten.«

Mattis überging die verbale Ohrfeige, obwohl sie ihn heftiger traf, als er zugeben mochte.

»Es geht hier um eine viel größere Sache als einen Titel oder beschmutzte Ehre. Es geht um …«, Mattis hielt inne. Sollte er Lutger erzählen, dass es um die Rettung der Hybriden am Südstrand ging? Dass alle Möwen, die nicht reinrassig waren, beim nächsten Vollmond auf das Festland verbannt wurden?

Wohl eher nicht.

»Hast du dir auf die Zunge gebissen?«

»Ich … Es geht um … Gerechtigkeit. Genau! Das Wort war mir entfallen. Gerechtigkeit. Ist es nicht unfair, dass du allein im Yachthafen einsitzt, obwohl auf der Kohlhof-Insel diejenigen frei herumfliegen, die das Ganze initiiert haben?«

»Du willst, dass ich dir einen Gefallen tue, damit deine Tante und ihre Anhänger mit mir gemeinsam im Gefängnis sitzen?« Abfällig lachte Lutger, wobei Mattis erst erkannte, wie sich sein Vorschlag für den Kormoran anhören musste. »Das werde ich sicher nicht tun.«

Aber noch gab Mattis nicht auf.

»Warum nicht? Was hast du zu verlieren? Tu einmal in deinem unnützen Leben etwas Gutes. Für die Möwen am Südstrand. Du könntest dein Gewissen erleichtern, ehe du vor den großen Njörd trittst.«

Wie ein kleines Küken kam Mattis sich vor, das verzweifelt um mehr Aufmerksamkeit bettelte. Das Gespräch mit Lutger hatte er sich anders vorgestellt.

»Selbst wenn ich es wollte – und nur für das Protokoll: Ich will es nicht –, würde ich das Risiko niemals eingehen. Tilda hat Kontakte auf der gesamten Insel, die weiter reichen als zu Henk und seiner *SAR*. Sie braucht nur einmal mit der Zunge zu schnalzen, dann hänge ich am nächsten Steilufer und baumele als Warnung im Wind für jeden, der es mit den Ältesten aufnehmen will.«

»Argh!« Mattis kreischte aus voller Kehle, stampfte auf die Holzlatten und ließ den Frust der letzten Tage raus.

War der Ältestenrat allmächtig? Das durfte nicht sein! Es musste einen Weg geben. Irgendeinen!

Schwer atmend sah Mattis auf Lutger hinab und erschrak. Seine smaragdgrünen Augen funkelten siegreich.

Hatte der Kormoran ihm etwas vorgemacht?

Wildes Flügelschlagen rauschte durch die Luft und kam stetig näher. Ein Blick nach hinten bestätigte ihm, was er tief im Inneren längst wusste: Angret und Sören flogen in seine Richtung.

»Was geht da hinten vor?« Sören keuchte. »Stachelst du unsere Häftlinge an? Ich habe dich gewarnt, Mattis!«

Im Sturzflug schoss Angret auf Mattis zu, setzte neben ihm auf und stieß ihn aus Lutgers Sichtfeld. »Wir können uns keinen Gefängnisaufstand leisten.«

»Ihr *Wilden* seid unberechenbar. Genügt es nicht, dass wir Haui Hafenverbot erteilt haben?« Mit den Flügeln schubste Sören Mattis weiter auf dem Steg nach hinten. »Deine Besuchszeit ist vorüber. Verschwinde aus dem Yachthafen!«

»Ich bin mit Lutger noch nicht fertig!«

Sören versperrte Mattis mit ausgebreiteten Schwingen den Weg.

»Oh doch, das bist du. Ich zähle bis drei, dann bist du verschwunden oder ich schleppe dich zu Henk. Dann blüht dir mehr als alte Zigarettenstummel vom Südstrand zu picken.«

»Das dürft ihr nicht machen. Ich habe nichts getan. Ich habe Rechte. Ich bin ein Äl—«

»Eins!« Sören schaute durch Mattis hindurch, als wäre er nicht vorhanden.

War das sein Ernst? Schmiss er ihn raus, weil er ...

»Zwei!« Mit einem Flügel deutete Sören ans Ende des Jollenstegs.

Das Schlimmste war eingetreten. Mattis hatte seine Chance vertan. Die letzte Möglichkeit, den Ältestenrat aufzuhalten, hatte sich soeben in Luft aufgelöst. Auf seinem Herz lag ein Fels, der ihn stetig weiter in die Tiefe drückte.

»Ich gehe. Aber ich komme zurück. Verlasst euch drauf.«

»Wir zittern, wir zittern«, gackerte Angret hinter Sören.

Mattis betrachtete die Ente und den Erpel, wie sie ihn anstarrten, sicherlich verspotteten sie ihn hinter seinem Rücken. In diesem Augenblick wünschte er sich nichts sehnlicher als die *Wilden* an seiner Seite. Pit und Fiete könnten Angret in Schach halten, Berti würde Sören umklammern damit Haui ihm den Kopf in den Magen stieß, während er selbst Lutger in die Mangel nahm und ihm ein Geständnis entlockte. Eine erpresste Aussage wäre vor dem Gremium nicht gültig und sie würden ihr Leben lang den Südstrand von jeglichem Abfall säubern müssen, aber das wäre es allemal wert.

Missgestimmt lief Mattis los, rannte über die Holzlatten zurück auf die Pflastersteine. Lutgers gehässiges Lachen begleitete jeden seiner patschenden

Schritte. Die Schmach saß tief. Seine Wut auf sich selbst, sein Versagen, wuchs mit jedem Augenblick.

Aber da war noch etwas anderes. Hektisches Flügelflattern umgab ihn, wie ein zartes Blätterwedeln im Wind. War da ein Keuchen? Folgte ihm die *SAR*?

Ein Blick zurück versicherte Mattis, dass Angret und Sören sich nicht von der Stelle bewegten. Doch woher kamen die Geräusche?

Sie beobachten dich, kleiner Mattis. So wie sie mich und meine Kunst beobachtet haben.

Von wem hatte Lutger gesprochen? Wer sollte ihn verfolgen? Und vor allem, warum?

Langsam wurde er paranoid, das stand fest. Um ihn herum gab es jede Menge Schiffe mit wehenden Flaggen, die Geräusche konnten von überall herkommen.

Als er den *Jollensteg 1* verließ, war Lutgers Lachen verstummt. Oder er war zu weit entfernt. Beides war Mattis recht. Den Kormoran zu besuchen, war ein Misserfolg auf ganzer Linie gewesen. Er hatte Lutger mit seinem Kopf spielen lassen und nichts erreicht.

Den Yachthafen von Burgtiefe hinter sich zu lassen, fühlte sich gut an, obwohl Lutgers Schadenfreude Mattis weiter in den Ohren rauschte. Der zunehmende Wind gab ihm Auftrieb, kräftig schlug er die silbergrauen Schwingen, stieg in die Höhe und genoss den Blick über den Burger Binnensee. Die Silhouette von Burgstaaken und Neue Tiefe zu seiner linken, der Yachthafen und der Südstrand zu seiner rechten, vor ihm die Kohlhof-Insel. Von oben sahen die Probleme oft kleiner aus, aber nicht in diesem Fall. Die Ausweisung der Hybriden stand bevor und Mattis fand keinen Weg, die Ältesten aufzuhalten, so sehr er es auch versuchte.

Ein Strandläufer paddelte nahe dem Hafen auf einem Stand-up-Board. In Mattis wuchs der innere

Drang, die Schmach über sein Versagen an dem jungen Mann in den blauen Badeshorts auszulassen. Er müsste sich lediglich hinabfallen lassen, einige Male mit den Flügeln in dessen sommersprossigem Gesicht herumwedeln, um seine schmächtige Gestalt ein paar Kreise ziehen und den Paddeln ausweichen.

Doch er gab dem Wunsch nicht nach, behielt seine Route bei und steuerte auf die Kohlhof-Insel zu. Der Ältestenrat erwartete längst seine Anwesenheit. Und ohne seine *Wilden* machte *Mülltonnentauchen*, *Zwack den Zwickel* oder *Strandläuferschubsen* keinen Spaß.

Jemand brüllte.

Früher als geplant setzte Mattis zum Sinkflug an. Er flog dicht über die wellige Ostsee, seine Federn berührten beinahe das kühlende Wasser. Jemand schien mächtig erzürnt zu sein und je näher er an die Kohlhof-Insel gelangte, desto mehr erkannte er die Vogelstimme.

Zur Sicherheit flog Mattis nicht geradeaus, sondern bog zur Heiligen Buche der Spatzen ab, die neben den Raben und Tauben hausten. Zwischen Laubblättern und Knospen setzte er auf einem freien Ast mit brauner Rinde auf. Die Ältesten der Spatzen hielten ihren Nachmittagsschlaf, weshalb Mattis vorsichtig die Blätter beiseiteschob, um zur Heiligen Birke zu spähen.

Tilda thronte auf der Spitze des Baumes, dem Lärm unter ihr schenkte sie keine Aufmerksamkeit, sondern konzentrierte sich auf die Wipfel. Hin und wieder schweifte ihr Blick über den Burger Binnensee. Die anderen Ältesten standen stocksteif auf ihren Ästen. Richard gähnte, Ehrenfried schlief, Sivert schaukelte, als hätte er an jeder Menge Vogelbeeren geknabbert, die anderen blickten auf den Wüterich am Strand wie auf einen Verrückten.

Haui stand am Fuße des alten Baumes und ließ dem inneren *Haudrauf* freien Lauf. Berti und Pit versuchten offenbar, ihn von beiden Seiten zu beruhigen. Was sie ihm unter heftigem Flügelwedeln rieten, drang nicht zu Mattis hinauf.

Haui schlug um sich wie einer von Kumpel Fasans Schlägerspechten auf zu viel Matjes. Fiete rückte nach hinten und wischte sich die Augen.

In Mattis drehte sich alles. Seine *Wilden* verzweifelt zu sehen, trieb seinen Puls an. Er sackte auf dem rauen Ast zusammen, klammerte sich mit den Flügeln an der Rinde fest, um nicht hinunter in den Sand zu fallen.

»Es ist zu ihrem Schutz«, wisperte er vor sich hin. »Ich will nur das Beste. Für ihre Sicherheit.«

»Gebt es zu!«, wetterte Haui zu den Ältesten hinauf. »Ihr habt unseren Mattis unter Drogen gesetzt. Jeder weiß von eurem geheimen Sanddornvorrat.« Wie ein Regenwurm, der zu lang in der Sonne gelegen hatte, wand Haui sich im Sand. Den Kopf nach oben gerichtet, aus seinem dunklen Auge schossen Blitze, die auf die Ältesten gerichtet waren. Mit geöffnetem, rötlichbraunem Schnabel schrie er jedes Wort in die Höhe. »Habt ihr ihn hypnotisiert? Ihm mit euren Gesängen eine Gehirnwäsche verpasst?«

Die Blätter im Wipfel der Heiligen Birke raschelten. Tilda hüpfte mit verkniffener Miene von der Spitze hinab. Auf dem untersten Ast verharrte sie. Berti, Pit und Fiete wichen zurück, um ihrem Zorn zu entgehen. Unweigerlich zog Mattis den Kopf ein und machte sich klein wie ein junger Spatz.

»Vergiss nicht, wen du vor dir hast, junger Hauke-Hinnerk, Sohn von Hajo, Enkel von Henno, Urenkel von Hinnerk.«

Der kalte Tonfall seiner Tante versprach nichts Gutes. Seit der Zeremonie, mit der Mattis in den Rang

41

eines Ältesten gehoben worden war, ähnelte ihre Stimme der emotionslosen und enttäuschten Art seines Vaters. Warmherzigkeit, Verständnis oder gar Liebe suchte er bei ihr seitdem vergebens.

»Lass meine Vorfahren da raus, Altmeisterin. Das ist eine Sache zwischen euch und mir.«

»Sei vorsichtig, Haui.« Mattis knirschte mit dem Schnabel. »Ein Flügelwink von Tilda und du wirst den Südstrand niemals wiedersehen.« Mattis hasste es, nicht bei seinem Freund sein zu dürfen und in sein Schicksal einzugreifen. Wäre er nicht in den Ältestenrat eingetreten, würden die *Wilden* jetzt am Südstrand Brötchen stehlen und sich nicht um Schnabel und Flügel reden.

»Komm, Haui«, flehte Pit ein paar Schritte hinter der Zwergmöwe. »Das bringt nichts.«

»Lass uns fliegen«, fügte Berti hinzu. »Mattis will uns nicht mehr. Unser Freund hat uns vergessen.«

Bei den Worten der Mantelmöwe setzte Mattis' Herz einen Moment aus. *Nein!*, wollte er schreien. *Das stimmt nicht. Ihr seid die einzige Familie, die ich habe.* Doch seine Schnabelhälften klemmten wie zwei Betonklötze aufeinander.

»Im Ernst?«, fragte Haui, wobei er sich den *Wilden* zuwandte. »Glaubt ihr selbst, was ihr da redet? Die alten Möwen mit dem Stock im Bürzel sind schuld, dass Mattis fort ist. Sie haben ihn uns genommen, ihn mit ihren altertümlichen Ansichten umgedreht. Allein aus diesem Grund meidet er uns.« Als würde er gleich die Kontrolle verlieren, kreischte er zu Tilda hoch. »Dafür werden sie auf der Stelle bezahlen.«

Haui öffnete die hellgrauen Flügel und setzte zum Sprung an. Was hatte er vor?

Mattis hielt den Atem an. Er durfte nicht zulassen, dass sein Freund den größten Fehler seines Lebens beging und sich an den Ältesten vergriff. Sollte er ihnen auch nur eine Feder krümmen, würde ihm Schlimmeres blühen, als auf das Festland abgeschoben zu werden. Er würde wie ein ausgestopftes Warnschild an der Fehmarnsundbrücke baumeln für alle Möwen, die meinten, auf Fehmarn wilde Partys feiern zu dürfen.

Fiete flog zu Haui und breitete die graubraunen Schwingen vor ihm aus. Als müsse sie eine tollwütige Krabbe bändigen, wedelte die junge Silbermöwe mit den Flügeln.

»Warte, Haui! Mattis hätte nicht gewollt, dass du bei den Ältesten in Ungnade fällst.«

»Rich…tig«, stotterte Pit. Er wippte mit seinem Bürzel, als wäre er jeden Moment bereit, zurückzufliegen. Berti zog sich ein paar Schritte zurück und ging in Deckung.

»Aber wir können nicht zulassen, dass sie ihn uns wegnehmen.« Unentschlossen schaute Haui zwischen den *Wilden* hin und her. Er wirkte, als würde er vor Zweifeln platzen, bis nur noch graue, schwarze und weiße Federn übrigblieben. »Ich kann nicht zulassen, dass sie …«

Ein Windhauch kam auf, schoss durch die Blätter der Heiligen Bäume, brachte sie zum Rascheln und gab Mattis' weißes Federkleid auf der Buche frei. Hauis Kopf schnellte in seine Richtung, der Blick aus dem dunklen Auge der Zwergmöwe blieb auf ihm haften. Mattis' Puls hämmerte unter seinem Gefieder, während er hinter anderen Blättern Schutz suchte.

»Versteckst du dich, feiges Huhn?«

Zwei, drei Sekunden vergingen, in denen Mattis nicht wusste, was er tun sollte. Wie eine Ewigkeit kamen sie ihm vor. Sollte er sich zeigen? Haui gegenübertreten und ihm sagen, dass er von der Kohlhof-Insel verschwinden soll, um sich bei Tilda nicht zu verraten?

»Da ist niemand«, hörte er Pit lauter als notwendig rufen. »Mattis würde sich niemals vor uns verstecken. Er würde niemals zulassen, dass du dich mit dem Ältestenrat anlegst und dein Leben riskierst. Denn wir sind seine Freunde. Seine einzigen Freunde.«

Mattis' Herz sank auf halbmast. Jede von Pits Anschuldigungen brannte wie Feuer unter seinen Federn. Inständig hoffte er, dass der Wind ihn verborgen hielt, bis die *Wilden* fort waren.

»Nicht mehr«, mischte Tilda sich ein. »Euer Mattis ist längst einer von uns. Er ist in die ehrenwerten Schwimmfußstapfen seiner Vorfahren getreten, trägt Bürden, von denen ihr einfachen Strandmöwen nicht die leiseste Ahnung habt. Ihr stehlt den Strandläufern Brötchen, hängt mit euren Köpfen in überfüllten Abfalleimern oder versucht flügelringend, ein Weibchen zu ergattern. Wir Ältesten hingegen kümmern uns um das Wohlbefinden der Möwen am Südstrand. Das ist unsere Lebensaufgabe, für die wir alles opfern. Alles! Und …« Tilda schwenkte den Blick zur Buche, als wüsste sie genau, wo er sich verkroch. »… wenn Mattis weiß, was gut für ihn und seinen geliebten Südstrand ist, wird auch er Opfer bringen. Für das große Ganze, das oberste Ziel. Den Erhalt der urtümlichen Rassen am Südstrand.«

Die Zeit schien stillzustehen.

Mattis sah Hauis Gesicht nicht mehr, aber er fürchtete, dass die Arroganz seiner Tante den *Haudrauf* der Zwergmöwe animiert hatte.

»Ich brauch ein große Portion *Dunkle Ritter*«, sprach Haui. Mattis strengte sich an, dem Gespräch zu folgen. »Irgendwo muss ich meine Energie loswerden.«

Mattis schielte über die Blätter, um seine Freude zu beobachten. Langsam ging Haui auf Berti und Pit zu. Fiete schlich ihm hinterher, als erwarte er, dass sein

Freund sich jeden Moment umentschied und zurück-stürmte.

»Willst du auch dein anderes Auge verlieren? Oder einen Fuß?«, fragte Pit. »Halte dich lieber von den Raben fern. Die fressen dich, ohne zu zögern, zum Abendbrot.«

»Ich will, dass der Schmerz aufhört. Alles andere ist mir gleich.«

Gemeinsam hoben sie in Richtung des IFA Hotels ab und ließen Mattis mit schlechtem Gewissen und bebendem Herzen auf der Heiligen Buche zurück.

~Svea~

Tote Möwe

- Strandkorb 13. Südstrand -

Svea genoss jeden einzelnen Schritt, den sie über den warmen Sandstrand auf Ignaz und Augustus zulief. Seit heute Mittag hatte der Wind an Kraft gewonnen, doch das störte sie nicht. Mit Gefieder und Seele war sie eine Küstenmöwe, liebte es, wenn der Wind ihr um die Flügel peitschte, sie emporhob und hinaus über die schimmernde Ostsee trug.

Der Sonnenuntergang im Westen der Insel tauchte den blauen Himmel am Südstrand in ein rosaorange-rotes Farbenspiel, der perfekte Anblick für die Willkommensparty für Ignaz und Augustus. Dass ihr Cousin extra aus dem Süden angereist war, um zu dem Geburtstag ihres Großvaters zu kommen, freute sie. Seit Kükentagen kannten sie sich, hatten zusammen ihre ersten Flugversuche unternommen, waren gemeinsam des nachts aus den Nestern gehüpft, um auf der Ostsee zu paddeln und sich gegenseitig mit

Gruselgeschichten über Marder und Füchse Angst einzujagen.

Seit mehreren Jahren hatte sie die Mantelmöwe nicht mehr gesehen, um so größer war die Freude, als Ignaz heute Mittag mit Augustus auf dem Strandkorb aufgetaucht war. Wie ein Greifvogel hatte er gelauert, sich an sie herangeschlichen und sie aus dem Hinterhalt erschreckt. Aber nachdem Sveas Herzrasen sich beruhigt und Ignaz sie herzlich in seine Flügel genommen hatte, war alles vergeben und vergessen.

Ihr Cousin war jemand, auf den Svea sich stets verlassen konnte. Anders als ein gewisser Jemand, der ihr mittlerweile zwei Mal das Herz gebrochen hatte. Herausgerissen hatte er es, um mit seinen platten Schwimmfüßen gnadenlos darauf herumzutrampeln.

Svea blieb stehen, verdrängte den Anflug von schmerzhaften Erinnerungen und setzte ein Lächeln auf den rötlichen Schnabel. Ihre neue Taktik, um nicht gemeinsam mit ihrem gebrochenen Herzen unterzugehen. Schließlich gab es heute Abend eine Feier für ihren Cousin, da wollte sie nicht in Selbstmitleid vergehen und an einen gewissen Jemand denken, der es gar nicht wert war, sich die Flügel schmutzig zu machen.

Alle waren gekommen. Alina und Stine umgarnten zusammen mit Fenja unter dem Strandkorb die Neuankömmlinge Ignaz und Augustus. Der Hybride schaute irritiert, bei der geballten Weiblichkeit um ihn herum. Svea gefiel, wie er sich hinter ihrem Cousin versteckte, als suchte er Schutz.

Ungeniert losten die drei *Seidenfedern* aus, welches der beiden Männchen ihr nächster Sommerflirt werden würde.

Während Svea Augustus von der Seite her betrachtete, drängte sich ihr ein gewisser Jemand in den Sinn. Seine charmanten, schwefelgelben Augen, seine edlen, silbergrauen Schwingen und sein warmes, weiches Gefieder, an das sie sich geschmiegt hatte, wenn sie fror. Ebenso sein verschmitztes Lächeln, das er auf dem wohlgeformten, dottergelben Schnabel trug, wenn ihm eine Idee kam, um den Alltag am Südstrand amüsanter zu gestalten.

Diese Erinnerung traf Svea wie eine schmerzhafte Kopfnuss in den Magen. Die Möwe, die sie liebte, die ihr schon einmal das Herz gebrochen hatte, wollte nicht mehr mit ihr zusammen sein. Mattis hatte nicht einmal den Mut gehabt, es ihr selbst zu sagen. Durch einen Schmetterling namens Ladislaus hatte er sie informieren lassen, dass es vorbei war, dass er seine Lebenszeit höheren Zielen, dem Allgemeinwohl und dem Ältestenrat widmen wollte. Einfach so hatte er sie wie eine schäbige Muschel fallengelassen.

Die *Wilden* standen abseits und steckten die Köpfe zusammen. In den langen Gesichtern spiegelten sich Anspannung und Traurigkeit wider. Selbst Haui hatten sie mitgebracht. Die Zwergmöwe war, seit ein gewisser Jemand nicht mehr zurückgekehrt war, ungenießbar geworden. Worüber die Jungs sprachen, musste Svea nicht hören, sie konnte es sich vorstellen.

Wut stieg dabei in ihr auf, von den Schwimmfüßen bis in den Schnabel. Ihr Atem beschleunigte sich und in der Brust baute sich ein Feuerwerk der Emotionen auf, das den gesamten Südstrand in Brand hätte setzen können.

»Da bist du ja!«, kreischte Alina und rettete Svea vor den eigenen Gedanken. »Komm her, wir überlegen, was wir spielen.«

Innerlich zählte Svea bis drei, wartete darauf, dass sich ihr hektisches nach Luft schnappen beruhigte. Anschließend setzte sie eine fröhliche Miene auf, die sie seit Tagen als Maske trug.

Zur Begrüßung nickte sie den *Wilden* zu, winkte auch Adelheid und Irmgard, die vom Wasser an den Strand glitten und zwischen den Strandläufern auf sie zu flanierten. Auf der Promenade stimmten ein paar Singvögel ein sommerliches Lied an, um den Strandläufern die letzten Brotkrumen aus den Taschen zu ziehen. Ein paar Spatzen von den draufgängerischen *Piepmätzen* hockten auf dem Strandkorb gegenüber und verfolgten Svea mit interessierten Blicken, als sie die *Seidenfedern*, Ignaz und Augustus erreichte.

»Schaut euch Svea an«, brummte Haui zwischen Berti, Pit und Fiete. Wie immer verbarg die Zwergmöwe ihren Gram nicht. »Als wäre nichts geschehen. Die lächelt den ganzen Tag, als wäre Mattis nicht fort. Keine einzige Träne, keine Trauer. Ich möchte ihr …«

Svea hielt die Luft an bei der Bemerkung, die sie unfreiwillig mitanhörte. Sollte sie Haui antworten? Ihm sagen, dass sie innerlich darum kämpfte, nicht an dem Herzschmerz zugrunde zu gehen?

Doch Svea entschied sich, zu schweigen.

Was wusste die Zwergmöwe schon von ihrer tiefen Trauer? Haui hatte nur einen Freund verloren, wenn auch den besten. Sie trauerte um die große Liebe ihres Lebens.

»Nun ist aber gut!« Berti baute sich vor Haui auf, als wolle er ihn ungespitzt in den warmen Sand rammen. Die Zwergmöwe verstummte sofort, streckte der viel größeren Mantelmöwe jedoch angriffslustig den schwarzen Kopf entgegen. »Mattis kommt nicht mehr zurück, finde dich damit ab. Meine Diät plagt mich genug. Auf deine passiv-aggressiven Kommentare kann ich dabei verzichten. Mattis ist weg, begreif das!«

»Passiv-was?« Pit verfiel in einen Lachkrampf, hielt sich den wippenden Bauch, während ihm Tränen aus den Augen schossen. »Iss bloß ein Brötchen, Berti. Der Hunger treibt dich in den Wahnsinn.«

»Wir könnten Dietrich als Ersatz bei uns aufnehmen.« Fiete winkte einem der Spatzen auf dem Strandkorb zu. »Didi möchte die *Piepmätze* verlassen, sie mobben ihn wegen seines Übergewichts. Er hilft mir, die verwahrlosten Straßenküken vor dem Yachthafen zu füttern. Er hat so ein großes Herz. Und viel Humor. Ein echter Gewinn für die *Wilden*.«

»Ein dicker Vogel reicht mir.« Haui warf Berti einen provozierenden Blick zu. »Dietrich sieht aus wie ein zerlumptes Kuscheltier. Dem stehen die Federn zu Berge. Nur über meine Leiche.«

Fietes Schnabel sank nach unten, weshalb Berti ihm den Flügel um die Schultern legte und die junge Silbermöwe zu sich heranzog.

»Was dir Haui mit seiner rücksichtsvollen Art mitteilen möchte, ist, dass wir eine Möwengang sind, Fiete. Dein Didi ist ein Spatz, der passt nicht zu uns.«

»Berti würde ihn im Schlaf zerdrücken, wenn er sich auf unserem Ast umdreht. Das wäre schlecht für unseren Ruf.« Pit grinste.

»Was soll das heißen? Bin ich etwa zu dick?«

»Dünn bist du jedenfalls nicht«, warf Haui ein und Svea meinte ein zartes Lächeln in seinem Gesicht zu erkennen.

Augenblicklich jagten die *Wilden* sich über den Sand. Mit ausgebreiteten Flügeln lief Berti hinter Haui her, fuchtelte mit den Federn, als wollte er ihn halbieren. »Na, warte!«, rief er. Pit und Fiete stimmten in sein Kreischen ein und folgten beiden.

Es würde Zeit brauchen, bis die Wunde verheilt, bis die trostlose Leere in ihrer aller Mitte verschwunden war. Zur Ablenkung kam das Fest für Ignaz gerade recht.

»Habt ihr euch entschieden, Liebes?« Mit einem ihrer silber-schwarzen Flügel stupste Svea Alina an. Die Hybridin stand neben Augustus und schenkte ihm einen deutlichen Augenaufschlag. »Der süße August hier schlägt Yoga vor. Kennst du das Spiel?«

Die schwarz-weißen Federn an Alinas Kopf erinnerten Svea an eine Blumenwiese aus Margariten und dunklen Rosen. Bei Alina erkannte jeder von Weitem, dass ihre Eltern eine Mantelmöwe und eine Zwergmöwe waren.

»Augustus, wenn's recht ist. Mein Name ist Augustus Ferdinand Blasius III. Augustus mit einem U und einem S am Ende – so viel Zeit muss sein. Und Yoga ist kein Spiel. Auch kein Sport, falls du das denkst. Yoga ist eine Philosophie.«

Augustus hob den rapsgelben Schnabel und präsentierte sich in voller Größe. Dass er von einer Mantelmöwe abstammte, hatte Svea sofort bemerkt. Neben seiner imposanten Größe und den pechschwarzen Flügeln, waren auch silbergraue Streifen in seinem Federkleid, ein helles Braun und ein zartes Blau. Augustus war mit Abstand die bunteste Möwe am Südstrand.

Und die attraktivste.

Wie zur Bestätigung nieste Augustus aus vollem Herzen. Seine Allergie gegen Sandstrand tat Svea unendlich leid. Kurz nach der Ankunft hatten sich rote Ringe um seine grasgrünen, mittlerweile geschwollenen Augen gebildet. Als hätte er zu lange in die Sonne gesehen oder an Opa Jupps Sanddornmatsch geschlürft.

»Philosophie? Was soll das denn sein?« Stine betrachtete Augustus mit großen, braunen Augen. »Bist du ein Geistlicher?«

Entrüstet hob Augustus den weißen Kopf. »Nein, ich bin Yo—« Er zog die geröteten Lider zusammen, öffnete den Schnabel, als verschlänge er eine riesige Muschel und … »Hatschi!« Schniefend zog Augustus seine Allergie hoch. »Yogi, wollte ich sagen. Das bin ich. Ein Yogi.«

»Gesundheit!«, säuselte Fenja und blickte Augustus von unten an. Als reinrassige Zwergmöwe reichte ihr schwarzer Kopf ihm bis zur Brust. »Soll ich nach Burg fliegen und dir etwas gegen die Erkältung bringen? Unsere Heilerin kennt sich mit Krankheiten besonders gut aus.« Fenja beugte sich nach vorn, sodass Augustus sie nicht übersehen konnte.

»Das ist sehr großzügig von dir, Fenja. Aber ich bin nicht krank, nicht wirklich. Ich reagiere allergisch auf den Sand.«

»Auf Sand?« Alina kreischte so laut, dass die *Wilden* vom Rand der Ostsee zu ihr herüberschauten. Auf der Stelle machten sie kehrt und trotteten gemeinsam zum *Strandkorb 13* zurück. »Du bist hier am Südstrand, Augustus. Weit und breit gibt es Sand, falls dir das nicht aufgefallen ist.«

Augustus rieb sich die Augen, wobei er gehörig schniefte. »Doch, doch, habe ich bemerkt. Deswegen wohne ich im Süden Deutschlands. Ich ziehe die Berge vor, wisst ihr? Aber für Iggi mache ich über das Wochenende eine Ausnahme.«

»Iggi?« Svea stieß ihrem Cousin, der bislang stumm neben Augustus gestanden hatte, den Flügel in die Rippen. »Seit wann akzeptierst du Spitznamen?«

»Reden wir nicht darüber«, raunte Ignaz. »Lasst die Feier steigen. Ich will was richtig Gutes spielen.« Mit einem kurzen Seitenblick zu Augustus fuhr er fort. »Und definitiv kein Yoga machen!«

»Wie wäre *Wetttauchen*?«, schlug Stine zwinkernd vor.

»Veto!«, entgegnete Alina. »Du bist die allerbeste Taucherin am Südstrand, das wäre nicht fair. Für niemanden.«

»Du bist bloß schlecht im Verlieren. Dafür, dass mein Vater eine Lachmöwe und meine Mutter eine Zwergmöwe ist, kann ich nichts. Ich habe Spitzengene zum Tauchen und darauf bin ich stolz.«

»Richtig so, Liebes.« Svea tätschelte der kleinen Stine den dunklen Kopf. »Niemand sollte sich für seine Abstammung schämen. »Aber seht, da kommen die *Wilden*. Sie haben bestimmt einen Vorschlag.« Svea winkte Pit zu, in der Hoffnung, dass er helfen würde. Nach einem gewissen Jemand, der nicht mehr am Südstrand weilte, war er die Möwe mit der meisten Fantasie.

»Ein Spiel?«, fragte Pit. »Lasst mich überlegen.«

»Jetzt tut er, als hätte sein Gehirn das Volumen eines Luftballons. Dabei ist es winzig klein wie eine Mücke.«

Berti knurrte Haui von oben herab an. »Lass deine schlechte Laune nicht an Pit aus. Unsere Langfeder hat immer gute Ideen.«

»Dank dir, Berti. Ich habe sogar mehrere.« Pit hielt den Schnabel geöffnet, als würde er nach fliegenden Würmern schnappen. »Was haltet ihr von *Rinderrammen*? Das haben wir sehr lange nicht mehr gespielt.«

»Viel zu weit weg«, wandte Alina ein. »Ich möchte nicht erst zum IFA Hotel fliegen. Da könnte ich gleich nach Puttgarden reisen und Dampfer zählen.«

»Und mir tut nach dem *Rinderrammen* immer der Kopf weh. Denk dir ein anderes Spiel aus«, bat Stine.

»Schweres Publikum, ich verstehe.« Pit lief im Kreis. Fiete hüpfte zur Seite, um der Lachmöwe nicht im Weg zu stehen. »Was ist mit *Mülltonnentauchen*?«

»Wenn Berti nicht alles weggefressen hat«, grummelte Haui.

»Guter Einwurf«, bestätigte Pit.

»He!« Berti legte die Stirn in Falten. »Ich bin zart besaitet, Jungs. Keine Scherze über meine Diät. Nicht vor den Weibchen.«

»Keine Sorge. Gut.« Pit überlegte kurz. »Was ist mit *Fang die Muschel?*«

»Wir sind keine Küken mehr«, murrte Alina. »Denk weiter.«

»*Zwack den Zwickel?*«

»Dafür sind zu wenig Strandläufer am Strand«, betonte Stine. Je später die Abendstunde voranstrich, desto mehr Strandläufer rollten die Handtücher ein, schlossen ihre Strandkörbe und verschwanden auf der Promenade.

»*Ich sehe was, was du nicht siehst?*«

»Pit, ich bitte dich! Wir sind erwachsene Möwen. Streng dich mehr an.« Alina rollte mit den Augen, als hätte er ihr stinkenden Fisch vorgesetzt.

»Lass uns ruhig *Ich sehe was, was du nicht siehst* spielen«, mischte Fenja sich ein, wobei sie voller Mitleid zu Pit sah. »Der arme Pit.«

»Der kann das ab«, sagte Alina. »Los, Pit. Ich weiß, du hast mehr drauf.«

Innerlich schmunzelte Svea. Alina war seit einiger Zeit in die Lachmöwe verliebt, aber fand nicht den Mut, sich ihr anzunähern.

Pit rauchte derweil sein Kopf. Er drehte sich so schnell im Kreis, dass Svea befürchtete, er würde ohnmächtig werden. »Wir könnten auch ein *Wettschwimmen* veranstalten, so wie Stine es vorgeschlagen hat.«

»Nein, nein, nein.« Mit jedem Augenblick wurde Alina unzufriedener.

»Was ist mit *Nester flechten auf Zeit?*«

»Langweilig.«

»*Weitsprung?*«

»Nein!«

»*Mensch ärgere dich?*«

»Vergiss es, darin seid ihr die besten.«

»Alina, du bist schwer zufriedenzustellen. Mein Kopf fühlt sich wie eine Tropfsteinhöhle an, aber eine letzte Idee habe ich. Was ist mit …« Theatralisch, aber mit einem Lächeln um den Schnabel, breitete Pit die hellgrauen Flügel aus, wobei er Berti und Fiete zur Seite stieß. »Was ist mit *Tote Möwe?*«

Alle sahen Alina an. Sie zögerte, ihr Blick schwang von links nach rechts. Jede einzelne Möwe schaute sie an, als prüfe sie, ob alle imstande wären, das aufregende Spiel zu verkraften. Auf Pit verharrte sie, bis ihre honiggelben Augen leuchteten. »Das gefällt mir. Lasst uns *Tote Möwe* spielen.«

Aufgeregt liefen Stine, Alina, Berti, Pit und Fiete umher, kreischten wie am ersten Flugtag.

»Ich will mit Berti spielen!«, rief Stine. Berti hüpfte freudig, was bei seiner mächtigen Größe für alle Umherstehenden ziemlich gewagt aussah. Svea wunderte es, dass Stine nicht Haui ausgewählt hatte, aber bei seinem garstigen Gesichtsausdruck hätte sie selbst die Zwergmöwe auch nicht aufgerufen. Sogar sein gutes Auge kniff Haui zusammen, wobei er reglos auf die Ostsee hinaussah und als einziger keine Freude versprühte.

»Ich wähle Alina«, sagte Pit mit einem herausfordernden Unterton. Die Hybridin lief auf ihn zu und nahm Pit grinsend in den Schwitzkasten.

Fiete stellte sich neben Haui, der ihm jedoch einen finsteren Blick schenkte und nicht mit den Flügeln zuckte.

»Freunde für immer«, flüsterte die junge Silbermöwe, weshalb Haui sein Auge verdrehte.

Fiete besaß Sveas volles Mitleid. Sollte sie selbst gegen ihn antreten? Gleichzeitig hoffte sie, dass Augustus mit ihr spielen würde. Sie wollte unbedingt sehen, was der niesende Hybride neben seinem guten Aussehen und seiner Allergie noch zu bieten hatte.

»Fenja wird meine Partnerin!« Ignaz redete so schnell, dass Svea seine Worte fast nicht verstand. Aber sie freute sich, dass ihm das neue Mitglied der *Seidenfedern* gut gefiel.

»Und was ist mit mir?«, protestierte Augustus.

Beschwichtigend hob Ignaz die Flügel. »Die liebe Svea braucht einen Partner, mein Bester. Willst du dich nicht um meine Cousine kümmern?«

»Mylady.« Tief verbeugte sich Augustus vor Svea. Mit grasgrünen Augen blickte er sie von unten aus an, als lese er in ihrer Seele. Was er dort sah, schien ihm zu gefallen, denn er lächelte. Ein unsagbar schönes Lächeln.

»Hatschi!«

»Gesundheit«, flötete Svea. Sie schaute gern zu Augustus auf. Groß. Gutaussehend. Gewissenhaft. Eine wahre Augenweide dieses Männchen aus dem Süden.

Wie sich wohl eine Umarmung von dem Yogi anfühlte? Zwar wirkte er sanft, fast schüchtern, konnte im richtigen Moment jedoch sicher zupacken, sie an sich ziehen, festhalten, beschützen …

Erschrocken sah Svea sich um, als hätte jemand ihre Gedanken gelesen. Diese Überlegungen gingen eindeutig zu weit.

»Irmgard, Adelheid!«, rief sie den Schwänen zu, um sich von Augustus' Charisma abzulenken. Die beiden Schwestern saßen unter dem Strandkorb, auf dem die *Piepmätze* Platz genommen hatten. »Wollt ihr mitmachen? Wir spielen *Tote Möwe*.«

Irmgard schlackerte mit dem langen, faltigen Hals, als wäre sie gezwungen, an einer alten Muschel zu lutschen. »Nein, Kindchen. Das ist nichts für unsere alten Knochen. Aber wir sehen euch zu. Nicht wahr, liebste Adelheid?«

Ihre Schwester wippte mit dem Kopf. »Sicher, Irmgard. Wir sehen zu. Mehr nicht. Nachher verletzen wir uns.«

Nach einem kurzen Flug zur Promenade stellten sich die Möwen in Zweierpärchen vor den beiden Fahnenmasten zwischen der *Strandburg* und dem Bücherschrank auf, ganz in die Nähe des Rasens, damit sie nicht mit den vorbeiziehenden Strandläufern kollidierten. Die orange-weiße Flagge und die orange-blau-weiße flatterten an den Masten.

Perfektes Wetter für *Tote Möwe*.

Fiete und Haui saßen bei den Schwänen in der Düne. Svea hoffte, dass Haui die junge Silbermöwe beim Spielen nicht im Stich ließ, obwohl es nicht danach aussah, als wollte Haui heute noch Spaß verbreiten.

»Was bedeutet *Tote Möwe*?«, fragte Fenja. »Das Spiel hört sich lebensgefährlich an.«

Mit einem Flügel stieß Svea sie an. »Das hatte ich ganz vergessen. Als ehemalige Stadtmöwe kennst du *Tote Möwe* nicht.« Svea zeigte auf die beiden Fahnenmaste vor ihnen. »Zwei Möwen springen zur selben Zeit von der Spitze. Wer als Erster die Flügel ausbreitet, um nicht auf den Boden zu fallen, hat verloren.«

Fenja schielte mit glasigen Augen zu Ignaz an ihrer Seite. Würde sie etwa weinen, weil sie *Tote Möwe* spielen wollten? Hatte sie sich derart in der Stadtmöwe getäuscht? *Seidenfedern* waren mutig, nicht ängstlich. Sie schreckten vor nichts zurück, schon gar nicht vor vorlauten Männchen.

»Was spielen die Möwen in Burg, um sich die Zeit zu vertreiben?«, fragte Svea.

Fenja zuckte die Flügel. »Wir spielen nicht. In der Stadt läuft die Zeit schneller, es ist viel zu tun. Ständig. Wir sind immer in Bewegung. Ruhephasen gibt es keine. Viele Autos, viele Stadtläufer, viel Müll auf dem Kopfsteinpflaster, den es zu untersuchen gilt. Immer auf der Suche nach dem leckersten Bissen. Nicht umsonst bin ich zu euch an den Südstrand gezogen. Zum Entspannen und um neue Lebensenergie zu tanken. Ich bin so dankbar, dass ihr mich bei den *Seidenfedern* aufgenommen habt.«

Fenja griente breit, etwas zu aufgesetzt für Sveas Geschmack. Aber sie verstand die Freude der Zwergmöwe. Sie war keine Hybridin und trotzdem hatten Alina und Stine für Fenjas Aufnahme plädiert. Hilda zu ersetzen war unmöglich, ihr Tod hing wie eine dunkle Wolke voller Kummer und Sehnsucht über ihrer Möwengang. Aber Alina und Stine hatten recht. Hilda hätte Stillstand nicht gewollt. Die *Seidenfedern* mussten nach vorn sehen und ihre Gang stetig erweitern. Das Leben am Südstrand wurde von Tag zu Tag rauer, da war Fenja aus Burg ihnen gerade recht gekommen.

»Keine Panik, Fenja. Ich bin völlig aus der Übung. Das letzte Mal habe ich *Tote Möwe* gespielt, da war Svea gerade mit dem Anführer der *Wilden* zusammengekommen.« Suchend schaute Ignaz sich um. »Wo ist der adlige Besserwisser? Den ganzen Tag habe ich Mattis noch nicht gesehen.«

Als hätte Ignaz das Licht in Sveas Kopf ausgeschaltet, kreisten ihre Gedanken nur noch um einen Namen.

Mattis, Mattis, Mattis, hallte es durch die gähnende Leere wie ein aufdringliches Echo, das nicht vorhatte, jemals wieder zu verschwinden.

»Pit und ich fangen an«, sprang Alina ein, da Svea sich nicht rührte. Genau dafür liebte sie ihre Freundin. Sie war immer da, wenn sie sie brauchte.

Leise stieß Svea Luft aus dem Schnabel, als Alina und Pit Seite an Seite in die Höhe stiegen, um oben auf den Fahnenmasten aufsetzten.

»Alles in Ordnung, Mylady?« Augustus begutachtete Sveas graublaues Gesicht, als prüfte er jede Feder.

Mehr als ein Nicken brachte sie nicht zustande.

»Es geht los!« Stine wedelte Alina und Pit auf den Fahnenmasten mit grau-weißen Schwingen zu. »Ihr kennt beide die Regeln. Bei *Toter Möwe* kommt es auf Mut an. Wer als Erster die Flügel öffnet, verliert. Wer als Erster auf die Promenade fällt, verliert. Seid ihr bereit?«

»Hier oben sieht dein Gefieder besonders hübsch aus, Alina.«

»Einschmeicheln bringt nichts, Pit. Hier oben zählt, wie mutig du bist.«

Alina hob einen Flügel zur Bestätigung. Falls sie aufgeregt war, zeigte sie es nicht. Die braunen Augen konzentriert auf den Steinboden am Ende des weißen Mastes gerichtet. Sie beugte sich am Rand vor, ging in Startposition. Pit agierte nicht weniger fokussiert. Geschmeidig bewegte er den weißen Hals zu beiden Seiten, wärmte sich auf. Er lockerte die hellgrauen Schwingen, wobei er wie ein Flummi auf der Stelle hüpfte. Erst danach widmete er sich Stine. »Kann losgehen. Grüß mir die Bodenplatten, Alina.«

»Ich hoffe, du stehst auf Dreck im Schnabel, Pit.«

Svea hielt es vor Spannung kaum aus. Alina war ein Stück größer als Pit. Würde ihre Freundin ihren Gegner gewinnen lassen?

Nein. Alinas Ego war zu groß, selbst wenn sie in die Lachmöwe verliebt war. Andererseits spielte niemand am Südstrand *Mensch ärgere dich* so gut wie Pit.

Den Spitznamen *Langfeder* besaß er nicht von ungefähr.

»Auf drei!«, kreischte Stine.

»Eins!«

Pit stellte sich weiter an den Rand.

»Zwei!«

Beide beugten die Oberkörper nach vorn, als fischten sie in der Luft nach Algen. Unruhig trat Svea auf der Stelle.

»Drei!«

Als sie Stines Stimme hörte, hielt Svea die Luft an. Zur selben Zeit fielen Alina und Pit vom Fahnenmast hinab. Mit den Schnäbeln voran rasten sie an den Flaggen vorbei.

Alle starrten gespannt auf ihren Fall.

Alina stürzte schneller als Pit, die Schwingen eng an das Gefieder gepresst. Rasant näherte sie sich den hellen Steinplatten.

Warum öffnete sie die Flügel nicht und flog davon? Wollte sie ihr Leben riskieren, nur um zu gewinnen?

Wie gebannt verfolgte Svea den spannenden Sturz. Gleich würde ihre Freundin aufprallen und …

»Verdammt!«

Pit breitete die Flügel aus und segelte knapp über die Köpfe der Möwen auf der Promenade hinweg. Seine Wut verteilte sich wie Konfetti in der Luft.

Alina hingegen kreischte vor Begeisterung. Sie öffnete die Schwingen und flog der Lachmöwe kichernd hinterher.

»Bist du wahnsinnig?«, rief Pit ihr im Flug zu. »Du hättest dir den Hals brechen können.«

Die *Piepmätze* auf der Düne unter ihnen feierten Alinas Sieg, selbst Irmgard und Adelheid bewegten die adligen Schnäbel anerkennend auf und ab.

»Hab dich nicht so«, sagte Alina. »Du bist sauer, weil du verloren hast, Pit. Ihr *Wilden* könnt uns *Seidenfedern* eben nicht das Wasser reichen.«

»Das werden wir erst sehen«, raunte Berti vor Svea. Nickend gab er Stine ein Zeichen, um auf die Fahnenmaste zu fliegen. Gemeinsam hoben sie ab.

»Reiß ihm den Bürzel auf, Stinchen.« Alina setzte neben Svea auf.

Pit gesellte sich zu ihnen. Außer Atem zwinkerte er seiner Gegenspielerin zu. Wenn Svea den Blick richtig deutete, war er faszinierter von Alina als vorher. Ihre Freundin wusste, wie man ein Männchen anlockte und betörte.

»Fertig, Stinchen? Berti?«, rief Alina in die Höhe. »Bei drei geht's volle Kanne abwärts.«

Mit ihrer schrägen Stimme brachte sie Berti zum Zucken, als träfe ihn der Schlag. Stine hingegen strahlte wie die aufgehende Sonne. In ihrem jungen Alter gegen eine erfahrene Mantelmöwe anzutreten, fand Svea äußerst gewagt. Aber so wie alle *Seidenfedern* hatte Stine ihren eigenen Kopf, wofür sie ihre Freundin überaus schätzte.

»Eins!«, zählte Alina an und drängelte Svea sowie Pit beiseite. »Zwei!«

Stine und Berti machten sich bereit, neigten sich vor. Bertis mächtiger Mantelmöwenkörper gegen Stines schmächtigen Hybridenkörper. Vor Anspannung lehnte Svea sich an Augustus. Er schenkte ihr ein freundliches Lächeln, das mit dem Zauber der Abendsonne konkurrierte. Wie machte er das, stets so zu wirken, als wäre er der personifizierte Frieden? Er war so anders als ein gewisser Jemand, der ständig in Schlägereien verwickelt war.

»Hatschi!«

»Gesundheit«, hauchte sie ihm ins Ohr und erntete ein liebevolles Zwinkern.

»Und drei!«

Wie ein Sack saftig frischer Miesmuscheln schnellte Berti in die Tiefe. Stine fiel nicht weniger flink, dafür graziler, als würde eine zarte Feder auf einem Stein aufsetzen. Aber das würde sie nicht. Sie würde mit dem pfirsichfarbenen Schnabel voran auf die Promenade klatschen, wenn sie nicht bald die Flügel öffnete.

Stine, bitte!

Svea drückte sich an Augustus, der einen Flügel um sie legte.

»Stinchen! Stinchen!«, kreischte Alina.

Berti erschrak bei dem Geschrei, riss reflexartig die Flügel auf und glitt nur knapp an einem Strandläuferpärchen vorbei in die Düne. Stine segelte ihm mit ausgebreiteten Flügeln hinterher.

Alina gackerte ebenso herzhaft wie Pit und umarmte ihn euphorisch. »Stinchen hat gewonnen!«

Adelheid und Irmgard applaudierten. Ihre schneeweißen Hälse wippten im Takt der pfeifenden Klänge der Spatzen, neben denen Berti schwungvoll ins Gebüsch gerast war.

»Alles heil, Berti?«

Svea stellte sich auf die Schwimmfüße, um nach der Mantelmöwe zu sehen. Augustus hielt sie fest, damit sie nicht vornüberfiel.

Berti hob den Flügel. »Nichts passiert.«

Stine half ihm auf die Schwimmfüße und klopfte ihm das Gefieder ab. Zur gleichen Zeit tippte Alina Svea mit einem Flügel auf den Rücken.

»Ihr seid dran. Los! Du und August. Hurtig. Ich will sehen, was der Neue draufhat.«

»Augustus!«, zischte der Hybride. »Augustus Ferdinand Blasius III.«

»Wie du magst. Hauptsache du fliegst jetzt mit Svea hoch.« Alina schob beide an. »Los, Kirsche. Ich will dich ordentlich stürzen sehen. Immer mit dem Schnabel voran.«

»Zeig Augustus, was eine Küstenmöwe draufhat.« Ignaz kreischte neben Fenja, als sähe er einem Flügelkampf zweier Möwen zu. Euphorisch zog er sie zu sich, drückte sie. »Weis den Hochadel in seine Schranken, Cousinchen.«

Fenja stimmte in sein Kreischen ein, wenn auch mit weniger Intensität.

Svea schenkte den Lauten keine Beachtung. Ihre Aufmerksamkeit galt Augustus, der auf dem Fahnenmast gegenübersaß. Wirkte er betrübt oder litt er neben seiner Allergie auch noch an Höhenangst? Um seinen Schnabel herum arbeitete es. Die roten Augen waren geschwollen, sie glichen farblich der Abenddämmerung, die am Horizont mit der Ostsee spielte.

»Du musst nicht springen, wenn du nicht willst, Augustus. *Tote Möwe* ist nicht für jeden geeignet. Ich kann sagen, dass mir schwindelig geworden ist, wenn du möchtest. Das wäre kein Problem.«

Augustus schwieg, sein Augenmerk haftete auf Ignaz und Fenja.

Wenn sie nur wüsste, was ihm durch den Kopf ging? Eine Muschel für seine Gedanken …

»Wie Svea mit dem Fremden flirtet. Seht euch das an, mir wird ganz schlecht.«

Wie spitze Pfeile schossen Hauis Beschwerden hinauf zu ihrem Mast. Svea hatte Mühe das Gleichgewicht zu halten.

»Svea ist unsere Freundin«, erklärte Fiete.

»Sei kein Spielverderber, Haui.« Stine stellte sich neben ihn und stupste ihn mit dem Kopf an. »Svea lebt ihr Leben weiter. So wie die *Wilden*.«

»Erzähl mir nichts vom Leben«, grummelte Haui und hob ab.

Den traurigen Blick, den Stine der Zwergmöwe hinterherwarf, konnte Svea nachempfinden. Irgendwann würde Haui einsehen, dass es nichts brachte, einem gewissen Jemand nachzuweinen. Zwei Mal hatte sie selbst es zugelassen. Für ein drittes Mal war die Tür zu ihrem Herzen fest verschlossen, mit doppelten Schlössern und mehrfachen Riegeln.

Plötzlich hob Augustus den Kopf. Als wäre er eine andere Möwe, flackerte der Ehrgeiz auf seinem Gesicht. »Wollen wir den niederen Bauersmöwen dort unten was zum Tratschen geben, Mylady? Wir werden ihnen die aufregendste *Tote Möwe* präsentieren, die sie je gesehen haben.«

Sveas Wangen glühten, so herzlich wie er sie ansah. Dankbar nickte sie ihm zu.

»Gut.« Svea blickte zu Alina. »Zähl an, Liebes.«

»Eins!«

»Hatschi!« Augustus schniefte. »Hoffentlich bekommt mein Gefieder keinen Sand ab. Eine grauenhafte Vorstellung.«

»Zwei!«

»Ich helfe dir beim Säubern«, säuselte Svea. Doch für weiteres Plaudern gab es keine Zeit. Schließlich wollte sie gewinnen. Alina und Stine hatten den Sieg für die *Seidenfedern* geholt, da durfte Svea als Anführerin nicht schlechter abschneiden. Augustus war einen halben Kopf größer als sie, muskulös, schlank. Sie mochte weniger wiegen, aber diese *Tote Möwe* würde ein Schnabel-an-Schnabel-Sturz werden.

»Drei!«

Mit offenen Augen stürzte sich Svea ihrem Schicksal entgegen. Der rasende Fall drückte ihr Gefieder an den Körper, die vorbeiziehende Luft zog ihr in den Augen. Die Pflastersteine waren zum Greifen nah. Aus dem Augenwinkel bemerkte sie Augustus, wie er den Boden fixierte, als wäre die Promenade sein

Endgegner. Von Frieden war auf seinem attraktiven Gesicht nichts mehr zu erkennen. Zielstrebigkeit erlangte die Führung.

Aber Svea ließ sich nicht blenden. Er würde einknicken und als Erster die Flügel öffnen. Er war ein Yogi. Yogis gingen kein Risiko ein. Oder? Die Edelmöwe in ihm würde ihr den Vortritt lassen, sie gewinnen lassen. Oder nicht?

Auf gleicher Höhe rasten sie hinab. Viel zu schnell. Viel zu geschwind. Viel. Zu. Nah. Die. Steine.

Svea öffnete die Schwingen und flatterte mit den Flügeln, so stark sie konnte, um den Sturz abzubremsen. Den Schnabel brechen wollte sie sich nicht, nicht für einen Sieg bei *Tote Möwe*.

Im Flug zog sie einen besonders großen Kreis über die Düne auf die Ostsee zu und betrachtete mit ausgebreiteten Schwingen die letzten Strandläufer, die mit Kind und halbem Hausstand auf die Promenade eilten.

Tief holte sie Luft. Sie brauchte einen Moment für sich, um die Gedanken zu ordnen. Verloren hatte sie, gegen eine Bergmöwe aus dem Süden.

Nachdenklich betrachtete Svea die Abenddämmerung, die mit den letzten farbenfrohen Strahlen in der Ostsee unterging. In Augustus steckte mehr, als er zugeben wollte. Sein Kampfgeist beeindruckte Svea tief. Es hätte nicht viel gefehlt und sie beide wären auf den Boden geknallt. Gebrochene Flügel, wirre Gedärme und jede Menge Federmatsch.

Unter ihr kreischten Alina und Stine ein Mitleidslied. Aber Svea stand zu ihrem Misserfolg, während die anderen Möwen, Schwäne und Piepmätze dem wohlverdienten Sieger zujubelten.

»Was für ein Sturzflug«, gratulierte Ignaz, als Svea neben ihm aufsetzte. »Ich war kurz davor, für euch beide ein gemeinsames Grab zu schaufeln.«

»Mach dir nichts draus, Kirsche. Wir können nicht alle Siegerinnen sein.« Alina grinste frech. Und obwohl Svea wusste, dass ihre Freundin es nicht böse meinte, verletzte ihre Miene sie.

Erhobenen Hauptes schritt Svea auf Augustus zu, reichte ihm einen Flügel. »Respekt. Du hast hervorragend gespielt.«

Sogleich schlug er mit einem Flügel kräftig ein. »Gleichfalls, Mylady. Ich habe schon sehr lange nicht mehr so einen Spaß gehabt. Ich könnte Würmer zerreißen vor Freude.«

Hinter Ignaz erblickte Svea eine Stadtmöwe, die auf ihre Gruppe zukam.

»Knud!« Sie fiel der Silbermöwe in die Flügel. »Du bist doch vorbeigekommen!«

Knud rieb sich die Augenringe, während er gähnte. »Moin. Ja, bin spät dran. Das Füttern der Küken hat ewig gedauert. Meine Alte lässt mich nicht gehen, ehe sie mit der Arbeit fertig ist. Und dann dieser Gegenwind. Der hat mir den Kurztrip zum Strand echt erschwert.«

»Klasse, dass du hergeflogen bist.« Ignaz knuffte seinen Freund in den Flügel. »Das letzte Mal, als ich hier war, haben wir uns gar nicht gesehen.«

»Ging nicht. Da haben Ilse und ich unser Nest gebaut. Wir hatten alle Flügel voll zu tun.«

»Jetzt fehlt nur Raudi und unser Dreiergespann aus Kükentagen ist komplett. Weiß jemand, wo die *Biester* sind?«

Alina drängelte sich neben Ignaz. »Hoffentlich hocken sie auf einem morschen Baum in Staberhuk und starren Löcher in die Luft. Nachdem Raudi an Pfing—«

»Nicht so wichtig, Alina. Die *Biester* haben eine Wette gegen uns verloren und deshalb verbringen sie den Sommer in Staberhuk.«

Das Letzte, was Svea wollte, war, allen die Stimmung zu verderben. Vor allem sich selbst. Sie hatte kein Interesse daran, von einem gewissen Jemand oder gar von Lutger zu berichten.

Nicht in diesem Augenblick.

»Jetzt tritt Ignaz gegen Fenja an. Kommt!«

»Du bist zum richtigen Zeitpunkt gekommen, Knud. Fenja und ich werden uns in den Tod stürzen.« Ignaz stupste Fenja an, die mit Bedauern im Blick in die Lüfte stieg. Jetzt würde sich zeigen, welche Fähigkeiten das neue Mitglied der *Seidenfedern* besaß.

»Spielt ihr *Tote Möwe*?« Ein Hauch von Freude legte sich auf Knuds abgeschlafftes Gesicht. »Seit Ewigkeiten habe ich das nicht mehr gespielt.«

»Du kannst mit Fiete springen, wenn du willst. Haui ist schon verschwunden.« Auffordernd winkte Svea der jungen Silbermöwe zu, die sich hinter Berti versteckte.

»Das muss nicht sein, Svea. Mir ist die Lust am Spiel vergangen.«

»Falls du es dir anders überlegst, Fiete«, entgegnete Knud, »ich wäre dabei.«

»Jetzt sind erst Fenja und Ignaz dran.«

Fenja wirkte, als wollte sie das Spiel von vornherein abbrechen. Ignaz hingegen rieb sich die Flügel. Dass seine Beeinträchtigung, für die er in Kükentagen immerzu aufgezogen worden war, kein Hindernis war, wusste Svea. Mit seiner Reise in den Süden hatte ihr Cousin sich und dem skeptischen Südstrand bewiesen, dass die kleine Krümmung am linken Flügel ihn nicht davon abhielt, sein Leben zu genießen.

»Los, fang an, zu zählen, Svea. Ich werfe mich mit der süßen Fenja in den Tod. Romeo und Julia der Lüfte – so wird man uns taufen.«

Fenja trat zögerlich an den Rand der Plattform. Ihr Blick triefte vor Angst. Ihre Schwingen zuckten, als flögen sie gleich ohne sie davon. Mut sah anders aus.

»Wer ist die Schönheit bei Ignaz?«, fragte Knud. »Ich sollte öfter an den Südstrand kommen und meine Alte und die Kinder in Burg lassen.«

Svea seufzte. Sie hatte vergessen, was für ein Draufgänger ihr Freund aus Kükentagen war. Doch da sie ihn extra über eine Brieftaube hergebeten hatte, wäre es unhöflich, den geflügelten Macho zurück nach Burg zu schicken. Knud war und blieb eine Möwe ohne Manieren, ganz anders als Augustus. Wie Knuds Frau es mit ihm aushielt, wunderte Svea.

»Das ist Fenja. Aus Burg«, erklärte sie ihm. »Bis vor kurzem schlief sie auf dem Rathaus, ganz in der Nähe vom *Kaufhaus Stolz*. Ihr müsstet euch begegnet sein. Kennst du sie nicht?«

»Ich merke mir nicht alle Weibchen, die ich sehe.« Er beugte sich zu Svea und setzte ein Grinsen auf, bei dem es ihr kalt den Rücken runterlief. »Hat schon jemand Anspruch auf Fenja erhoben?«

Svea stellten sich die Nackenfedern auf. Und dass nicht, weil es aus Knuds Schnabel nach Abfallresten roch. »Wir leben im 21. Jahrhundert, Knud. Begegne uns Weibchen mit mehr Respekt! Wir sind keine leblosen Dinge, auf die irgendjemand *Anspruch* erheben kann.«

»Los, Fenja! Zeig dem Langweiler, was du kannst!« Alinas Kreischen musste bis zur Fehmarnsundbrücke zu hören sein.

Niemand bekam mit, dass Svea wie ein Strandläufer beim Joggen schnaubte. Langsam aber sicher ging es ihr gehörig auf den Schnabel, dass die Männchen sich nahmen, was sie wollten und die Weibchen mit gebrochenem Herzen zurückließen.

»He, Alina! Hack nicht auf Iggi herum.« Augustus stellte sich vor Alina und versperrte ihr die Sicht.

»Eins!«, zählte Svea schnell an, ehe es zu einer Diskussion kam. Sie bewunderte Augustus dafür, wie er sich für seine Freunde einsetzte. Gutaussehend, ehrgeizig und ein großes Herz – genau nach ihrem Geschmack. Aber eine Diskussion mit Alina würde er nicht überleben.

»Zwei!«

»Ich bin gespannt, wer gewinnt«, tuschelte Stine in Sveas Richtung. »Bislang war Fenja bei allem dabei, selbst beim *Muschelschubsen*. Gleich sehen wir ihr wahres Gesicht.«

»Drei!«

Als die anbrechende Nacht die Farben der Abenddämmerung mit einer Flut aus tiefem Schwarz bedeckte, sprangen Fenja und Ignaz hinab.

»Iggiii!«, brüllte Augustus sichtlich amüsiert hinter Svea, während Stine und Alina Fenja zujubelten. Die *Wilden* unterhielten sich mit Knud und hatten ihr Interesse an *Tote Möwe* verloren. Nur die *Piepmätze* und die Schwäne schauten noch dabei zu, wie die beiden Möwen in die Tiefe schnellten.

Es dauerte wenige Sekunden, Fenja hatte die Mitte des Fahnenmastes noch nicht erreicht, da öffnete sie die Schwingen und glitt in Kreisen über die Promenade. Ignaz folgte ihr, herzhaft kreischend.

»Ihr seid alle lebensmüde! Vollkommen durchgeknallt!«, beklagte Fenja sich, ehe sie hinter Augustus landete. »Solche Spiele sollten verboten werden. Mir ist ganz schwindelig.«

Ignaz stürzte auf sie zu. »Ich halte dich, vertrau mir.«

Als wäre sie der Ohnmacht nahe, fiel Fenja in seine Schwingen. Ignaz zog sie fest an sich, hielt sie wie ein rohes Ei.

»Na, das war kein berauschender Abgang«, wetterte Alina so leise, dass nur Stine und Svea sie hörten. »Eventuell haben wir sie vorschnell bei uns aufgenommen.«

»Abwarten, Liebes. Jede Möwe hat ihre Probezeit bei den *Seidenfedern*. Wir wussten von Anfang an, dass es schwer werden würde, für Hilda einen adäquaten Ersatz zu finden.« Svea ging auf Fenja zu. »Geht's dir gut? Du siehst krank aus.«

Mit einem Flügel schlug Augustus Ignaz auf den breiten Rücken. Für einen Moment wirkte es, als wollte er die Mantelmöwe umarmen, doch Ignaz schlängelte sich aus Augustus' Flügeln und deutete auf Fenja, die in seinen Schwingen lag.

»Ah«, betonte Augustus. »Da hilft einzig und allein Yoga und eine anschließende Meditation. Glaubt mir, ich kenne mich aus.« Er blickte in die Ferne an den Horizont. Der Nachthimmel glich mittlerweile der düsteren Ostsee. »Der Mond ist aufgegangen. Was haltet ihr von nächtlichem Yoga, um die Gemüter abzukühlen?« Er hatte den Satz kaum zu Ende gesprochen, da bebte bereits sein Schnabel. Er drückte die Lider zusammen. »Hatschi!«

»Gesundheit«, säuselte Svea.

»Yoga?« Knuds weißer Bauch wippte vor Lachen. »Wo hast du diese Möwe denn aufgegriffen, Ignaz? In einer Irrenanstalt?«

»Das war rom–«, fing Augustus an.

Aber Ignaz schoss aus dem Sand hoch und rempelte seinen Freund an, als wäre er von einer Wespe gestochen worden. Fenja fiel rücklings auf den Stein. »Nicht *war* Rom, Augustus, sondern *in* Rom.« Energisch fuchtelte Ignaz mit den Flügeln. »Wir haben uns *in* Italien kennengelernt. *In* Rom. Manchmal hat er Probleme mit unserer Sprache, müsst ihr wissen.«

Augustus' Sprachprobleme waren Svea gar nicht aufgefallen, ebenso wenig wie sein italienischer Akzent. Wenn er sie ansah, vergaß sie alles um sich herum, selbst einen gewissen Jemand.

»So weit bist du geflogen?«, fragte Stine. Sie half Fenja beim Aufstehen, die sich mit dem Schnabel den Schmutz aus den Schwingen fegte.

»Gleich im ersten Jahr bin ich bis nach Italien geflogen. In Rom habe ich mir die Sehenswürdigkeiten angesehen. Echt heiße … Weibchen. Ich könnte euch einige Geschichten erzählen.« Ignaz' Lachen kam Svea überdreht und aufgesetzt vor. »Jedenfalls habe ich im Kolosseum beobachtet, wie ein Papagei den guten Augustus verprügelt hat. Selbstverständlich bin ich dazwischengegangen und habe ihn gerettet.«

Svea bemerkte, dass Augustus der Schnabel offenstand. Seine grasgrünen Augen versprühten eine ordentliche Brise Entrüstung.

»Wie damals bei Hilda«, warf Knud ein. »Erinnert ihr euch? Dieser dreckige Strandläufer hatte es auf unsere Hilda abgesehen. Wäre Ignaz ihr nicht zur Hilfe geflogen, wer weiß, ob sie heute noch leben würde. Ignaz ist ein echter Held.«

Svea sackte das Herz in den Bürzel. Auch Knud war über Hildas Tod nicht informiert. Reichten die langen Flügel der *Stillen Post* nicht bis nach Burg oder interessierte die Stadtmöwen das Geschehen am Südstrand nicht?

Die verschämten Blicke der *Wilden* wanderten auf der Promenade umher, als suchten sie verzweifelt nach Brötchen. In Stines und Alinas Augen sammelten sich augenblicklich Tränen, die Svea ihnen gerne genommen hätte.

»Wann kommt Hilda? Ist sie verreist? Ohne sie sind die *Seidenfedern* doch nicht komplett. Ich will ihr von den leckeren Algen erzählen, die ich am Gardasee gefressen habe. Sie wird grün vor Neid werden.« Wie zur Demonstration fuhr Ignaz sich mit der Zunge über den Schnabel.

»Ignaz, Knud, …« Svea stockte. Ein Hämmern durchfuhr ihren Kopf, zog Bilder von Hilda in der Düne hervor, von ihrem geschändeten Körper, all dem Blut und den gerupften Federn. Krampfhaft schob sie die Erinnerungen zurück in die Finsternis. »Hilda … lebt leider nicht mehr. Ich wollte es dir sagen, Ignaz. Zum richtigen Zeitpunkt.«

»Wie bitte? Hilda ist … tot?« Ignaz entglitten die aufgedrehten Gesichtszüge. Mit glasigen Augen blickte er Svea an, als stünde ein Geist vor ihm. »Was ist passiert? Warum ist sie …?« Er verstummte, auch in Knuds Miene entstand Trauer und Entsetzen.

Alina setzte zum Sprechen an, aber Svea hielt sie zurück. Wenn eine von Hildas Tod erzählte, war sie es.

»Lutger, ein Kormoran, er war ein Auftragsmörder. Offiziell war er Journalist bei der *Stillen Post*. Er hat an Pfingsten mehrere Möwen ermordet, die nach dem Ältestenrat nicht dem Gesetz der Reinrassigkeit entsprachen.«

Ignaz presste den Schnabel zusammen. »Beim großen Njörd!« Unruhig scharrte die Mantelmöwe mit den Schwimmfüßen auf der Promenade. »Und Hilda war ein Opfer dieses … Monsters?«

»Ja.« Auszusprechen, dass die Hybridin nicht mehr lebte, brach Svea abermals das Herz. Ihre Freundin nicht mehr jeden Tag zu sehen, würde ewig schwer auf ihrer Seele liegen.

Augustus legte den Flügel um Ignaz und zog ihn nah zu sich heran. »Iggi, vielleicht sollten wir …«

»Lass mich in Frieden!« Ruppig stieß Ignaz ihn von sich. »Ich muss das erst mal verdauen.« Dann flog er über die beleuchtete Promenade und die angrenzende Wiese, bis ihn die Nacht verschluckte.

»Sollen wir ihm hinterher?«, fragte Svea, obwohl sie die Antwort kannte. Wenn ihr Cousin wütend war, ging man ihm besser aus dem Weg oder bereitete sich darauf vor, zu Möwenmatsch gestampft zu werden.

Augustus antwortete nicht sofort, er schien abzuwägen, welches die richtigen Worte waren. »Ich kümmere mich später um ihn. Wenn Iggi sich aufregt, überlässt man ihn lieber sich selbst. Er fliegt jetzt auf unseren Baum und lässt seine Trauer an der Rinde aus. Für sich allein. Er braucht das manchmal. Danach wird es ihm bessergehen.«

»Wieso schlaft ihr nicht bei uns auf dem Strandkorb? Da ist jede Menge Platz.«

»Ä-hm«, stotterte Augustus, als hätte Svea ihn nach einem Nierenlappen gefragt.

Für ihren Leichtsinn hätte sie sich ohrfeigen können. Erstens war der Hybride allergisch gegen Sand, zweitens war es zu früh, ihn auf ihren Strandkorb einzuladen. Warum schrieb sie nicht gleich eine Botschaft für alle Vögel in den Sand: *Suche Männchen zur Ablenkung!*

»Bei euch zu schlafen, würde ich nicht überleben. Meine Allergie würde mich im Schlaf ersticken.«

Svea starrte auf den Boden, zu mehr war sie nicht fähig. Nicht nur, dass sie sich hochgradig blamiert hatte, zusätzlich kippte die ausgelassene Stimmung am Südstrand von Minute zu Minute. Die *Wilden* gähnten, auch die *Seidenfedern* blickten betroffen durch die Gegend. Knud starrte sprachlos in den Nachthimmel und die Schwäne waren längst davongeflogen. Selbst die *Piepmätze* saßen nicht mehr auf der Düne.

Sveas geplante Willkommensfeier war ein glatter Reinfall gewesen.

»Was haltet ihr von einer entspannten Runde Yoga zum Abschluss?«

Zu Sveas Überraschung huschte ein Leuchten über die Gesichter der Möwen. In diesem Augenblick hätte sie Augustus für seinen Einfall nicht dankbarer sein können.

»Ich will Yoga unbedingt ausprobieren«, erzählte Pit. Während er auf der Stelle tanzte, stupste er Berti mit dem Schnabel an, der beinahe im Stehen einschlief.

»Beugt man sich da nicht vor und berührt mit den Schwingen die Schwimmfüße? Das Risiko möchte ich nicht eingehen.«

»Bitte, Berti«, flehte Fiete die Mantelmöwe an. »Das wird lustig. Niemand wird darauf achten, dass dir Gase entweichen.«

»Wie bei einem Butterdampfer«, fügte Pit hinzu.

»Om«, summte Augustus, die Flügel vor dem Körper aneinandergedrückt. Sein tiefer Brummton floss Svea durch Mark und Bein. Mit Stine, Fenja, Alina, Berti, Pit, Fiete und Knud stand sie vor ihm am Strand in einer Reihe wie die Strandläufer, wenn es um das Ergattern von fettigen Pommes Frites ging. Sein entspannter Blick glitt über die Möwen, die im Mondschein zögerlich in sein Summen einstiegen.

»Macht mir die Asanas einfach nach, Yoga ist nicht schwer. Glaubt mir.« Als Augustus Svea anlächelte, musste sie selbst grinsen. Seine grasgrünen Augen bezauberten sie. Diese Möwe aus dem Süden könnte ihr gefährlich werden, wenn sie nicht aufpasste. Seine Flügel zeugten von Kraft, aber er war nicht übertrieben muskulös. Und sein rapsgelber Schnabel lockte, sich daran zu reiben.

»Tief einatmen.« Augustus führte die pechschwarzen Schwingen zu beiden Seiten langsam nach oben.

»Soll das Gymnastik werden?«, beschwerte sich Knud als Letzter in der Reihe. »Ich wollte Weibchen dabei zusehen, wie sie eng miteinander tanzen und nicht neben einer Furzkanone den Mond anbeten. Im *Harem* wäre mir das nicht passiert.«

»Das ist die Diät«, rechtfertigte sich Berti. »Mein Stresslevel ist ausgereizt.«

»So wie dein Darm«, fügte Pit kichernd hinzu.

»Ausatmen und vorsichtig hinabbeugen.« Hörbar entwich Augustus Luft aus dem Schnabel. Anschließend beugte er den Oberkörper nach vorn, um mit den Schwingen die Schwimmfüße zu berühren.

Gehorsam folgten die Möwen der Aufforderung des Yogis. Svea bückte sich besonders tief. Sie betete, dass Augustus sie beobachten und loben würde, als sie wieder hochkam. Doch der Hybride stand plötzlich still und verzog seltsam entsetzt sein Gesicht. Auch die anderen Möwen um Svea herum bewegten sich nicht mehr.

Dann roch sie es. Unter die frische Nachtluft, die von der Ostsee her über den Südstrand zog, mischte sich der intensive Gestank nach unverdautem Fisch, halb verrotteten Algen und uraltem Zwieback.

»Tschuldigung!« Berti schüttelte den Bürzel und verteilte seinen Duft am Strand.

~Mattis~

Ein Mörder auf Abwegen

- Düne mit Sicht auf den Strandkorb 13. Südstrand -

Zorn erhitzte Mattis' Gesicht und brachte ihn zum Schwitzen. Seine feuchten Schwimmfüße klebten im krümeligen Sand-Gras-Gemisch auf der Düne. In rasenden Schritten näherte sich ihm die Eifersucht, packte ihn im Nacken und explodierte in einem unüberhörbaren Murren in seinem Schnabel.

Das Aus für ein Büschel Gras unter ihm.

Mattis zermalmte die platten faden Halme mit einer Leidenschaft, mit der er vor ein paar Wochen den Strandläufern die leckeren Brötchen gestohlen hatte. Nun hockte er wie ein Taugenichts ohne Freunde in seinem Versteck, schielte auf den Strand und hätte sich von Herzen gerne übergeben.

Seine *Wilden* standen mit den *Seidenfedern* und Knud in einer Reihe, Haui und Ignaz entdeckte er nicht. Wie hirnlose Marionetten beugten alle anderen die Hüften vor und zurück.

76

Das Kommando führte der Hybride, dessen Niesanfälle man sicher bis weit nach Rødby hörte. Eine Schande für den Südstrand. Sollten die Strandläufer auf seine Erkältung aufmerksam werden, wäre Panik vorprogrammiert. Der Ältestenrat sollte den Kranken sofort von der Insel werfen, er stellte eine Gefahr für den Tourismus dar.

Mattis erschrak vor den eigenen Gedanken. Er war noch nicht lange Mitglied im Rat und klang schon wie seine Tante.

Angewidert spuckte er die übrigen Grasstücke in den Sand. Was trieben die Möwen da? Waren sie in eine Sekte eingetreten? Mit den Oberkörpern nach vorn gebeugt, streckten sie die Flügel zu beiden Seiten aus. Ein summendes Geräusch drang zu der Düne, das Mattis eine Gänsehaut verschaffte.

Beteten sie den großen Njörd an?

Der Hybride bewegte sich auf Svea zu, wackelte lasziv mit den Hüften, als hegte er schmutzige Gedanken. Svea stand zwischen Alina und Stine. Sie schwangen ihre Bürzel, als der Neue sich an Alina vorbeiquetschte, um sich hinter Svea zu positionieren.

Mattis' Kehle war wie zugeschnürt. Mit steigendem Unmut beobachtete er, wie der Hybride sich von hinten über Svea beugte, seine hässlichen Flügel über ihre reizenden Schwingen legte und … Mattis würgte, als um ihn herum ein Flattern ertönte. Doch er ignorierte die Nebengeräusche und konzentrierte sich auf den Strand.

Was tut er denn da? Was beim großen Njörd tut der Hybride denn da?

»Argh!« Wie eine große Mantelmöwe kreischte Mattis, ließ all den Ärger heraus und vergaß für einen Moment, dass er in einem Versteck zwischen Strandhafer und Hagebuttenstrauch kauerte.

»Will er sie vor aller Augen begatten?«, fragte er vor sich hin. »Ist das sein Ernst?«

»Wer begattet wen? Was habe ich verpasst?«

Mattis versteifte sich. Er war nicht mehr allein und diese Stimme … Dieses … raue Krächzen.

War das Lutger?

Unmöglich! Der Kormoran saß im Yachthafen, schwamm im Kreis und wurde – hoffentlich – von der *SAR* verprügelt.

»Hat es dir die Sprache verschlagen?«

Mattis schloss die Lider. Jede einzelne gekrächzte Silbe piekte wie zerbrochene Muscheln in seinem Gefieder, während ihn ein Geruch nach nassen Federn und Gefängnisfraß umfing.

»Sieh deinem Schicksal ruhig ins Gesicht.«

Langsam drehte Mattis den Kopf, sein Körper folgte zuletzt. Sein Schnabel klappte auf, als er endlich erkannte, wer vor ihm stand.

»Bist du gekommen, um mich zu töten?«

Sollte er Alarm schlagen? Wo war Henk, wenn er ihn einmal brauchte? Hatte Jonte Lutger bei der Flucht geholfen? Diesem verzweifelten Graureiher war für eine aufregende Story alles zuzutrauen.

»Fragen über Fragen. Du siehst hilflos aus, kleiner Mattis.« Lutger sah ihn aus smaragdgrünen Augen an. Seine bronzeschwarzen Federn fügten sich in das Dunkel der Nacht wie die Muscheln in den Sand.

Mattis sank hinter das Dünengras.

Sollte er fliehen? Zwar wüsste danach jeder, inklusive Svea, dass er sie beobachtet hatte, aber er würde leben.

Und er wollte leben.

Der Kormoran legte den Kopf schief, sein Scheitel und sein Nacken waren mit weißen Federn durchsetzt, die im Schein der Promenadenlampen silbern schimmerten.

»Keine Angst. An dir mache ich mir nicht die Flügel schmutzig. Es sind die Ältesten, die meine Rache schmecken werden.« Lutger schwebte beinahe über den Sand, so leichtfüßig trabte er auf Mattis zu. »Durch dich habe ich gemerkt, dass ich viel zu nachsichtig mit meinen Auftraggebern war. Mit keinem Blick haben sie meine Kunstwerke gewürdigt. Und verteidigt haben sie mich ebenfalls nicht.«

Mattis zuckte, als Lutger ihm unerwartet entgegenschnellte.

»Ich werde den ganzen Rat vernichten«, sprach er mit gedämpfter Stimme.

So nah vor ihm, bemerkte Mattis kahle Stellen in Lutgers Gesicht und an seinem Hals. Die *SAR* hatte ganze Arbeit geleistet. Selbst an seinen Flügeln klebte getrocknetes Blut.

»Jeder einzelnen Ratsmöwe werde ich die Federn ausreißen. Über meine neuen Kunstwerke wird der Südstrand in hundert Jahren noch sprechen.«

Geschwind schoss Mattis aus dem Gras hoch. »Das werde ich nicht zulassen.« Zwar war er mit den Ältesten nicht einer Meinung, aber tot sehen, wollte er sie deshalb nicht.

Noch im Laufen senkte Mattis den Kopf, um ihn Lutger in den schwarzen Bauch zu pressen. Allerdings wich der Kormoran aus, umklammerte Mattis von hinten und schleuderte ihn an einen Felsen, der aus der Düne ragte. Eine schwere Dunkelheit umfing Mattis und hüllte ihn wie ausgebreitete Flügel ein.

Schmerz weckte Mattis auf. Unerträglich pochte es zwischen seinen Ohren. Er blinzelte die Ohnmacht fort, während der Duft von Stein, Sand und Strandhafer ihn kitzelte und ihm half, aufzustehen.

Sein erster Blick galt dem Strand. Weder die *Seidenfedern* noch die *Wilden* waren zu sehen, niemand stand auf dem *Strandkorb 13*. Waren sie in den *Harem* geflogen?

Bilder von Svea, wie sie sich dem Neuen an den Hals warf, zwängten sich ihm auf. Wenn der Hybride nur einen Flügel an Svea legte …

Stopp!

Lutger kam Mattis in den Sinn. Der Kormoran war bei ihm gewesen und hatte die Ältesten bedroht. Er musste Henk informieren. Die *SAR* musste die Ratsmitglieder schützen.

Mattis öffnete die Flügel, schwenkte sie zu beiden Seiten. Nichts war gebrochen.

Er hob ab und flog über die Promenade, die angrenzende Wiese und an der Seite des Appartementhauses *Strandburg* vorbei. Die finstere Nacht begleitete ihn auf dem Weg nach Burgtiefe.

Am Yachthafen herrschte Aufruhr zwischen den Enten und Erpeln. Wie in einem Bienenstock flog die *SAR* zwischen den Stegen umher. Das Schnatterkonzert hielt so manchen Strandläufer auf seinem Schiff wach. Ihre flehenden Rufe nach Ruhe verebbten im Gewühl der *SAR*.

Kriminalhauptkommissar Henk stand an Deck der *Eduard Nebelthau* und schrie seinem Team wirre Kommandos zu.

Als Mattis zum Sinkflug ansetzte, um sich zu ihm zu begeben, bewegte sich im Schein der Laterne vor dem Ferienhaus *Am Rundsteg* eine Gestalt. Aus der Luft sah er neben der rot-grauen Fassade des Gebäudes eine Möwe, die seinem Freund Haui ähnelte. Die Zwergmöwe beugte sich zu einem Haufen hinab, der, je länger Mattis hinuntersah, wie ein Kopf wirkte.

Stocherte Haui in Leichenteilen herum?

Im Sturzflug raste Mattis auf den Strandläuferweg zu. Heftiger als geplant prallte er auf die Steine und schwankte, bis er neben seinem Freund Halt fand. Die Zwergmöwe musterte ihn wie durch einen Nebelschleier.

»Haui?«

Mattis winkte ihm zu. Haui blinzelte, als starrte er in die Sonne. Hellgraue und weiße Federn hingen ihm lose vom Gefieder und frisches Blut klebte wie Teer in seinen Flügeln, auch die Schnabelspitze triefte rot.

»Ist alles in Ordnung? Bist du verletzt?«

Haui schwieg.

Mattis prüfte die Unversehrtheit seines Freundes. Erst ließ er die Zwergmöwe die eine Schwinge heben, anschließend die andere. Auch der Bürzel wurde begutachtet.

»Was ist mit dir? Und was ... was ist das bei deinen Schwimmfüßen? Ist das ein Kopf? Woher ...?«

Haui stolperte rückwärts. »Igitt!«

Ein Möwenkopf und ein einzelner Schwimmfuß lagen vor ihnen. Im Schein der Laterne entdeckte Mattis auf der Sohle des Schwimmfußes den Abdruck einer Miesmuschel, wie sie die Ältesten trugen. Der Kopf war mattschwarz, zerzaust wie bei Starkwind; die dunklen Augen leer, der rötlichbraune Schnabel blutbedeckt.

Raudis Vater.

»Das ist Richard«, sagte er zu Haui, der sich nicht rührte. »Warst du ... Hast du etwa einen Ältesten ... ermordet?«

»Scht, leise!« Hauis wirrer Blick huschte zum Yachthafen und zurück zu Mattis. »Die *SAR* ist um die Ecke.«

»Das ist mir bewusst. Ich will wissen, ob du das gewesen bist. Hast du dich an einem Ältesten vergriffen?«

»Du bist nicht mehr da. Du hast uns im Stich gelassen. Ich habe dich gesehen, neulich auf dem Baum

81

der Spatzen.« Wie zu harte Brötchenkrümel spie Haui die Worte aus dem Schnabel. »Du hast dich versteckt. Vor uns, deinen Freunden. Du hast uns alle im Stich gelassen. Und nun machst du mir Vorwürfe?«

Mattis schloss die Lider. Vor sich sah er seinen Freund mit Richard kämpfen. Beide waren Zwergmöwen, aber Haui war anders als Raudis Vater jung und aggressiv. Der Älteste musste ihm von Anfang an unterlegen gewesen sein.

Dafür würde Tilda Haui an der Fehmarnsundbrücke hängen lassen.

Galle kroch Mattis die Kehle hinauf. Hatte er diesen Mord heraufbeschworen, weil er sich dem Rat gebeugt hatte? War er schuld, dass Hauis Wut in Mord ausgeartet war?

»Ich will dir keine Vorwürfe machen.«

Mattis starrte auf Richard, ihm gelang es nicht, sich wegzudrehen. Seltsam inszeniert lagen die Überreste, wie in einem widerlichen Porträt. Gut ausgeleuchtet von der Straßenlampe und für jeden vorbeifliegenden Vogel sichtbar.

»Dann lass mich gefälligst in Frieden. Wir brauchen dich nicht. Die *Wilden* kommen sehr gut ohne dich aus. Und den Ältestenrat braucht auch niemand. Ihr seid alle nutzlos.«

Mattis' Blick schnellte hoch. »Das ist nicht dein Ernst. Dein innerer *Haudrauf* lässt dich nicht klar denken.«

»Ich weiß genau, was ich denke. Richard war eine elende Mistmöwe, genau wie sein Sohn. Sein Tod interessiert niemanden. Und du bist ein Verräter. Wenn ich deinen Einfluss besäße, würde ich die alten Möwen alle zum großen Njörd schicken. Ebenso wie dich.«

»Bitte, Haui. Es ist alles ganz anders, als du denkst. Hör mir zu! Der Rat der Ältesten plant die …«

»Was geht hier vor?«

Mattis verschluckte sich an der eigenen Spucke. Die Worte, die er Haui sagen wollte, das Geheimnis, in das er ihn einweihen wollte, verpuffte in der Nacht.

Sören stand mit Angret hinter ihnen. Ihre finsteren Gesichter bedeuteten Ärger.

In langsamen Schritten watschelten sie wie zwei hungrige Füchse näher. Die Flügel ausgebreitet, bereit sie über die Insel zu verfolgen.

Als sie vor ihnen standen, bemerkte Mattis einen weiteren Erpel am Bordstein. Kriminalhauptkommissar Henk stand abseits im Schatten. Er beäugte sie nicht weniger unfreundlich. Den grüngelben, verzogenen Schnabel emporgehoben, die kleinen Augen missbilligend zusammengekniffen. Auf seiner geschwellten Brust baumelte sein Orden, ein Kronkorken an einem gelben Geschenkband.

Scheiße.

»So, so, so.« Henk musterte den Tatort. »Haben wir euch auf frischer Tat ertappt. Auf die *SAR* ist immer Verlass.«

Mattis wagte es nicht, Haui anzusehen. Der zornige Blick seines Freundes lag wie eine unvermeidliche Gewitterwolke auf ihm. Er musste die Situation klären, Haui retten und sich bei ihm für alles entschuldigen.

»Wir sind zufällig hier vorbeigeflogen«, log Mattis. Nichts anderes fiel ihm auf die Schnelle ein. »Gerade eben. Wir wollten dringend nach …«

»Sicher, sicher.« Henks Gesicht blieb träge, die Stimme monoton, als tangiere ihn der überraschende Fund der Leichenteile nicht. »Sören, wer ist unser Opfer?«

Sören begutachtete den Kopf und den Schwimmfuß, behielt seine Flügel jedoch bei sich. »Wie du vermutet hast, Chef. Es ist einer der Ältesten. Das ist Richard. Mau-se-tot.«

Mit ausgebreiteten Schwingen beobachtete Angret jede von Mattis' und Hauis Bewegungen.

Flucht. Mattis musste Haui von hier wegbringen, ihn vor dem langen Flügel der *SAR* beschützen. Sie könnten sich in Großenbrode verstecken und einen flügelfesten Plan ausarbeiten, wie auf Unzurechnungsfähigkeit wegen Sonnenstich plädieren. Immerhin war Hauis kurze Zündschnur jedem Vogel am Südstrand bekannt.

Richard war schlicht im falschen Augenblick aufgetaucht. Das müssten sie nachvollziehen können.

Tief verstrickte Mattis sich in sein Gedankenchaos, bis ihm auffiel, dass Haui nirgendwo mit ihm hinfliegen würde, so wie er ihn ansah. Sein Freund hatte das Vertrauen in ihn verloren.

Mattis stellte sich zwischen Angret und Haui. Die Ente würde an ihm vorbeimüssen, wenn sie Haui mitnehmen wollte. Kampflos gab er nicht auf.

»Wir waren das nicht, Henk! Wir sind zufällig am Yachthafen vorbeigeflogen und Haui hat die Überreste entdeckt. Ich bin ihm nachgejagt. Das war alles.«

Der Kriminalhauptkommissar trat ein paar Schritte auf Haui zu, um ihn über Mattis' Schulter in Augenschein zu nehmen.

»Ist das wahr, was dein Freund uns erzählt?«

Jetzt nicht die Fassung verlieren, Haui.

»Nein.«

Scheiße.

»Wie, nein?«

»Was Haui damit sagen will, ist …«

Henk hob den linken Flügel, Mattis verstummte. »Dich habe ich nicht gefragt, Söhnchen. Ich spreche mit der Zwergmöwe.«

»Wir sind keine Freunde, Mattis und ich. Nicht mehr.«

»Verstehe.« Henk überlegte kurz. »Liegt das eventuell daran, dass du vorhin auf der Kohlhof-Insel den Ältesten gedroht hast?«

»Das hat er nicht. Ich war dabei, ich kann beweisen, dass …«

Wieder hob Henk einen Flügel. »Zu dir komme ich später. Dräng dich nicht immer in den Vordergrund.«

»Ich will … He! Lass das! Ich bin ein Ältester. Du darfst mich nicht …«

Mit einem Satz war Sören an Mattis herangetreten, umklammerte ihn von hinten mit den Schwingen und hielt ihm den Schnabel zu. »Wenn du dich dem langen Flügel der *SAR* widersetzt, wird es schmerzhaft.«

Der Kriminalhauptkommissar fixierte Haui, als interessiere ihn nicht, was mit Mattis geschah.

»Und? Sprich, Hauke-Hinnerk! Ich habe alle Flügel voll zu tun. Enten und Erpel sind heute Nacht bei einem Ausbruch gestorben. Ein Mörder ist entkommen.« Wie ein Ballon plusterte Henk sich auf und sah zwischen Richards Leichenteilen und Haui hin und her. »Aber ich denke, der große Njörd ist uns gnädig, denn wir haben einen anderen Mörder erwischt.«

Mattis wand sich in Sörens Griff. Der Erpel besaß mehr Kraft als er gedacht hatte. Haui musste die Aussage verweigern und erst sprechen, wenn er sich eine Strategie zurechtgelegt hatte.

»Glaubt, was ihr wollt.« Haui zuckte die Schultern, als tangiere ihn eine Festnahme nicht. Aber Mattis wusste es besser. In seinem Freund brodelte es, so wie er sein Auge zusammenkniff und den Schnabel verzog. »Ihr seid ebenso hinterhältig wie die verdammten Ältesten. Ihr denkt, ihr könnt alles mit uns machen, weil ihr das *Gesetz* auf eurer Seite habt. Aber das könnt ihr nicht. Wir sind nicht eure Spielfiguren.« Mit dem schwarzen Kopf zielte er auf Henk, schabte mit den Schwimmfüßen zum Angriff.

»Angret.«

Der Kriminalhauptkommissar winkte seiner Ente zu. Aus dem Stand sprang sie auf Haui zu, hielt ihn fest und begrub ihn unter ihren Schwingen. Mit dem dunklen Schnabel pickte sie ihm durch das Gefieder wie bei einer Entlausung.

»Ihr seid festgenommen. Mordverdacht«, sprach Henk mit einer Zufriedenheit, die Mattis Angst machte. Den Blick hielt er auf Haui gerichtet.

Sein Freund hatte sich aus Angrets Flügeln befreit, holte zur Kopfnuss aus, aber die Ente schwang sich auf seine Rückenfedern und versetzte ihm einen ordentlichen Schlag mit dem Schnabel.

»Das ist alles deine Schuld, Mattis.«

Angret presste Haui auf die Steine des Strandläuferwegs. Die Abneigung seines Freundes, der Hass und die Enttäuschung, die aus dem dunklen Auge strömten, nahmen Mattis die Luft zum Atmen.

Es bedurfte lediglich einer Brieftaube zur Kohlhof-Insel und Mattis war frei. Die Altmeisterin kam persönlich zum Yachthafen auf die *Eduard Nebelthau* geflogen, um ihren Neffen aus dem Gefängnis zu holen. Ein beängstigendes Schweigen umgab Tilda, als sie gemeinsam an Deck des Seenotretters stiegen.

Mattis wollte dem Kriminalhauptkommissar von der Begegnung mit Lutger auf der Düne erzählen, ihm von der Drohung gegen die Ältesten berichten, doch der Erpel mit dem Orden verwies ihn des Geländes.

»Verschwindet von hier!«, brüllte Henk ihnen nach. »Und mischt euch nicht in unsere Ermittlungen ein.«

Seine Tante zischte Mattis jedes Mal dazwischen, wenn er sich ihr erklären wollte. Doch sie verbot ihm den Schnabel. Seine angeblichen Ausreden interessierten sie nicht. Niemand hörte ihm mehr zu.

~Svea~

Eine Rebellion will geplant sein

- Strandkorb 13. Südstrand -

Ein rosaroter Strahl küsste den blassblauen Horizont, als Svea auf dem Strandkorb die Augen öffnete und ihr eine kühle Brise um die Federn wehte. Genüsslich gähnte sie, streckte die silber-schwarzen Flügel von sich. Alina, Stine und Fenja schliefen selig neben ihr, da sie gestern Abend erst spät aus dem *Harem* heimgekehrt waren.

Wie ein ruhiger See wirkte das Meer. In der Ferne trieben Irmgard und Adelheid auf der friedlichen Wasseroberfläche, die langen Hälse unter den Schwingen verborgen. Über den Sand liefen zwei Strandläufer in kurzen Hosen um die Wette – viel zu früh für Sveas Geschmack.

Ihr erster Gedanke galt Augustus, wie er mit ihr und den anderen *Seidenfedern* getanzt hatte. Sein feines Gefieder hatte nach Bergluft und Kies gerochen. Sie alle hatten es genossen, die Hüften zur Musik aus der

Strandburg zu schwingen, die über einen der Balkone auf die Wiese wummerte. Erst um Mitternacht waren sie zu Hause gewesen, nachdem sie Augustus bei dem schlafenden Ignaz auf dem Baum abgesetzt hatten.

Obwohl sie selbst wenig geschlafen hatte, war Svea wacher denn je, beinahe aufgedreht. Eine süße, ungewohnte Freude vertrieb die schwere Trauer der letzten Tage.

Voller Neugierde auf den heutigen Tag segelte sie vom Strandkorb, schwebte über den Strand und setzte nach drei, vier Flügelschlägen kurz vor der Ostsee auf dem feinen Sand auf.

Mit einem Flügel fuhr sie über die glatte Wasseroberfläche. Wie sich das Meer um die Federn teilte, entlockte ihr einen tiefen Seufzer. Niemals wollte sie wie Augustus in den Bergen leben, fernab der Ostsee. Vielleicht konnte sie ihn überreden, eine Weile auf Fehmarn zu bleiben, trotz seiner Allergie? Er könnte bei Knud und seiner Frau auf dem *Kaufhaus Stolz* übernachten, wenn ihm sein jetziger Ast nicht zusagte. Tagsüber würden sie gemeinsam über die Felder gleiten, die Rapsblüte brachte die Sonneninsel jedes Jahr zum Leuchten. Ein wahres Spektakel für jede Möwe, die sich gerne in der Natur aufhielt.

Svea kicherte bei dem Gedanken daran, wie sie während des Fliegens große Kreise um ihn ziehen würde – ein akrobatisches Kunststück, das nicht viele Möwen beherrschten und das einen gewissen Jemand stets zum Schwärmen gebracht hatte.

Testweise tauchte sie einen ihrer Schwimmfüße ins Wasser, die erfrischende Ostsee ließ sie erschaudern. Schnell zog sie den zweiten Schwimmfuß nach und genoss, wie das Brackwasser ihre Beine umspielte.

Anschließend stieß sie sich ab. Mit dem weichen, weißen Bauch glitt sie ziellos über die ruhige Oberfläche, während die Morgensonne ihr Glücksgefühle schenkte. Seitlich tauchte sie beide Flügel in die See, säuberte sich, steckte den Kopf ein paar Mal unter Wasser. Ein schöneres Leben als am Südstrand auf Fehmarn gab es für Svea nirgendwo.

Auf dem Rückweg entdeckte sie auf der Düne vor dem Apartmenthaus umherlaufende Enten und Erpel der *SAR*.

Hatte es wieder einen Mord gegeben?

Svea stieg in die Luft und flog auf die Entenpolizei zu. Ein Blick auf den *Strandkorb 13* versicherte ihr, dass die *Seidenfedern* wohlauf waren. Ihre Freundinnen hörten das Getümmel aus dem Dünengras offenbar nicht, denn ihre Lider blieben geschlossen.

Im Flug bemerkte Svea Kriminalhauptkommissar Henk. Der Erpel lief von der Wiese über die Promenade, die erst in wenigen Stunden von Strandläufern bevölkert werden würde. Wie ein zartes Blatt im Wind setzte sie neben ihm auf.

»Keine Zeit. Wir befinden uns mitten in einer Übung.« Henks Schnabel zuckte missbilligend. »Flieg weiter. Hier gibt es nichts zu sehen.« Geschwind zog er einen großen Bogen um sie und eilte in Richtung Düne.

Sveas Neugierde stieg mit jedem seiner watschelnden Schritte. Das war keine Übung, so intensiv wie die Enten und Erpel jeden Millimeter durchforsteten. Wenn am Südstrand ein Verbrechen geschehen war, ging das jeden Vogel etwas an. Ungeniert schlich sie dem Kriminalhauptkommissar hinterher.

Henk gesellte sich am Rand der Düne zu Sören und Angret, die Svea vom Sehen her kannte. Ein paar Fuß von ihnen entfernt blieb sie stehen, tat, als suche sie auf den Steinen der Promenade nach Muscheln.

»Bis dahin und keinen Schritt weiter!«, befahl Henk ihr. »Behalte die Kleine im Auge, Angret. Ich will nicht, dass sie *aus Versehen* Beweise vernichtet.« Die Ente beobachtete Svea wie ein Wachhund.

»Also sucht ihr Beweise?«

Henk drehte Svea den Bürzel zu und sprach mit Sören, während die *SAR* den Südstrand überrannte. Die Halme des Strandhafers bogen sich unter dem Druck der unzähligen Plattfüße, mit denen die Vögel die Dünen eroberten. Unsanft holte das lauter werdende Geschnatter die Tierwelt aus dem Schlaf. Auf den Balkonen des Appartementhauses versammelten sich die ersten Spatzen, Tauben sowie Möwen und tuschelten, zeigten mit den Flügeln auf das, was am Südstrand vor sich ging.

Ein Erpel mit pflichtbewusstem Gesichtsausdruck tauchte zwischen den Grashalmen vor Svea auf und wedelte mit seinen grau-braunen Schwingen in Henks Richtung.

»Keinen Kormoran gefunden, Chef. Team *Störtebeker* durchforstet jetzt den nächsten Dünenabschnitt.«

Der Kriminalhauptkommissar verzog den Schnabel und schloss die Lider. »Danke, Gunnar. Jetzt weiß auch der letzte Wurm am Strand, wen wir suchen.«

Gleichzeitig brach ein Raunen zwischen den Vögeln aus, in den Gesichtern lagen Sorge und Angst. Wohl keiner von ihnen hatte Lutgers Morde vergessen.

Mit rasendem Herzen ging Svea auf Henk zu. Dass der gefährliche Kormoran geflohen sein sollte, war das Schlimmste, was sie sich vorstellen konnte.

Mit geöffneten Flügeln baute sich Angret vor ihr auf. »Nicht so schnell. An mir kommst du sicher nicht vorbei!«

Die Ente roch aus dem Schnabel nach Thunfisch aus der Dose. Etwas Abstoßenderes als Dosenfraß gab es für Svea nicht. Eventuell noch die pappigen

Überreste eines Burgers aus der Mülltonne, die Berti heimlich verspeiste.

Svea streckte den Hals an Angret vorbei, mehr Freiheiten gewährte ihr die Ente nicht. Der Kriminalhauptkommissar wies seine Einheiten an und gab sich beschäftigt. Doch sie sah, dass sein Blick ihr insgeheim folgte.

»Ist Lutger geflohen?«

Henk schaute Svea nicht an, nickte jedoch.

Wenn der Kormoran frei herumflog, waren alle Hybriden am Südstrand in Gefahr. Sie würden Nachtwachen aufstellen müssen, um sich vor seinen Angriffen zu schützen. Oder ... Hatte Lutger vielleicht bereits wieder gemordet?

»Wer ist es? Wen von den Hybriden hat er getötet?«

»Niemanden. Keinen Hybriden. Und schreck nicht den Südstrand auf, verdammte Möwe. Panik kann ich nicht gebrauchen. Außerdem ist es nicht sicher, dass es Lutger war. Der Tote ist ein Ältester. Unsere Ermittlungen dauern noch an.«

»Mein Schnabel sagt mir, dass es dieser Haui war«, mischte sich Sören ein. »So verbeult wie die Zwergmöwe in ihrer Zelle aussah, hat sich Richard richtig gewehrt, ehe sie ihm den Garaus gemacht hat.«

Henk donnerte einen Flügel an Sörens Kopf. »Halt gefälligst deinen vorlauten Schnabel!« Der Kriminalhauptkommissar sah aus, als reiße er seinem Untergebenen gleich die Flügel ab.

Svea traute den Ohren nicht. »Haui sitzt im Yachthafen ein?« Sie warf einen Blick zur Schlafeiche der *Wilden*, doch der Ast, auf dem die Möwen für gewöhnlich saßen, war unbesetzt. Wussten sie von ihrem Freund und waren auf dem Weg zum Hafen?

Im selben Moment entdeckte sie zwei Möwen, die im Eiltempo nebeneinander her über die Wiese flogen, um anschließend hinter ihr aufzusetzen.

91

»Moin Ignaz, moin Augustus.« Svea rang mit ihrer Fassung. Dass einer von ihren Freunden im Gefängnis saß, schnürte ihr den leeren Magen zu. Haui war ein *Haudrauf*, aber Mord? Die *SAR* hatte definitiv den Falschen eingesperrt.

»Was ist mit dir, Cousinchen?« Ignaz stupste Svea an, aber sie hielt an ihren Gedanken fest.

»Mylady?«

Erst als Augustus einen ihrer Flügel streichelte, hob sie den Kopf. Dort wo er mit der Flügelspitze entlangfuhr, kribbelte es unter den Federn.

»Mylady? Was bedrückt dich?«

»Warum sind die Bullen hier?«

»Sch! Ignaz! Verärgere die *SAR* nicht.« Svea senkte die Stimme. »Sie suchen Lutger. Sie sagen, er ist ihnen entwischt.«

»Der Mörder ist entkommen?« Ignaz stand der Schnabel offen. »Ist der Watscheltrupp denn zu gar nichts fähig? Kann die *SAR* nicht einmal einen Kormoran festhalten? Wie wollen sie ihn einfangen? Was ist ihr Plan?«

»Iggi, bitte!«

»Sei vorsichtig, was du sagst!«, bellte Henk an der Düne. Er entfernte sich von Sören und kam auf sie zu. »Auf Beamtenbeleidigung steht was, Angret?«

»Zigarettenstummelsammeln am Strand, Chef.«

Henk schüttelte die Flügel und hielt den Blick auf Augustus und Ignaz gerichtet, als könnte er sie mit einem einzigen Schnaufen wegpusten.

»Woher kommt ihr und was wollt ihr an meinem Strand? Habt ihr eine Aufenthaltsgenehmigung?« Wie Steinhagel knallten seine Worte über die fast leere Promenade.

»Das ist Ignaz, mein Cousin.« Svea zeigte neben sich. »Er ist wegen Großvater gekommen. Jupp hat heute Geburtstag.«

»Ihr seid Nachkommen von Jupp? Dem Gründer der verlotterten *Teufelsmöwen*?« Henk wirkte, als stünde ein Albatros vor ihm. Mit einem Flügel deutete er auf Augustus. »Und wer ist der Hybride? Euer Butler?«

»Servus! Ich bin Augustus Ferdinand Blasius III.« Knapp verbeugte er sich. »Yogi und Meditationslehrer aus München, wenn's recht ist.«

Angret und Sören kicherten, doch davon ließ er sich nicht beirren. In seinen grasgrünen Augen schimmerte eine klare Anmut, die Svea bisher von keinem anderen Vogel kannte.

Henk betrachtete ihn stumm.

»München liegt in Bayern. Das ist weit im Süden Deutschlands.«

Henk zeigte noch immer keine Regung.

Mit einem Flügel deutete Augustus in südliche Richtung. »Über die Fehmarnsundbrücke und immer weiter geradeaus, bis Sie an die Berge kommen.«

Der Orden an Henks Brustkorb bebte. Wie eine zerquetschte Dose presste er den Schnabel zusammen und Svea fürchtete, dass der Kriminalhauptkommissar sie alle einsperren würde.

»Sorg dafür, dass dein Besuch meiner *SAR* nicht im Weg steht, Svea. Im Yachthafen habe ich immer Zellen für Spinner wie den da frei.«

Henk gab Sören Anweisungen. Wenige Augenblicke später spurtete der Erpel los, verschwand hinter dem Strandhafer, als wäre er im Sand der Düne abgetaucht. Auch Angret zog sich gleich zurück, Henk folgte ihr wie ein Schatten.

»Wie unhöflich!« Augustus bauschte sich zu einem Knäul aus bunten Federn auf. »Wie redet der denn mit uns, Iggi? Und dieser Tonfall. Völlig unangemessen!«

»Lass gut sein. Die *SAR* befehligt auf Fehmarn den Südstrand. Alles läuft nach ihrem Kommando.« Ignaz lachte und strich Augustus sanft über den Kopf, zu sanft für Sveas Geschmack. Als ihr Cousin ihren fragenden Blick bemerkte, zog er den Flügel zurück.

»Henk! Stehenbleiben!«, schrie jemand aus dem Hintergrund.

Drei Möwen landeten synchron auf der strandläuferfreien Promenade.

»Wieso hängt Haui nicht von der Fehmarnsundbrücke? Ist das nicht die Strafe für Mord an einem Ratsmitglied? Mein Vater ist tot. Ich verlange Gerechtigkeit!«

Raudi tobte wie der stärkste Sturm, den Svea je erlebt hatte. Klaas und Tillmann standen als seine persönliche Leibwache hinter ihrem Anführer.

»Wie redest du denn mit unserem KHK?« Sören schnellte aus der Düne. »Jemandem wie dir ist er keine Rechtfertigung schuldig. Er ist der lange Flügel des Gesetzes. Du solltest deinen Schnabel zügeln, sonst landest du in einer Zelle unter unseren Stegen. Und deine *Biester* gleich mit dir.«

Abfällig schnaufte Raudi und stapfte Henk entgegen. »Jetzt, da mein Vater tot ist, steht ihr alle unter mir und tut, was ich sage. Damit das klar ist. Und ich will Vaters Mörder hängen sehen! Dieser verdammte Haui soll brennen, dafür, dass er seine Drecksflügel an meinen Vater gelegt hat.«

Wie bei einem Wettkampf maßen Raudi und Henk sich mit zornigen Blicken.

»So lange du die Zeremonie nicht durchlaufen hast, bist du weniger wert als der Schmutz unter meinen Schwimmfüßen. Dein Vater hatte als Ältester den Flügel über dir. Ich weiß alles über dich und deine *Biester* und eure Schandtaten an den Touristen, du *König vom Südstrand*. Erzähl mir nichts von Macht. Ich nicke kurz und du bist das neue Maskottchen im Yachthafen.«

»Ha! Zu nichts bist du fähig, Henk, schon gar nicht zum Brieftauben senden. Die alte Taube hat mich viel zu spät erreicht, völlig abgehetzt kam sie in Staberhuk an. Das Equipment der *SAR* ist überholt, ebenso wie die Methoden. Wenn du Haui nicht bestrafst, werde ich als Ältester dafür sorgen, dass du in deiner eigenen Zelle schmorst. Auge um Auge, Henk. Du weißt, wie das läuft! Alles, was von meinem Vater übriggeblieben ist, ist sein abgenagter Kopf und ein Schwimmfuß. Dafür soll diese verdammte Zwergmöwe büßen. Haben wir uns verstanden?«

Mit rasendem Herzen verfolgte Svea den Streit. Ignaz schien Raudi zuzustimmen, so wie er ihm zunickte. Augustus hingegen spannte die Flügel an. Ihn traf diese wütende Konfrontation ebenso wie Svea.

Hoffentlich gab Henk Raudis Anweisung nicht nach, Haui war kein Mörder. Hier lag ein Missverständnis vor. Oder wollten die *Biester* Haui den Mord anhängen?

»Wähle deine Worte weise, Raudi. Jeder am Südstrand weiß von deinen Problemen mit Richard. Wie schlecht er dich behandelt hat, wie oft er dich vor allen gedemütigt hat. Ich kann mich gut daran erinnern, wie er dich im Frühling vor *Börke* zu einem Küken gestampft hat, weil du deinen Botenflug nach Puttgarden verpatzt hast.« Henk schritt Raudi entgegen. Die Zwergmöwe wich zurück, um nicht mit dem flaschengrünen Kopf des Erpels zu kollidieren. »Mir erscheint es seltsam, dass du es kaum erwarten kannst, in seine Schwimmfußstapfen zu treten. Vielleicht hattest du all seine Demütigungen satt, warst sogar wütend auf deinen Vater. Vielleicht hat er dich ausgelacht, weil du wegen einer billigen Wette den Sommer in Staberhuk verbringen musst. Die Emotionen kochten über, du wurdest flügelgreiflich, er hat dir ein paar deftige Ohrfeigen verpasst, du hast dich gewehrt, wolltest ihn nicht verletzen, aber irgendwie … aus Versehen …« Henk grinste. »Totschlag im Affekt geschieht öfter als man denkt.«

Raudi stand der Schnabel offen. »Du bist irre! Ich werde deine Absetzung verlangen. Ein Spatz besitzt mehr Hirn in der Kralle als du und deine ganze *SAR* zusammen.«

»Soll ich ihn wegen Beamtenbeleidigung einbuchten, Chef?« Unruhig tänzelte Sören auf der Stelle. »Die anderen *Biester* nehme ich gleich mit. Bloß, weil sie dastehen und dumm aussehen.«

Klaas und Tillmann schreckten zurück, was Svea zum Kichern brachte. Die aufdringlichsten Möwen vom Südstrand derart verängstigt zu sehen, fühlte sich gut an.

»Das wird nicht nötig sein.« Henk entfernte sich, blieb jedoch noch einmal stehen. »Oder, Raudi?« Seinem garstigen Gesichtsausdruck nach wünschte er sich, dass Raudi rebellierte, ihm drohte, ihn beleidigte.

Doch der Schnabel der Zwergmöwe war versiegelt. Als der Wind zunahm und sich unter die Gefieder der Vögel schlich, raunte Raudi ein leises »Was auch immer« und gesellte sich zu seinen Leibwächtern.

Svea war erstaunt, dass der Anführer der *Biester* sich dem Kriminalhauptkommissar nicht stellte. Warum gab er so schnell nach? Was verbarg er vor der *SAR* oder hatte er schlichtweg Angst?

»He, du Seeteufel!« Ignaz ging auf Raudi zu und klatschte ihm einen Flügel gegen den Kopf.

»Ignaz, alter Landstreicher.« Als wäre nichts geschehen, als hätte er nicht gerade dem Kriminalhauptkommissar den Kampf angesagt, rubbelte Raudi mit der Flügelspitze Ignaz' Stirn. »Was treibt dich an die Ostsee? Sind dir die Muscheln ausgegangen oder hast du Heimweh nach der guten Seeluft und scharfen Weibchen? Die gibt's ausschließlich am Südstrand.«

Raudi warf Svea einen lustvollen Blick zu, zwinkerte und schob die Zunge lasziv aus dem Schnabel.

Svea verabscheute Gewalt, doch wenn sie auf die *Biester* traf, überfiel sie das Bedürfnis, deren schmutzige Schnäbel in den Sand zu drücken. Aber Augustus stand zwischen ihnen und bei ihm wollte sie keinen schlechten Eindruck hinterlassen. Nachher hielt er sie für eine ungezogene Straßenmöwe mit einem unhöflichen Kodderschnabel.

Raudi und Ignaz versanken in Geschichten aus längst vergangenen Kükentagen. Wie sie zusammen in der Ostsee um die Wette geschwommen waren, den Strandläufern das erste Mal Eiswaffeln gestohlen hatten und wie sie sich ihren Mutproben auf der Fuchswiese gestellt hatten, dort, wo Ignaz die Verletzung am Flügel erlitten hatte.

Raudi gackerte fröhlich. Ein unwirkliches Bild, wie ein Regenbogen bei stürmischem Gewitter. Sein Vater war eben erst ermordet worden und er trieb Scherze mit Ignaz, tätschelte ihrem Cousin den Kopf und warf Svea zwischendurch Blicke zu, als wollte er sie zum Frühstück vernaschen.

War Raudi in der Lage, den eigenen Vater zu ermorden? Sicher irrte sie sich. Lutger war der Mörder vom Südstrand. Der Kormoran war entkommen und frönte sogleich seiner abscheulichen Leidenschaft: Möwen töten.

Raudi erzählte einen schäbigen Witz über leichtsinnige Weibchen, als Svea ihn begutachtete. Rötlichbrauner Schnabel krumm wie eine Banane. Hellgraue Schwingen, die mit jeder Silbe wippten, als wäre er nervös.

»Na, Schätzchen. Gefällt dir, was du siehst?« Unter schmalen Lidern sah Raudi sie an.

Svea haderte mit sich, ob sie ihren Gedanken Worte verleihen sollte. Sie hatte selbst erlebt, wie die *Biester* andere Tiere rupften wie Blüten und Weibchen bedrängten, bis diese kreischend davonflogen und sich eine neue Bleibe im Norden der Insel suchten.

Doch sie führte die *Seidenfedern* an, die vor nichts und niemandem zurückschreckten. Nicht umsonst war sie diejenige gewesen, die Lutger auf der Rinderwiese gestellt hatte. Nicht die *SAR*, nicht die *Biester* und erst recht nicht die *Wilden*.

Sie war es gewesen.

Entschlossen trat sie ihm entgegen.

»Solltest du nicht trauern, Raudi? Dir irgendwo in Staberhuk die Augen ausweinen, weil dein Vater gestorben ist?«

Im selben Augenblick, in dem sie die Frage beendet hatte, wich Svea zurück. Raudi durchbohrte sie mit feindseligen Blicken. Sie erschauderte. Seine markanten Gesichtszüge verdüsterten sich, seine ausgelassene Stimmung verebbte. Ihr Herz schlug ihr bis zum Hals. Innerlich bedankte sie sich beim großen Njörd, dass Ignaz und Augustus an ihrer Seite waren. Vor ihnen würde er es nicht wagen, sie anzufassen.

»Misch dich nicht in Dinge ein, die dein hübscher Kopf nicht versteht, Schätzchen. Sterben müssen wir alle mal. Und mit mir an der Spitze wird der Ältestenrat seine wahre Größe erlangen.«

Wollte er die Altmeisterin vom Thron stoßen?

»Bestell deinem Mattis schöne Grüße. Seine Zeit am Südstrand ist vorbei.«

Mattis, Mattis, Mattis, echote es in Sveas Kopf. Von Mattis zu hören, überraschte sie wie ein plötzlicher Hagelschauer. Vor ihren Augen verschwamm Raudi zu einem Wirbel aus schwarzen, weißen und hellgrauen Federn. Kalt lief es ihr den Rücken hinunter, während sie mit ihrer Fassung rang.

»Augustus Ferdinand Blasius III.«

Svea vernahm die wohlklingende Stimme des Hybriden wie aus der Ferne, als zöge er sie mit jedem einzelnen Buchstaben zurück ins Jetzt.

»Yogi und Meditationslehrer aus München. Schön, dich kennenzulernen, Raudi. Iggi redet ständig von dir und euren Streichen am Südstrand.«

»Iggi?«

Vor Lachen schlug sich Raudi auf den Bauch, sogar Klaas und Tillmann prusteten los, bis ihnen Tränen in die Augen stiegen. Ihr abgenutztes, struppiges Gefieder wackelte wie bei Strandkrabben, die miteinander rangen.

»Ich habe auch jemanden verloren und kenne mich mit dem Tod aus.« Augustus wirkte betroffen und dass er sich nicht von den *Biestern* provozieren ließ und auf ihre Häme einging, rechnete Svea ihm hoch an. »Tut mir leid, das mit deinem Vater.«

»Ha! Mir nicht. So hatte ich einen Grund zurückzukommen. Ich erbe seinen Ast im Rat, besitze mehr Macht als vorher und bald gehört mir der ganze Südstrand.«

Svea sah zur Ablenkung in den zartblauen Himmel, der stetig an Kraft zunahm. Wenn sie Raudi länger zuhörte, würde sie ihm gegenüber ausfällig werden.

Njörd sei Dank! Die *Seidenfedern* flogen über die Düne. Stine und Alina setzten hinter Augustus auf, während Fenja sich zu Raudi gesellte.

»Das müssen die *Biester* sein!«, rief sie freudiger als Svea es für angebracht hielt. Später musste sie mit ihrer Freundin ein ernstes Wörtchen über Loyalität sprechen. »In Burg seid ihr wahre Legenden«, flötete Fenja. »Gerüchten zufolge haltet ihr euch in Staberhuk auf, aber niemandem kann man mehr glauben. Es ist so aufregend, euch leibhaftig zu begegnen.«

Ein dümmlicheres Grinsen hatte Svea bei Raudi nie gesehen. Er beugte sich Fenja entgegen und wisperte ihr wahrscheinlich charmante Lügen ins Ohr, denn sie kicherte. Gleichzeitig legte er einen Flügel auf ihren Rücken, als markiere er sein Revier.

Hilfesuchend sah Svea zu Stine und Alina. Die beiden hatten Augustus und Ignaz kaum begrüßt, da fielen Tillmann und Klaas über sie her wie über einen frischen Haufen Regenwürmer. Die beiden Lachmöwen huschten um ihre Freundinnen herum, zwickten sie, pickten mit ihren kleinen, schmutzigen Schnäbeln in deren Gefiedern und rieben sich an ihnen wie an einem Baumstamm.

»Nimm deine dreckigen Schwingen von mir!«

Alina stieß Tillmann einen Flügel in seinen ausgefranzten Bauch. Zur gleichen Zeit wich Stine dem Schnabelstupser von Klaas aus, der ihr mit der Zunge die Kopffedern ablecken wollte.

»Das Weibchen riecht gut. Wie Frühling im Hochsommer.«

Mit heraushängender Zunge gaffte Klaas Stine hinterher. Die Hybridin trat an die Düne zurück und weitete die Flügel, um das Mitglied der *Biester* auf Abstand zu halten.

Ignaz stand lachend daneben. Augustus jedoch schob sich zwischen die beiden, weshalb Klaas den Schnabel in das Gefieder seines Gegenübers stupste.

Dass Augustus nicht wie die anderen Männchen solche nutzlosen, steinzeitlichen Verhaltensweisen tolerierte, brachte ihm bei Svea mehrere Pluspunkte ein.

»Lasst uns frühstücken.« Svea knurrte der Magen und sie wollte vermeiden, dass zwischen Augustus und den *Biestern* ein Streit ausbrach. Außerdem musste sie ihren Freundinnen von Lutger erzählen. Und von Haui. Dass er im Yachthafen einsaß, würde Stine zum Weinen bringen und das musste nicht vor den *Biestern* geschehen.

Alina und Stine umrundeten Tillmann und Klaas, als sie sich zu Svea gesellten. Ihre genervten Blicke sagten mehr als tausend Worte.

»Wartet auf uns!« Augustus zog Ignaz mit sich, der sich nicht wehrte. »Wir haben auch Hunger.«

»Sehen wir uns später im *Harem*, Raudi? Dieser Jupp hat heute Geburtstag.«

Fenjas Frage mochte unschuldig klingen, trotzdem verkrampfte sich Svea. Die *Biester* einzuladen, war das i-Tüpfelchen dieses seltsamen Tages. Dabei war der Morgen erst wenige Stunden alt. Die Strandkörbe waren unbesetzt, nicht ein einziges Handtuch lag auf dem Sand. Selbst die Bäckerei *Börke* hatte die Türen noch geschlossen. Lediglich die *SAR*, die wie ein aufgebrachter Mückenschwarm über den Dünen umherflog, hauchte dem Südstrand Leben ein.

Svea graute es vor dem, was an diesem Tag noch folgen würde.

»Aber sicher, Schätzchen. Die *Biester* sind überall, wo heiße Weibchen sind.«

Für diesen Satz hätte Svea Raudi mit Freuden in den Sand geschubst. Schlimm genug, dass die *Biester* zurück waren. Zwar hatten sie die Wette verloren und sollten in Staberhuk ihr Dasein fristen, aber durch Richards Tod konnte Svea sie nicht mehr zurückschicken. Und jetzt hing Fenja an Raudis Schandschnabel wie an einer heiligen Wasserstelle und glaubte jedes Wort, das er von sich kreischte.

Wenn die *Biester* heute im *Harem* auftauchten, würde der Abend in einen Kampf ausarten. Das wusste Svea so sicher, wie sie wusste, dass Lutger nicht von der Insel geflohen war, sondern irgendwo am Südstrand lauerte, bis die Finsternis sich über den feinen Sandstrand legte und er seiner Kunst wieder nachgehen konnte.

Am Abend zwängte sich Svea durch das Gebüsch hinauf zum *Harem*. Der schnelle Beat, der aus der *Strandburg* über die Wiese auf den Hügel drang, dröhnte ihr dabei in den Ohren. Dünenrosen und wildwuchernde Grünsträucher verschleierten das, was auf der Lichtung geschah und erschwerten den *Seidenfedern*, Ignaz sowie Augustus den Aufstieg.

Was im Harem passiert, bleibt im Harem. Dies war der Leitspruch seit der Eröffnung, die lange vor Sveas Geburt gefeiert worden war. Damals war ihr Großvater eine junge Mantelmöwe gewesen, die zusammen mit ihren *Teufelsmöwen* am Südstrand lebte.

Die Dämmerung breitete die langen Flügel aus und bedeckte den Strand mit einem satten Dunkelblau, einem zarten Rosa und orangegelben Einflüssen, die an die flackernden Flammen eines Lagerfeuers erinnerten.

In unregelmäßigen Abständen patrouillierte die *SAR* über die Dünen, was Svea zwar beruhigte, aber nicht zufriedenstellte. Erst wenn Lutger wieder unter dem Steg schwamm, würde sie aufatmen und sich am Südstrand sicherfühlen.

Der Geruch nach Gänseblümchen, Klatschmohn, Butterblumen und Dünenrosen erfasste sie, während sie die Lichtung des *Harems* erreichte. Der Hügel erwachte regelrecht zum Leben bei der Anzahl der Geburtstagsgäste, die Jupp ihre Anerkennung zollten.

Burgers Hennen hielten sich im Hintergrund, was Svea erleichterte. Nicht auszudenken, wenn eine von ihnen Augustus für sich beanspruchte und sie mit ansehen müsste, wie er mit seiner Traumhenne auf der Tanzfläche mitten auf der Lichtung unerhörte Dinge trieb. Sie lagen gackernd im Gras wie ein einziges beige-braunes Knäuel, während die anderen Hennen um ihren Fasan herumschwirrten, als wäre er das Licht und sie die nimmersatten Mücken.

Mit dem breiten, goldbraungefleckten Rücken lehnte Burger am Stein, eine Henne streichelte ihm leidenschaftlich den gut genährten Bauch.

Furchtbar.

Nicht für alles Prestige am Südstrand würde Svea eine von Kumpel Fasans Hennen sein wollen.

Ihren Großvater entdeckte sie daneben, umzingelt von Freunden.

Während sie auf Jupp zuging und sich an den tanzenden Vögeln vorbeidrängelte, fiel Svea die Luftveränderung im *Harem* auf. Für gewöhnlich roch es auf Burgers Hügel nach Begierde und anderen Gelüsten, die sie niemals in den Schnabel nehmen würde. Heute Abend jedoch mischte sich darunter der Duft nach nassen Federn, Muff und Falten: das unausweichliche Aroma von sehr alten Möwen.

Die *Teufelsmöwen* umkreisten Jupp wie die Hennen ihren Fasan. Zusammen waren sie gefühlt mehrere hundert Jahre alt. Mittlerweile lebten sie im NABU Wasservogelreservat in Wallnau. Ein Wellness-Resort auf Fehmarn, in das die Vögel der Sonneninsel sich zurückzogen, um einen gemütlichen Lebensabend zu verbringen.

Für Jupp selbst kam dieser *Vogelfriedhof*, wie er das Resort im Westen der Insel nannte, nicht in Frage. Im Herzen war er jung und wild und machte manch jüngerer Möwe am Strand noch immer Konkurrenz.

Fenja hatte kaum einen Schwimmfuß auf die Lichtung gesetzt, da löste sie sich aus der Gruppe und lief auf die *Biester* zu. Sie standen am anderen Ende und warfen den *Wilden* garstige Blicke zu. So stürmisch wie Fenja Raudi umarmte, hatte Svea keine Zweifel mehr daran, dass die Unterredung, die sie miteinander über Loyalität, Selbstwertgefühl und Geschmack geführt hatten, fehlgeschlagen war.

Beim Anblick der *Wilden* jedoch vergaß Svea die *Biester.* Pit winkte Alina zu, Berti unterhielt sich mit einer Lachmöwe und Fiete vergnügte sich mit anderen Vögeln in der Schlange vor der Limbo-Stange. Svea wollte zu Berti und Pit, um zu erfahren, wie es Haui ging, doch die Menge löste sich auf, bis Jupp vor ihr stand und ihr sein vertrautes Zwinkern schenkte.

»Prinzessin!« Ihr Großvater wackelte zwischen seinen *Teufelsmöwen* hindurch und fiel ihr in die Flügel. »Du bist gekommen!«

»Deinen Geburtstag lasse ich mir nicht entgehen, Opa.« Seine Wärme gab Svea das Gefühl von Vertrautheit und Familie und nach seinem strengen Atem zu urteilen, hatte ihr Großvater bereits an nicht wenigen Schnapsflaschen geleckt.

»Und Ignaz hast du auch mitgebracht.« Jupp zog die Mantelmöwe an sich heran und drückte seinen Enkel innig.

»Alles Gute, du alte Möwe«, raunte Ignaz und löste sich von ihm.

Darauf schienen Alina und Stine nur gewartet zu haben. Gleichzeitig sprangen sie Jupp in die Flügel und stützten ihn, damit er nicht umfiel.

»Sünd ji beiden wedder stürmisch.« Mit gütigen, maisgelben Augen betrachtete er sie. »Geht es euch gut? Behandeln euch die Männchen anständig?«

Alina und Stine nickten. Von Widerspruch oder einem großen Schnabel war bei ihnen nichts mehr zu sehen. Sobald Jupp in der Nähe war, verwandelten sich die *Seidenfedern* in brave Seelen.

»Und wer ist die stattliche Möwe in eurer Mitte?«

»Das ist Augustus, Opa. Er kommt aus den Bergen. Er begleitet Ignaz.«

»Begleitet?«

Jupp zwinkerte seinem Enkel zu, dessen Miene sich augenblicklich verdüsterte. Wortlos kehrte Ignaz ihm

104

den Rücken zu und zwängte sich durch die Vogelmenge in Richtung Buffet.

»So, so. Du begleitest meinen Ignaz also. Es freut mich sehr, dass du da bist. Willkommen am Südstrand von Fehmarn.«

»Servus! Ich bin Augustus Ferdinand Blasius III.« Augustus strahlte über sein weiß gefiedertes Gesicht.

Jupp unterdrückte ein Lachen und verzog den schmalen, runzligen Schnabel.

»Wie ich mich freue, Sie kennenzulernen. Herzlichen Glückwunsch zum Geburtstag!«

»Dank ok, mien Jung. Awer nich siezen. Dat lat schön bliewn, sonst denk de annern noch, dat ik old bünn.«

Augustus' Augen weiteten sich und Svea beobachtete, wie es in ihm arbeitete. »Bitte, was haben Sie gesagt?«

»Augustus snackt keen Platt, Grootvadder. He kümmt ut Bayern.« Svea war näher an Jupp herangetreten, damit er sie bei dem steigenden Lärm hören konnte.

»Ut Bayern? Is dat Dütschland?«

»Ja, Grootvadder«, antwortete Svea und wandte sich an Augustus. »Mein Großvater möchte nicht gesiezt werden, sonst fühlt er sich alt.«

»Bedient euch.« Jupp zeigte neben den Eingang. »Vor der Dünenrose findet ihr Muscheln, Algen und jede Menge Regenwürmer. Die Schnapsreste betreut Ida.« Grinsend lehnte er sich zu Augustus, als wären sie alte Bekannte. »Aber Vorsicht! Die Henne hat schlechte Laune. Zwei Mal hat die Olsch mich heute schon weggeschickt. Angeblich rieche ich wie eine Schnapsleiche. Verrückte Olsch, se is sülms besaapen. Dat künnt all seen.« Mit einem ordentlich Klapps schlug er Augustus auf den Rücken. »Amüsiert euch. Es ist genug Fraß für alle da.«

Augustus verschluckte sich, würgte, hustete.

Neben ihrem Großvater wirkte er verloren, was ihn noch sympathischer werden ließ, weil er sich nicht wie ein gewisser Jemand ununterbrochen in den Vordergrund drängte.

»Kommt!« Schlagartig drängelte Stine Alina, Svea und Augustus von der Stelle. »Ich will die *Wilden* nach Haui fragen.«

Augustus warf einen Blick zu Ignaz, der sich mittlerweile zu den *Biestern* gesellt hatte. Die umherstehenden und tanzenden Weibchen schien er hingegen nicht zu bemerken.

Ob im Süden ein Weibchen auf Augustus wartete? Bislang traute sich Svea nicht, ihn zu fragen. Und von selbst hatte er keinen Vogel erwähnt, was jedoch nichts zu bedeuten hatte – Männchen waren eigen.

Weibchen aber auch, wie es aussah, denn Fenja schmiegte sich auf der Tanzfläche eng an Raudi. Ein Anblick, der Svea Kopfschmerzen bereitete.

Das Herz will, was das Herz will, hatte Fenja ihr vorgebetet, als sie heute Mittag beim Baden über die *Biester* gesprochen hatten. Da Svea selbst in letzter Zeit kein gutes Flügelchen in Sachen Männchen besaß, hielt sie sich bei Fenja zurück.

Raudi war trotz seines krummen Schnabels eine gutaussehende Zwergmöwe, daran gab es keinen Zweifel. Aber für seine gebieterische Art und seinen unhöflichen Umgang mit jedem Weibchen besaß sie kein Verständnis. Und sollte sich herausstellen, dass Raudi in den Mord seines Vaters verwickelt war, würde es Fenja das Herz brechen. Aber es war ihre freie Entscheidung und die *Seidenfedern* würden für sie da sein, um die Scherben aufzusammeln.

Pit begrüßte Alina mit einer äußerst herzlichen Umarmung. Er berichtete, dass ihr Freund von der *SAR* in

Gewahrsam genommen worden war. Die Entenpolizei hatte Mattis auch festgenommen, doch seine Tante hatte ihn abgeholt. Die Ältesten besaßen politische Immunität. Der Kriminalhauptkommissar hatte den halben Yachthafen zusammengeschrien und protestiert, hatte jedoch nichts dagegen tun können.

Jedes Mal, wenn Pit von Mattis sprach, hielt Svea unbewusst den Atem an. Und je länger sie unkontrolliert nach Luft schnappte, desto mehr wurde ihr klar, dass Verdrängung nicht das geeignetste Mittel war, um einen gewissen Jemand zu vergessen.

Stine drängte alle dazu, Haui zu besuchen, aber Berti hielt sie davon ab, denn die Zwergmöwe wollte seine Freunde nicht sehen. Es blieb allein zu hoffen, dass die *SAR* Lutger fand und ihm ein Geständnis entlockte, damit Haui an den Südstrand zurückkehren konnte. Gleich morgen wollten die *Wilden* bei der Suche helfen.

Pit zog Alina auf die Tanzfläche, als der schnelle Beat einem ruhigeren Pop-Song wich. Berti hatte sich längst Trudi, einer von Burgers Hennen gewidmet, von der er hoffentlich die Flügel lassen würde, wenn er sich nicht mit Burgers Schlägerspechten anlegen wollte. Stine gesellte sich mit Fiete an das Buffet, Svea und Augustus verharrten auf der Stelle.

Sie beobachtete, wie Augustus ihren Cousin fixierte. Seine grasgrünen Augen versprühten Funken, als wäre er eifersüchtig auf die *Biester*, weil Ignaz ihnen mehr Zeit widmete als ihm.

Ablenkung half bei schlechter Laune am besten.

»Würdest du gerne tanzen?«, fragte Svea.

»Tanzen? Oh, ja, nett von dir.«

Nett von dir. Das war nicht die Reaktion, die sie sich erhofft hatte. Trotzdem folgte sie Augustus auf die Tanzfläche, die inzwischen mit Vögeln überfüllt war.

Zu ihrer Überraschung umfasste Augustus sie mit den Schwingen, zog sie an sich heran, bis kein Sandkorn mehr zwischen sie passte. Im Hintergrund spielte ein langsames Lied, das zum Träumen anregte.

Sein Rhythmusgefühl war beeindruckend.

Svea ging in den Klängen auf, dachte nicht mehr an die anderen Vögel, vergaß alles um sie herum. Sogar einen gewissen Jemand …

Sie schmiegte den graublauen Kopf an Augustus. Mit geschlossenen Lidern gab sie sich seinen weichen Bewegungen hin, genoss es, seine wohlriechenden Federn auf ihren zu spüren.

So fühlte sich Geborgenheit an. Ein zarter Impuls, den sie fast vergessen hatte. Mit Augustus könnte sie ewig weitertanzen, so leichtfüßig wie er über die Lichtung schwebte.

»Pass auf, wie du mit einem Ältesten sprichst, verdammtes Schielauge.«

Harsche Worte übertönten die sanfte Melodie aus der *Strandburg*. Streit brach aus, direkt hinter Svea. Augustus hielt inne und bewegte sich nicht länger wie ein tanzender Gott.

Nicht aufhören!

Doch als sie Alinas und Stines tadelndes Kopfschütteln erhaschte, fragte Svea sich unweigerlich, ob sie mit ihrem Tanz zu weit gegangen war. Geschwind löste sie sich von Augustus und wäre beinahe an Pit gestoßen, wenn Augustus sie nicht aufgehalten hätte.

Svea wandte sich Raudi zu, der Pit gerade beleidigt hatte. Beide schienen sich mit vorwurfsvollen Blicken zu zerschreddern. Binnen von Sekunden bildete sich eine große Traube aus verschiedenfarbigen Federn um die Tanzfläche.

»Noch bist du kein Ältester!«, rief Pit. »Mattis wird verhindern, dass sie dich aufnehmen.«

So wütend kannte Svea ihren Freund nicht, selbst Alina wirkte bei Pits zornigem Anblick verzweifelt.

Augustus legte eine seiner Schwingen um Svea und zog sie zu sich heran. Nicht einen Moment zu früh, denn Raudi ging auf Pit zu und knechtete dessen Kopf mit den Flügelspitzen.

»Möwen wie dich werde ich als Erstes vom Südstrand schmeißen, sobald ich den Miesmuschelabdruck der Ältesten trage.«

»Möwen wie mich?« Pit duckte sich, um Raudis provozierenden Attacken zu entgehen.

»Schielende Möwen, erbärmliche Möwen und Hybriden. Nur die starken, reinrassigen Möwen überleben. So war es seit jeher und so wird es immer sein.« Raudi bedachte die *Seidenfedern* mit Ekel im garstigen Gesicht, der Svea wie eine Ohrfeige entgegenschlug.

Sogleich entbrannte ein Kampf, der seinesgleichen suchte. Kreischend stürzte Pit sich dem Anführer der *Biester* entgegen. Klaas sprang auf den überraschten Berti, der unter der struppigen Lachmöwe zur Seite kippte. Tillmann griff sich Fiete, beide rangelten über den Boden, Svea und Augustus wichen dem Federchaos aus.

»Prügelei!«, kreischte Ignaz mit einer Freude, bei der Svea erstarrte. Mit dem Kopf voran lief ihr Cousin auf einen jungen Hybriden zu, der genüsslich eine Alge schlürfte. Ignaz schmetterte seinen weißen Schädel gegen den Bauch der Möwe, die ihren Imbiss im hohen Bogen auf die Regenwürmer spuckte.

Ein ohrenbetäubendes Gekreische brach im *Harem* aus. Möwen stürzten sich auf Möwen, als fuhr ein mit Frischfisch beladener Kutter in Burgstaaken ein. Schnäbel pickten Federn, Flügel fegten durch die aufgeheizte Luft wie rasende Windkrafträder. Bürzel stießen an Bürzel, während Schwimmfüße um sich traten, als ginge es ums nackte Überleben.

Augustus trat unruhig auf der Stelle, verfolgte Ignaz mit starrem Blick, der seine Flügel gerade einer mitleiderregenden Lachmöwe um die Ohren schlug. Svea wartete darauf, dass Augustus sich von ihr losriss, um sich in die Menge zu stürzen. Aber er sank seufzend neben sie auf den Boden und schloss die Lider. Wie beim Yoga summte er, während um ihn herum Flügel durch die Luft zischten und Schnäbel zuschnappten.

Ratlos beobachtete sie, wie Augustus' Brustkorb sich stetig langsamer auf und ab bewegte. Er schaffte es, selbst im Chaos die Ruhe zu bewahren und sich gedanklich an einen entfernten Ort zu flüchten, der ihm Zufriedenheit schenkte.

Svea wollte sich neben ihn setzen, den inneren Frieden mit ihm teilen, aber sie ließ die *Seidenfedern* nicht aus den Augen. Alina und Stine standen am Rand, jubelten den *Wilden* zu, die den *Biestern* mitten im Gemenge Paroli boten.

Hörte diese Gewalt zwischen den Möwen denn niemals auf?

Niemand war geeigneter für den Ältestenrat als Raudi mit seinen rassistischen Ansichten. Wenn er die Nachfolge seines Vaters antrat, hätten die Hybriden am Südstrand bald keine Rechte mehr.

Vor lauter Frust biss Svea den Schnabel zusammen. Ständige Rangeleien, Beleidigungen und Vorwürfe. Gab es keinen Frieden mehr? Warum akzeptierten reinrassige Möwen andere Möwen nicht, wie sie waren? Alle besaßen ein Recht auf den Strand, das Recht den Strandläufern ihre Brötchen zu stehlen oder in der Ostsee zu baden.

Mit einer Abscheu, die sie selbst verwunderte, betrachtete sie Raudi, der Pit zu Boden drückte, um mit den Schwimmfüßen auf dessen Gefieder herumzutrampeln.

Bei dieser Ungerechtigkeit keimte Unzufriedenheit in Svea auf, die in Hass gipfelte. Ein so übermächtiges, unbekanntes Gefühl, dass ihre Beine zitterten. Sie dämpfte den Atem, versuchte, sich unter Kontrolle zu halten, während ihr Herz pochte, als zerspränge es. Sie musste sich zügeln, musste die Kontrolle bewahren. Gewalt war etwas Nutzloses, zu dem niedere Tiere griffen, die es nicht besser wussten.

Wo führten diese Streitigkeiten, dieser Zorn auf die Hybriden hin? Hilda war tot und mit ihr drei andere Vögel, die der Südstrand niemals wiedersehen würde.

Sollte so das zukünftige Leben der Hybriden aussehen? Ständig den Hänseleien der Reinrassigen ausgesetzt, darauf hoffend, dass niemand sie vertrieb oder ihnen nachts auflauerte, um sie zu jagen?

Ein gewisser Jemand hatte nach Pfingsten versprochen, sich der Sicherheit der Hybriden am Südstrand anzunehmen. Versprochen hatte er es und sich nicht daran gehalten.

Alles musste sie selbst in die Flügel nehmen.

Die Möwen sollten sich ein Beispiel an Augustus nehmen. Zufrieden hockte er zu ihren Schwimmfüßen und zählte Muscheln. Oder was immer das Summen in seinem Inneren bewirkte.

Wie konnte sie diesen Frieden unter den anderen Möwen herbeiführen?

Fiete rangelte mit Tillmann um den Sieg. Klaas setzte sich schmunzelnd auf Bertis Gesicht, rieb ihm den Bürzel in die Augen, bis die Mantelmöwe vor Schmerzen kreischte.

So entstand kein Frieden.

Bertis Jammern erfüllte die Lichtung mit herzergreifendem Kreischen, als der Boden unter Sveas Schwimmfüßen vibrierte. Ein regelmäßiges Stampfen ertönte. Lange, kantige Meißelschnäbel tauchten im Gebüsch auf und Burgers Schlägerspechte stürmten den Hügel. Kumpel Fasan hatte ihre Unterstützung angefordert.

So schnell, wie der Kampf entbrannt war, lösten die Spechte das Flügelgemenge wieder auf. In rot-weiß-schwarz gescheckten Gefiedern geboten sie den kämpfenden Möwen Einhalt. Sie kreisten die sich Schlagenden ein, eilten an Svea vorbei, die sich an Augustus klammerte, um nicht umzufallen.

Wer nicht hören wollte, musste fühlen.

Die Schlägerspechte schlugen die harten Schnäbel in die Nacken der Aufsässigen, brachten sie zum Wimmern und stießen sie gnadenlos den Hügel hinab, bis der *Harem* fast leer war.

Eine unwirkliche Ruhe kehrte unter den Möwen ein. Sprachlosigkeit stand den Zurückgebliebenen ins Gesicht geschrieben. Nur Sveas Großvater saß zwischen den *Teufelsmöwen* und schlürfte eine klare Flüssigkeit aus einer Muschel, die zweifellos nach Schnaps aussah.

Das Buffet war zerstört und die Regenwürmer in der Hektik geflüchtet. Selbst die Musik war verschwunden, als hätten die Schlägerspechte sie mitgenommen und in der Dunkelheit eingesperrt. Von Fenja entdeckte Svea nur den Bürzel. Ihr dunkler Kopf steckte in einem Gebüsch, während sie nach Raudi wimmerte.

Stine und Alina kamen auf Svea zugerannt.

»Die Spechte haben die *Wilden* rausgeschmissen, obwohl die *Biester* angefangen haben«, beschwerte sich Alina unter Tränen. »Ich wollte ihnen erklären, dass Raudi den Streit provoziert hat, aber sie haben mich nicht zu Wort kommen lassen.«

»Das war zu erwarten«, entgegnete Svea ihr und reckte sich. »Burgers Spechte kennen keine Gnade.«

Zu oft hatte sie gesehen, wie die Flügellanger des Fasans auf seinen Befehl hin den *Harem* geräumt hatten, ohne dass die wahren Störenfriede dabei erwischt worden waren.

»Sei froh, dass sie dich nicht auch mitgenommen haben, Alina«, warf Stine ein. »Karla, Jakobs Freundin, haben sie zusammen mit ihm abgeführt, weil sie sich an ihm festgebissen hatte. Sie hat beinahe die ganze Dünenrose mit sich gerissen, als es den Hügel hinabging.«

Augustus bequemte sich hoch und wischte sein Gefieder ab, als läge Staub darauf.

»Ignaz ist fort«, sagte Svea beiläufig, ihre volle Konzentration galt ihrem Großvater. Umringt von *Teufelsmöwen* stand er mit einem gequälten Gesichtsausdruck auf und kam ihr entgegen.

»Wo sind denn alle hin?« Jupp schwankte, sodass Augustus ihn stützte.

»Tut mir leid um deine schöne Feier, Großvater.« Svea umarmte ihn und atmete eine scharfe Duftwolke aus Schnaps ein.

»Mach dir keine Sorgen. Af un to mutt man kämpfen, üm Freeden to bringen.«

Man muss kämpfen, um Frieden zu bringen?

»Wie meinst du das?«

Jupp richtete sich auf und winkte seine *Teufelsmöwen* zu sich. Die alten Möwen versammelten sich um ihn. Runzeln, kahle Stellen zwischen den Federn, ledrige Schwimmfüße. Die Zeit hatte ihre Zeichen auf den Gefiedern hinterlassen und doch blitzten in ihren Augen unübersehbar der Schalk auf und die Lust auf Leben.

Eine der Möwen, ihr Name war Enno, legte den Flügel um Jupp und gab ihm eine sanfte Kopfnuss. Jupp grinste über das faltige Gesicht.

»Lange vor deiner Geburt, Svea, habe ich mit meinen *Teufelsmöwen* gegen die Ältesten Krieg geführt.«

»Du? Ihr?« Verwundert sah Svea ihren Großvater an. »Ihr habt gegen den Rat gekämpft? Warum hast du das nie erzählt? Was ist passiert?«

Jupp gluckste. »Wissbegierig wie ihre Mutter, Njörd hab sie selig. Ich erinnere mich als wäre es gestern gewesen, dass Svea wie ein kleiner Wirbelwind auf mich zugelaufen kam, da war sie erst ein paar Wochen alt. Die Schwimmfüße voller Matsch und die …«

»Dat mutt würklich nüms weten, Grootvader«, fiel Svea ihm ins Wort. Fehlte noch, dass er Augustus und allen anderen Möwen davon erzählte, wie sie ihren ersten Regenwurm ausgewürgt hatte, weil er ihr im Hals steckengeblieben war. »Erzähl uns lieber von eurem Kampf gegen die Ältesten.«

Jupp hatte ihre Neugierde entfacht. Was immer der Grund für ihre Auseinandersetzung gewesen war, die Ältesten mussten gewonnen haben, da sie weiterhin auf der Kohlhof-Insel regierten.

»Wie du möchtest.« Jupp sank auf den Boden und machte es sich gemütlich. Die *Teufelsmöwen* um ihn herum taten es ihm gleich, bis sogar die *Seidenfedern*, Augustus und die wenigen anderen Möwen sich in einen Kreis setzten.

»Vor Tilda gab es einen Altmeister an der Spitze des Rates. Er hatte sämtlichen Spaß am Südstrand verboten.«

»Sprichst du von Erik, dem Weisen?«, fragte Alina.

»Richtig, aber so weise wie die Ältesten es euch weismachen wollen, war er nicht. Eines Tages kam der damalige Kriminalhauptkommissar der *SAR* zu uns an den Strand und postierte auf Anweisung des Rates an jedem Eingang zur Promenade einen Trupp. Angeblich erschreckten wir die Strandläufer. Sie befahlen uns, auf das Feld auszuwandern, auf dem heute die

Rinder grasen. Für uns galt ab dem Zeitpunkt Süd-
strandverbot.«

Solch eine Stille hatte der *Harem* selten erlebt. Als
hielten alle Möwen gespannt den Atem an, um keines
von Jupps Worten zu verpassen. Burger schlief mit
offenem Schnabel am Stein, während seine Hennen
seinem Schnarchen mit geschlossenen Lidern lauschten.

»Doch wir waren, und sind es noch heute: *Teufelsmöwen*. Niemand erteilt uns Befehle. Wir wollten zurück an unseren Südstrand. Jeder von uns war dort
aufgewachsen und hatte sein ganzes Leben im Sand
und in der Ostsee verbracht. Was sollten wir auf einer
Wiese, auf der wir nicht *Drück den Dudel* spielen konnten?«

Augustus lehnte sich an Svea und legte den Kopf
an ihr ab. Zwischen ihnen herrschte eine Vertrautheit,
als würden sie einander seit der Geburt kennen.

»Man muss eintreten und kämpfen für das, was
man liebt. Ist es nicht so?«

Die Möwen um Jupp herum stimmten ihm mit
einem Brummen zu, das frommem Gesang ähnelte.

»Es gibt Grenzen im Leben, auch für den Ältestenrat. Deshalb haben wir gekämpft. Für unsere Rechte,
für unsere Sommerspiele. Ohne die *Teufelsmöwen* gäbe
es *Mensch ärgere dich* am Südstrand nicht mehr. Durch
unsere Rebellion genießt ihr die frische Brise der See
und sitzt nicht auf drögen Feldern fest, um trockene
Krümel vor euch her zu kicken.«

Möwenschwingen trommelten auf dem Boden, gefolgt von Jubelschreien, die Burgers Hennen weckten.

»Ihr seid wahre Helden!« Begeistert schlug Svea die
Flügel zusammen.

Stolz und Ehre schimmerten in den Augen der
Teufelsmöwen, die mit durchgedrücktem Rücken die

Flügel nah an ihre Körper pressten, als salutierten sie vor Jupp.

»Das bringt das Leben mit sich, Svea. Wir entwickeln uns, die Welt dreht sich weiter. Ihr, eine neue Generation von Möwen, von Hybriden, lebt nun am Südstrand.« Mit gütigen Augen sah Jupp sie an. »Die Reinrassigkeit darf nicht das oberste Ziel unseres Daseins sein, die Freiheit ist wichtiger denn je. Freie Liebe, freie Partnerwahl, freier Wille dort zu leben, dorthin zu fliegen, wo wir möchten, wann wir möchten, ohne uns eine Erlaubnis von Möwen holen zu müssen, die auf der Kohlhof-Insel sitzen und das Leben an sich vorbeiziehen lassen. Aber die Ältesten werden es nur lernen, wenn es ihnen jemand zeigt.« Jupp pausierte, ohne den Blick von Svea zu nehmen. Tief drangen seine Worte unter ihr Gefieder, dabei fühlte sie sich, als übertrüge er ihr die wichtigste Aufgabe ihres Lebens. »Und wenn die Ältesten nicht hören wollen, dann müssen sie fühlen.«

Ein Lächeln schnellte über das Gesicht ihres Großvaters, es wirkte wie die Erteilung einer Erlaubnis, wie der Schubs in eine Richtung, in die Svea nie geglaubt hatte, jemals zu gehen.

Leise tönte Burgers Schnarchen zu den Möwen auf der Tanzfläche. In Stines Augen schimmerten Tränen. Vermutlich vermisste sie Haui, der der Willkür der *SAR* ausgesetzt war. Auch Svea war zum Weinen zumute. Sie trauerte um Hilda, die der Rat ihr genommen hatte. Alles im Sinne der Reinrassigkeit.

Lutger war auf freiem Schwimmfuß, trieb sich irgendwo herum, um auf die nächste Möwe zu lauern.

Svea schluckte, denn der Kloß in ihrer Kehle weigerte sich, zu weichen. Wie eine Zecke biss er sich fest. Wie der Ältestenrat, der nicht von seinen Ansichten abwich und auf Regeln sowie Gesetzen beharrte, die schlichtweg falsch waren.

Sie alle hatten ein friedliches Leben am Südstrand verdient. Hybriden und reinrassige Möwen gleichermaßen. Aber aus freien Stücken würde der Rat die Hybriden am Südstrand niemals dulden.

Ihr Großvater hatte recht. Die Hybriden mussten sich zur Wehr setzen, ehe weitere Möwen starben.

»Mylady?« Augustus rüttelte sanft an Svea. »Alles in Ordnung?« Der Hybride und die *Seidenfedern* sahen sie eindringlich an.

»Denkt ihr auch, was ich denke?«, fragte sie ihre Freunde.

»Dass dein Großvater aussieht wie ein ausgelaugter Schwamm?«

»Nein, Alina, das meine ich nicht.«

»Dass wir den *Wilden* folgen sollten?«, fragte Stine. »Nicht, dass die Spechte sie verletzt haben.«

»Nein, mir schwebt etwas anderes vor.«

»Du willst rebellieren.« Fenja hatte an Sveas Seite Platz genommen. Die Augen der Zwergmöwe funkelten neugierig.

»Genau, das habe ich vor.«

~Mattis~

Auf der Suche nach der Wahrheit

- Heilige Birke. Kohlhof-Insel -

Baumarrest.
Schlimmer hätte es nicht kommen können.

Wie ein wehrloses Küken hatte seine Tante ihn gezwungen, auf der Heiligen Birke zu bleiben, bis der Ältestenrat, bis *sie* ihm höchstpersönlich gestattete, sich frei zu bewegen.

Da wäre Mattis lieber im Yachthafen unter dem *Jollensteg 2* geblieben, hätte seine Kreise im Schatten der Holzlatten gezogen, den Kopf ins kühle Nass gesteckt und den Ältestenrat, die *SAR* und den gesamten Südstrand verdrängt.

Einen ganzen Tag lang hatte Mattis auf dem Ast seiner Familie gesessen. Mit der Zeit war das Kribbeln in den Schwimmfüßen verschwunden und einem Taubheitsgefühl gewichen, an das er sich mittlerweile gewöhnt hatte.

Heute früh hatte er gegähnt und die silbergrauen Flügel mit schwarzen Spitzen ausgestreckt, um sie zu lockern, da hatte Tilda seinetwegen ihr Gespräch mit Alkmund und Lennja unterbrochen, um ihn darauf hinzuweisen, dass er nach wie vor die Heilige Birke nicht verlassen durfte.

Als hätte er das vergessen.

Die anderen Ältesten auf dem Baum mieden ihn wie einen Fuchs. Mit Gram und Misstrauen war die Luft um die weiß-braune Rinde herum angereichert. Mattis hatte den Ältesten den Rücken zugekehrt, um ihre missbilligenden Blicke und provozierenden Flügelzeichen nicht mehr sehen zu müssen.

Ihre Unterhaltungen konnte er nicht ausblenden.

Richards Dahinscheiden bedrückte die Gemüter in demselben Ausmaß, wie Mattis' Festnahme sie erzürnte. Doch das wichtigste Thema zwischen den Ältesten war nach wie vor die Abschiebung, denn morgen Abend war Vollmond.

Mattis konzentrierte sich auf die Umgebung, damit ihre harschen Beschimpfungen über die Hybriden nicht in seinem Kopf herumgeisterten.

Die Morgensonne bedeckte die leichten Wellen des Binnensees um die Kohlhof-Insel mit glitzernden Funken. Mattis reckte den dottergelben Schnabel in die Höhe, die zarte Brise lüftete seine Federn. Er genoss die wärmenden Strahlen auf dem Gefieder, so weit es ihm auf seinem Ast erlaubt war.

Burgtiefe war zum Greifen nah. Er musste die Schwingen bloß öffnen, ein paar Mal kräftig schlagen und er wäre am Yachthafen. Der Kriminalhauptkommissar würde ihm nicht zuhören, aber Mattis könnte die Wahrheit um den Mord an Richard herausfinden und Haui entlasten. Oder zumindest mit entsprechenden Beweisen dafür sorgen, dass Richards Tod wie ein Unfall aussah.

Und wenn Lutger der Mörder war?

Dann waren alle Ältesten in Gefahr. Allesamt wie sie dort saßen und über die Hybriden lästerten.

Sein Kopf fuhr herum. Die Möwen saßen ihm gegenüber auf zwei Äste verteilt. Den oberen besetzten Sivert, Ehrenfried, Melina und Anderson. Neugierig beäugten sie den Ast unter ihnen, auf dem sich seine Tante, Alkmund, Lennja und Hindrik beratschlagten.

Juna fehlte, worüber sich Mattis weder wunderte noch traurig war. Die piepsige Stimme der Mantelmöwe und wie sie die Vokale in ihren Hetzreden gegen die Hybriden endlos in die Länge zog, raubten ihm fast den Verstand.

Lennja war die Erste, die seine veränderte Haltung bemerkte. Besonders laut räusperte sie sich, ehe sie mit dem Blick auf ihn sprach: »Diese Bastarde müssen unseren Südstrand verlassen. Sie verschandeln mit ihren hässlichen Gefiedern die Fassade der Promenade. Erst gestern habe ich von der *Stillen Post* erfahren, dass die Touristenzahlen von Woche zu Woche sinken. Ein wahres Trauerspiel.«

Mattis juckte es unter den Federn. Die Ältesten hatten ihre Schuldigen gefunden, daran gab es keine Zweifel. Sie zogen die Hybriden als Sündenbock für alles heran, was sich am Südstrand abspielte. Angespülter Müll. Verdreckte Strände. Steigender Lärm. Schlechtes Wetter.

»Lutger wird das Problem für uns erledigen.«

Mattis schaute Alkmund an. Er hatte sich geschworen, sich nicht mehr zu äußern, wenn die Ältesten ihre Hasstiraden verströmten. Aber er würde nicht tatenlos mit anhören, wie Alkmund darüber sprach, seine Freunde ermorden zu lassen.

»Das wird Lutger nicht tun!«, brach es aus ihm heraus. Jeder Muskel in ihm verkrampfte sich. »Lutger wird die Hybriden nicht anrühren. Das versuche ich Tilda seit dem Yachthafen begreiflich zu machen.«

Die Altmeisterin sah ihn herausfordernd an, während sie mit einem Flügel auf ihn deutete. »Wähle deine Worte weise, Mattis. Ich kann deinen Baumarrest auch verlängern.«

»Ich bin kein Küken mehr, Tante. Du kannst mich nicht ewig hier festhalten.« Wie zum Beweis stand er auf, breitete die Flügel aus, streckte und reckte sich. Lange genug hatte er auf dem Ast gesessen wie ein braves Haustier. Es wurde Zeit, dass er sein Leben selbst in die Flügel nahm. Auch wenn er wusste, dass ihn seine Vorfahren aus dem Jenseits dafür verfluchen würden.

»Ich wollte euch die ganze Zeit warnen. Lutger will euch jagen. Euch, niemand anderen. Aber keiner von euch hört mir zu. Eure Diskussionen drehen sich um Hybriden und wie ihr sie loswerdet. Dabei solltet ihr euch um eure eigenen Hälse sorgen. Lutger sinnt auf Rache, weil ihr ihm nicht geholfen habt.«

Schweigen bevölkerte die Äste und lange Gesichter klagten Mattis für die Nachricht an, die er ihnen überbracht hatte.

»Woher weißt du das?« Tilda hüpfte auf seinen Ast. Ihre Körperhaltung war angespannt, die silbergrauen Flügel hielt sie zur Seite gedreht, als wäre sie zu allem bereit.

Mattis wich vor ihr zurück, doch sie richtete den spitzen Schnabel auf sein Gesicht, wobei ihre goldgelben Augen jede seiner Regungen beobachteten.

»Ich … ich habe mit ihm gesprochen. Das will ich dir die ganze Zeit sagen.«

»Wir müssen ihn aufhalten!«, tönte es hinter Tildas Rücken. Ehrenfried hüpfte ungehalten neben Sivert herum.

»Oder die *SAR* einschalten«, schlug Lennja vor.

121

»Und wie willst du das tun, Lennja?« Tildas Flügel wedelten vor Mattis' Gesicht herum. »Willst du Henk sagen, dass der Auftragsmörder, den wir engagiert haben, uns nun töten will? Das wäre nicht sinnvoll. Die *SAR* steht in der Sache mit den Hybriden hinter uns. Das dürfen wir nicht gefährden. Wir brauchen die Entenpolizei für die Entfernung der Möwen vom Südstrand.«

»Ich bin zu jung zum Sterben«, heulte Sivert, sein Blick zuckte verschreckt zwischen den Zweigen hin und her. Anderson hingegen sackte auf den Ast zurück und wirkte dabei wie eine Schnecke, die unsicher aus ihrem Häuschen schielte. »Ich will auch nicht den Kopf verlieren«, jammerte er, »geschweige denn meinen Schwimmfuß.«

Tilda hob die Schwingen, um die Ältesten zu beruhigen. »Niemand wird mehr sterben. Wenn wir zusammen auf unserem Baum bleiben, kann Lutger uns nichts anhaben.« Beschwichtigend senkte sie die Stimme. »Ich werde Burgers Schlägerspechte engagieren oder die *Dunklen Ritter*. Wir finden eine Lösung. Bleibt dicht zusammen und verlasst die Heilige Birke ...« Sie stockte. Mit dem glänzend weißen Kopf begutachtete Tilda jeden Ast.

Ein Grinsen schob sich Mattis um den Schnabel. Der ängstliche Ausdruck in den Gesichtern der Ältesten gefiel ihm. Verschreckte Blicke. Sprachlose Schnäbel. Pure Panik zwischen den Ästen. Nun sorgte der große Njörd für Gerechtigkeit. Die Ratsmitglieder schwitzten auf ihren Ästen und fürchteten sich wie die Hybriden an Pfingsten.

»Wo ist Juna?«

Die Altmeisterin hüpfte von Ast zu Ast, schob die Blätter der Birke beiseite, als wäre die Mantelmöwe ein Mäuschen, das sich hinter dem kleinsten Zweig verstecken konnte.

»Hat jemand Juna gesehen? Wer hat mit ihr das letzte Mal gesprochen? Sagt es mir!«

Gemurmel brach unter den Ältesten aus. Tante Tilda kreischte aus voller Kehle nach Juna. Ihre Sorge um die Mantelmöwe musste auf der ganzen Kohlhof-Insel zu hören sein.

Augenblicklich löste Mattis' Schadenfreude sich in Luft auf. Juna gehörte nicht zu seinen Freundinnen – und würde es auch niemals –, trotzdem wollte er nicht, dass der Kormoran sie als sein nächstes Kunstwerk missbrauchte.

Das letzte Mal, als er sie gesehen hatte, hatte sie neben Sivert gesessen und getuschelt. Das war lange bevor er Lutger auf der Düne begegnet war.

»Wollte sie nicht nach Puttgarden fliegen?« Sivert schaute zu dem leeren Ast, auf dem Juna für gewöhnlich saß und dabei auf Mattis herabsah.

»Ehrenfried, Melina!«, tönte es von dem Wipfel der Heiligen Birke aus Tildas Schnabel. »Fliegt zum Baum der *Dunklen Ritter*. Friedhelm soll uns seine Truppe zur Verfügung stellen.«

»Und wenn der Dickkopf sich weigert? Sollen wir die Schlägerspechte von Burger holen?« Deutliches Unbehagen schwang in Ehrenfrieds Stimme mit, als er zur Altmeisterin hinaufsah.

»Dem Fasan ist nicht zu trauen«, widersprach Tilda. »Holt mir die *Dunklen Ritter* zu unserem Schutz. Und bleibt alle zusammen. Habt ihr mich verstanden?«

Melina und Ehrenfried nickten stumm. Gleichzeitig öffneten sie die Schwingen und hoben von der Heiligen Birke ab. Mattis sah ihnen nach. Er sehnte sich danach, die salzige Meeresluft zwischen den Federn zu spüren.

Es gab zu viele Probleme, um auf dem Ast zu versauern. Haui musste aus dem Yachthafen befreit werden, Lutger sollte seinen Platz einnehmen und das

Wichtigste: Er musste die Abschiebung verhindern, auch wenn er noch nicht wusste, wie er das jemals schaffen sollte. Alle seine Möglichkeiten hatte er ausgeschöpft.

Trotzdem. Er wollte es versuchen. Alles würde in Ordnung kommen, selbst wenn die Ältesten ihn aus dem Rat werfen und vom Südstrand ausschließen würden. Sofern er einen Weg fand, die Hybriden zu retten, wäre ihm alles recht.

Eine Zwergmöwe steuerte direkt auf Melina und Ehrenfried zu. Sie kreischte beide Ältesten beiseite, als wäre sie ein breitflügeliger Adler. Wenige Momente später setzte die Möwe auf Richards leerem Platz zwei Äste schräg über Mattis auf.

Raudi.

Niemand sonst würde sich trauen, den Ratsmitgliedern in den Weg zu fliegen. Als wäre er der König der Kohlhof-Insel, gaffte er die Ältesten um sich herum an. Bei Mattis' Anblick gefror sein Gesicht zu einem hinterhältigen Ausdruck.

»Komme ich ungelegen?« Seine Stimme besaß einen merkwürdig klangvollen Unterton, als könnte er keinem Wurm ein Leid antun.

»Mein lieber Raudi!« Tilda hüpfte von ihrer Spitze hinab auf seinen Ast. »Wir alle sind in Trauer wegen deines Vaters. Komm her!« Euphorisch schlang sie die silbergrauen Flügel um ihn, bis er beinahe unter ihr verschwand.

Mattis durchzuckte Schmerz. Kummer schlich sich in seinen Geist. Es war noch nicht lange her, da hatte er an Raudis Stelle gestanden, Tildas Güte und Zuneigung erfahren und nicht ihren Zorn und ihre Verachtung. Sie war die Letzte aus seiner Verwandtschaft und es schmerzte ihn zutiefst, wie sich alles seit seiner Zeremonie entwickelt hatte.

Raudi hüstelte und schnappte nach Luft, als Tilda von ihm abließ. »Mein Herz ist gebrochen«, jammerte er. »Ich konnte mich nicht von ihm verabschieden, weil ich wegen den *Seidenfedern* nach Staberhuk umziehen musste. Ohne Svea und die anderen Hybriden würde mein Vater noch leben. Ich ... Ich hätte ihn beschützt, wenn ich am Südstrand gewesen wäre.«

»Wir verstehen dich«, sprach Tilda sanft. »Deine Trauer sitzt tief und es wird Zeit brauchen, bis die Wunde in deinem Herzen geheilt ist.«

Abfällig schnalzte Mattis mit der Zunge.

War sie blind und taub? Selbst von hier unten erkannte Mattis, dass der Anführer der *Biester* log, dass sich fast die Zweige bogen. Den *Seidenfedern* die Schuld an Richards Tod zu geben, war selbst für Raudi eine Spur zu extrem.

»Du hast die Wette selbst vorgeschlagen. Erinnerst du dich? Du und deine Muschelschubser habt verloren. Deshalb verbringt ihr den Sommer in Staberhuk. Die *Seidenfedern* haben damit nichts zu tun.« Mattis quoll seine Wut beinahe aus dem Hals. Svea und ihre Freundinnen zu belasten, obwohl sie nichts getan hatten, außer die Wette zu gewinnen, war zum aus der Haut fliegen. »Wo hast du deine beiden Leibwächter gelassen? Quälen die Mistmöwen unschuldige Küken auf der Promenade?«

»Mattis! Wo bleibt dein Mitgefühl?« Seine Tante sah ihn mit aufgerissenen Lidern an. »Der arme Raudi hat seinen Vater verloren. Du solltest dich besser mit ihm anfreunden, denn bald wird er ein Ältester sein.«

»Das Schlimmste, was dem Rat passieren kann.«

»Das habe ich gehört.«

»Solltest du auch, Raudi.«

»Apropos, wann ist meine Zeremonie, Tilda? Es ist Zeit, dass ich meinen Platz im Rat einnehme.«

125

»Die Leichenteile deines Vaters sind noch nicht bestattet und du greifst schon nach seinem Ast?« Mattis kochte innerlich, beinahe wäre er von seinem Platz hinuntergefallen. Eine lang unterdrückte Wut flammte in ihm auf, die nur darauf gewartet hatte, von Raudis ausschweifenden Lügen gekitzelt zu werden. »Wenn du trauerst, fresse ich einen Autoreifen.«

Tilda hob die Flügel, als schirmte sie Raudi vor Mattis' verbalem Angriff ab.

»Jeder hat bei uns eine Aufgabe zu erfüllen, Neffe. Und für uns Älteste – also auch für dich – ist es eine Ehre, wenn Raudi in die Schwimmfußstapfen seines Vaters tritt. Wir brauchen junge, tatkräftige Flügel bei uns. Wie du selbst weißt, haben wir bei Vollmond eine wichtige Aufgabe zu erfüllen. Eine *lebensverändernde* Aufgabe.«

Das war Mattis' Stichwort. Keine zehn Ältesten hielten ihn mehr auf der Heiligen Birke. Familientradition hin oder her. Selbst wenn er dem edlen Clan der Silbermöwen Schande bereitete, er sah nicht länger dabei zu, wie Tilda Raudi frische Fische um den Schnabel schmierte.

»Es tut mir leid«, flüsterte Mattis zu seinem Vater, seinem Großvater und allen Vögeln aus seinem Clan der Silbermöwen, die vor ihm auf diesem Ast gesessen hatten. »Ich habe es versucht. Das wisst ihr. Aber genug ist genug.«

Er öffnete die Flügel und wollte sich vom Baum abstoßen, da schossen Tildas Worte zu ihm hinab.

»Hiergeblieben! Was denkst du, was du da tust, lieber Neffe?«

»Meine Aufgabe erfüllen, so wie du es gesagt hast.« Mattis blickte seiner Tante in die Augen und maß sich mit ihrer Strenge. »Ich werde Juna suchen.« Das entsprach zwar nicht der Wahrheit, aber auf diese Weise könnte er sich frei bewegen, ohne dass sie ihm eine

Eskorte zur Seite stellte, die ihn bei jedem Flügel-schlag verfolgte.

Wie erwartet protestierte Tilda nicht. Ihrem eiser-nen Gesichtsausdruck nach zu urteilen, gefiel es ihr, nicht jemanden Anderen nach Juna suchen lassen zu müssen und dabei in Gefahr zu bringen.

»Wenn du sie gefunden hast, kommt ihr beide so-fort her.« Sie wandte sich Raudi zu und Mattis wollte abheben, um schnellstmöglich von der Heiligen Birke zu verschwinden.

»Ich warne dich, Neffe«, keifte Tilda ihm zu. »Wenn du wieder im Yachthafen landest oder heimlich deine Freunde am Südstrand beobachtest, wird dir Schlim-meres drohen als Baumarrest. Ich befehle dir, Ab-stand zu halten. Das hat oberste Priorität, wie bespro-chen. Haben wir uns verstanden?«

»Mit gefällt es, wie ihr mit Milchmöwen umgeht.« Als Zugabe streckte Raudi ihm die Zunge heraus.

Mehr musste Mattis nicht hören. Er stieß sich vom Ast seiner Vorfahren ab und glitt über die Kohlhof-Insel, vorbei an der Heiligen Buche der Spatzen, di-rekt auf den Burger Binnensee hinaus.

Wie konnte Tilda von seinen Besuchen am Süd-strand wissen? Selbst die *Wilden* hatten ihn nicht be-merkt. Er war besonders vorsichtig gewesen, hatte mit niemandem Kontakt gehabt. Woher also wussten sie, dass er bei ihnen gewesen war? War es das, was Lutger gemeint hatte? Verfolgten ihn die Ältesten höchstpersönlich?

»Sollte Svea wirklich eine Rebellion planen«, kreischte die Altmeisterin ihm hinterher, »wird sie und alle Rebellen mit ihr für ihre Sünden bestraft werden! Mit Verrätern machen wir kurzen Prozess.«

Mattis starrte auf den Yachthafen am Horizont, während er über die Wasseroberfläche dahinglitt.

Svea plante eine Rebellion? Seine Svea?

Seine Tante musste sich irren. Svea hatte ihn stets verurteilt, wenn er mit den *Wilden* in Prügeleien verwickelt war. Das war sicher eine von Tildas fixen Ideen, um wieder einen Grund zu haben, die Hybriden zu ächten.

Von oben sah der Yachthafen in Burgtiefe aus wie eine Festung. An jeder Ecke hatte Henk Enten und Erpel postiert. Jeder Weg quoll über vor Federvieh. Die Strandläufer kamen kaum von ihren Segelbooten, ohne dass sie über einen Vogel stolperten, der stur seine Position hielt. Offenbar hatte Henk Verstärkung aus der Zentrale in Burg erhalten, um das Gefängnis zu sichern.

Ein Gedanke nistete seit gestern Nacht in Mattis' Kopf. Warum hatte Haui neben den Leichenteilen gestanden und dabei gewirkt, als hätte er sich durch die Fuchswiese gekämpft? Hatte sich Richard derart gewehrt, dass er Haui verletzt hatte?

Seinen Freund an den Pranger zu stellen, missfiel Mattis. Doch die Vorstellung, dass die Zwergmöwe den Ältesten gerupft hatte, lag im Bereich des Möglichen. Wenn er den inneren *Haudrauf* freiließ, war Haui nicht er selbst und zu allem fähig.

Mattis bog von der Ostsee in die Straße *Am Yachthafen* ein und flog über einen mintgrünen VW Bulli hinweg, dessen weißes Dach wie frisch poliert in der Sonne glänzte. Als er die rote Fassade der Ferienwohnungen *Am Rundsteg* sah, überkam es ihn.

Was, wenn Haui mit Lutger einen Deal ausgehandelt hatte? Was, wenn Lutger ihn bei all den Besuchen manipuliert hatte? War Haui zu seinem Flügellanger geworden? Hatte er deswegen den Ältesten auf der Kohlhof-Insel gedroht?

Zuzutrauen wäre es Lutger. Er nutzte Haui, damit er sich nicht selbst seine Federn für die Drecksarbeit schmutzig machen musste. Er inszenierte lediglich die einzelnen Stücke, nachdem Haui fertig war.

Im Flug schaute Mattis sich nach Henk um. Der Erpel sollte sofort von seiner Theorie erfahren.

Die *SAR* schirmte den Strandläuferweg, an dem Mattis Haui begegnet war, mit geöffneten Schwingen vor neugierigen Blicken ab. Sie verscheuchten gerade ein paar junge Spatzen, als er in den Sinkflug überging und neben der Absperrung aufsetzte.

Richards Überreste waren von den Steinplatten verschwunden, aber Mattis erinnerte sich an den abgenagten Schwimmfuß mit dem Abdruck der Miesmuschel, den abgetrennten, mattschwarzen Kopf, die leeren Augen, als lägen sie wahrheftig vor ihm.

»Es gibt hier nichts zu sehen.« Einer der Erpel wedelte mit den Schwingen vor Mattis, um ihn auf die Straße zu schubsen. Er stemmte sich dagegen, schaffte es jedoch nicht, den Erpel zu bewegen. »Neuigkeiten erfährst du von der *Stillen Post*. Der KHK hat eine offizielle Pressemitteilung herausgegeben.«

»Aber ...«

Der Erpel zeigte auf die Straße. Jonte stand auf dem gegenüberliegenden Strandläuferweg, hinter ihm spielten Spatzenküken auf dem grünen Rasen. Aber der Graureiher beobachtete nicht die kleinen Vögel, sondern starrte in die Luft, als genieße er am Himmel sein eigenes Spiegelbild.

Da er wissen musste, was Henk der Öffentlichkeit preisgegeben hatte, betrat Mattis den Asphalt und lief dem Journalisten entgegen. Als ein rotes Auto, das wie ein Ungeheuer schwarzen Rauch aus dem Auspuff blies, an ihm vorbeibrauste, verlor er Jonte aus den Augen, doch zum Glück verharrte der Graureiher auf der Stelle. Sein Schnabel bewegte sich wie bei einem Selbstgespräch.

»*Kleine Möwe, großer Ärger*«, murmelte Jonte, als Mattis sich ihm von der Seite näherte. »Oder *Tod durch Kopfnuss. Wie Hauke-Hinnerk einen Ältesten killte.*« Der Graureiher schmunzelte. »Dieser Titel hat mehr Biss.«

Bei Jontes Schlagzeilen hämmerte es Mattis zwischen den Schläfen. Wenn die *Stille Post* diese Nachrichten auf der Insel verbreitete, wäre Hauis Ruf dahin. Er war noch nicht von der *SAR* verurteilt worden, aber Jonte meißelte ihm bereits seinen gesellschaftlichen Grabstein.

»Haui ist festgenommen, nicht verurteilt. Oder habe ich eine Neuigkeit verpasst?« Von seinen eigenen Vermutungen musste der Graureiher nichts erfahren.

Jonte fuhr zu ihm herum. Seine ahorngelben Augen zuckten erfreut, als er Mattis entdeckte.

»Dachte ich mir doch, dass du es bist. Willst du ein Statement abgeben? Hast du vor, deinen Kumpel zu befreien?« Er blickte an Mattis vorbei. »Wo sind die anderen *Wilden*? Ich möchte live dabei sein, wenn ihr die kleine Zwergmöwe befreit. Ein Live-Bericht seines Ausbruchs wäre genial.«

»Die *Wilden* planen nichts.« Dass er nicht wusste, was Berti, Pit und Fiete vorhatten, würde er Jonte nicht auf den neugierigen Schnabel binden.

Der Graureiher zwinkerte. »Natürlich.«

»Erzähl mir, was Henk gesagt hat.«

Jontes Blick schweifte in die Ferne, als krame er in Erinnerungen. »*Tod durch Kopfnuss. Wie Hauke-Hinnerk einen Ältesten killte.*«

»Lass das.«

»Willst du die ganze Story hören, oder nicht? Wir von der *Stillen Post* erzählen keine halben Sachen.«

»Erzähl schon weiter.« Mit geschlossenem Schnabel hörte Mattis sich den Bericht an.

»*Tod durch Kopfnuss. Wie Hauke-Hinnerk einen Ältesten killte.*

In der letzten Nacht geschah vor dem Ferienhaus Am Rundsteg ein entsetzlicher Mord. Der Kopf und der Schwimmfuß des Ältesten Richard, Vater von Raudi, Sohn von Robert, Enkel von Rainer und Urenkel von Remus, wurde gestern am späten Abend vom KHK persönlich entdeckt. Der Mörder, Hauke-Hinnerk aus der beliebten Möwengang Die Wilden befand sich am Tatort. Unsere SAR hatte ein leichtes Spiel.«

Jonte holte tief Luft, um den Bericht fortzuführen, und verlieh seiner Stimme einen besonders dramatischen Ton.

»Bei der Verhaftung hat der Mörder Hauke-Hinnerk sich nicht gewehrt. Laut dem KHK wurde der Verdächtige verhört, hat jedoch bislang kein Geständnis geliefert. Aber die Beweise sind erdrückend und eine schnelle Verurteilung in den kommenden Tagen ist absehbar. Unser geliebter Südstrand wird bald wieder sicher sein.«

Der Mörder Hauke-Hinnerk. Eine Wortkombination, die sich so falsch anhörte, dass es Mattis in den Ohren und in der Brust schmerzte. Von ihm selbst war in dem Bericht der *Stillen Post* nichts zu hören. Seine Tante hatte bei der *SAR* ganze Arbeit geleistet. Lutger war ebenso unwichtig geworden und Mattis fragte sich, ob der Kormoran überhaupt noch auf der Fahndungsliste der *SAR* stand oder einfach durch Haui ersetzt worden war.

»Hat Henk nicht von Lutger gesprochen?«

»Wieso?« Jontes Augen weiteten sich, als er sich zu Mattis hinunterbeugte. »Was weißt du von meinem Kollegen?«

»Nichts!«, log er, wobei er von dem Graureiher Abstand nahm. »Nur, dass er ausgebrochen ist. Hat die *SAR* ihn geschnappt? Gibt es darüber keine Neuigkeiten?«

Jonte wackelte mit dem faltigen Hals. »Nein, die Suche läuft. Sie durchkämmen den Südstrand.«

Vielleicht sollten sie auf der Kohlhof-Insel suchen.

»Das Augenmerk der *SAR* gilt deinem Freund. Der KHK will ihn im Hafen festhalten und jede Fluchtmöglichkeit verhindern. Die Verstärkung aus Burg ist angekommen. Ich habe es selbst gesehen, als ich dort meine Zeugenaussage gemacht habe.«

»Was für eine Aussage? Du bist nicht dabei gewesen, als Haui festgenommen wurde.«

»Stimmt. Woher weißt du das?«

»Ich? N-Nirgendwoher! Ich wollte … Ich frage mich bloß, was du der *SAR* mitteilen kannst, das ihnen bei ihren Ermittlungen weiterhilft?«

Vorsichtig hob Mattis die Schwimmfüße, um die aufsteigende Hitze entweichen zu lassen.

Jonte richtete sich auf, wodurch er aussah wie eine unförmige Straßenlaterne. »Ich bin Journalist bei der *Stillen Post*, hast du das vergessen? Ich bin über alles und jeden hier informiert. Meine Kontakte reichen über die Insel und darüber hinaus – selbst in Heiligenhafen und in Großenbrode habe ich Informanten. Außerdem habe ich mit eigenen Augen gesehen, wie Haui sich mit Lutger auf dem *Jollensteg 1* unterhalten hat. Mehrfach. Ständig haben sie geflüstert, als planten sie gemeinsam einen Ausbruch und einen Mord. Für mich ist die Sache eindeutig.«

»Das ist reine Interpretation.«

»Zweifelst du an meiner Ehrlichkeit?«

Ungerührt von Jontes entrüstetem Augenaufschlag sah Mattis ihn an. »Immer. Die *Stille Post* verbreitet ständig Lügen.«

Mit offenem Schnabel starrte Jonte auf ihn hinab. Er plusterte sich wie ein frisch geschlüpftes Küken auf und schnappte theatralisch nach Luft.

»Der KHK zweifelt jedenfalls nicht an mir. Mit Freuden hat er meine Aussage aufgenommen. Dein Freund wird den Südstrand nicht mehr wiedersehen.« Ein schreckliches Grinsen verzerrte Jontes Gesicht, das Mattis skeptisch werden ließ. Der Graureiher war Journalist. Hetzte er extra für eine gute Story gegen Haui?

»Aber du hast ihn bloß von Weitem beobachtet – mehr nicht. Woher willst du wissen, dass er der Mörder ist? Eventuell ist er zufällig am Tatort vorbeigeschlendert. Zur falschen Zeit am falschen Ort. Gut möglich, dass die *SAR* den Falschen eingesperrt hat. Irren ist bekanntlich tierisch.«

Jedenfalls hoffte Mattis das. Haui durfte kein Mörder sein, er war einer seiner besten Freunde. Alles lief seit Tagen völlig aus der Schwinge.

Er biss den Schnabel zusammen und wollte sich dafür ohrfeigen, dass er selbst an Hauis Unschuld gezweifelt hatte. Niemals würde die Zwergmöwe einen Mord begehen und sich von der *SAR* einfangen lassen. Dafür war Hauke-*Haudrauf*-Hinnerk viel zu intelligent.

»Ich rieche Mörder einen Kilometer gegen den Ostseewind. Du kannst meinem Riecher vertrauen, so wie es die *SAR* tut, wie die ganze Insel es tut, möchte ich meinen. Ich weiß, was ich gesehen habe und vor allem, wen ich gesehen habe. Dein Freund hat Lutger am häufigsten besucht. Dich habe ich gesehen und diese Mantelmöwe war auch da. Und der Wichtigste – ich! Aber ich würde Lutger niemals aus dem Gefängnis helfen. Mir gefällt, wo er ist. Oder … war.«

Mantelmöwe? War Berti im Yachthafen gewesen?

»Von welcher Mantelmöwe sprichst du? Jemanden, den ich kenne?«

»Die mit dem verbogenen Flügel. Der Enkel von Jupp. Mir liegt sein Name auf der Zunge. Igor? Ivan? Oder war es Peter?«

»Ignaz.«

Sveas Cousin? Was wollte Ignaz bei Lutger? Kannten sie sich von früher?

Jonte nickte. »Genau der. Aber Henk wusste, dass Ignaz unter den Besuchern war. Diese Raufmöwe hat für großes Aufsehen gesorgt. Er hat Lutger gedroht, wegen dieser Helen. Die Wärt—«

»Wegen Hilda?«, unterbrach Mattis ihn. »Bist du dir sicher?«

»Genau. Die von den *Seidenfedern*. Jedenfalls wollte Ignaz unseren Kormoran verprügeln, weil er der niedlichen Möwe den Hals umgedreht hatte. Aber die Wärter haben der Mantelmöwe auf der Stelle Stegverbot erteilt. Unser KHK hat seinen Yachthafen gut unter Kontrolle.«

»Bis auf die Ausbrüche«, entfuhr es Mattis. Seine Gedanken kreisten längst um Ignaz und die Frage, ob er an Lutgers Flucht beteiligt war.

Das Kreischen der kleinen Spatzenküken erregte seine Aufmerksamkeit. Aufgeregt hüpften sie auf dem runden Rand eines Mülleimers, aus dessen Mitte ein Haufen Abfall ragte.

Jonte reckte den Schnabel in die Luft, als besäße er die Spürnase eines Schäferhundes — immer auf der Suche nach der besten Story. Das Kreischen wandelte sich in ein markerschütterndes Schreien, das Mattis' Herzschlag abrupt beschleunigte.

»Was ist los?«

Gemeinsam mit dem Graureiher lief er auf den Mülleimer zu. Wie ein Wirbelsturm türmten die Kleinen aus dem Abfall. Fünf kleine Spatzen sprangen durcheinander, kreischten und zwitscherten auf dem Rasen. Ihr Flattern scheuchte einen Schmetterling auf, der nicht weit entfernt auf einem Gänseblümchen saß. Es war ein Schwalbenschwanz wie der, den Mattis bereits im Yachthafen gesehen hatte.

Verfolgte der Schmetterling ihn?

»Einer nach dem anderen«, verlangte Jonte. »Wir verstehen kein Wort. Ihr quiekt wie freche, aufgedrehte Ferkel.«

Der süßliche Geruch des Abfalls umfing Mattis, als er neben dem Mülleimer stehenblieb.

»Polizei!« Der Kleinste von ihnen drängelte sich an seinen Freunden vorbei. »Hilfe! Polizei!« Mit den flauschigen Flügeln flatterte er gegen den Wind an, um auf die andere Straßenseite zu wechseln.

»Tote Augen«, hauchte das einzige Spatzenmädchen, das still auf einem Fleck saß und ihre Krallen fixierte. »Tote Augen im Müll.«

»Ja, ja«, kreischten die anderen Spatzenküken im Chor. »Tote Augen! Tote Augen!«

Mattis sprang zur selben Zeit wie Jonte auf den Rand des Eimers. Zwischen einer leeren Brötchentüte und einer halbvollen Mehrwegflasche mit Saft blitzten zwei senfgelbe Augen hervor, die Mattis an jemanden erinnerten.

Scharf zog er die Luft ein, während Jonte würgte.

»Widerlich! Wer macht denn so einen Unsinn? Jedes Detail werde ich in meinem Artikel erwähnen. Mit meiner Hilfe wird der Mörder enttarnt werden.«

Der mattgelbe Schnabel gehörte einer Mantelmöwe oder einer Silbermöwe. Um die Möwe zu identifizieren, musste Mattis mehr von ihrem Kopf sehen. Mit der Flügelspitze schob er die Flasche beiseite.

»Das darfst du nicht anfassen, du verwischst Beweise.«

»Ich berühre das Opfer nicht, Jonte. Ich will sehen, ob … Nein! Das … Das ist …«

Vor Schreck blieb Mattis die Sprache weg. Wie lange lag die Möwe an diesem Ort?

»Wer ist es denn? Sag es mir!« Vor Neugierde kippte Jonte beinahe vom Mülleimer.

»Das ist Juna.«

Aber wo war ihr Körper? Wo waren ihre Schwimmfüße?

»Wer soll das denn sein? Ist die neu am Südstrand?«
Vorsichtig schob Mattis die Brötchentüte hinter
eine zerquetschte Schachtel Zigaretten. Und tatsächlich … Unter dem Papier kam ein Schwimmfuß zum
Vorschein, auf dem der Abdruck einer Miesmuschel
zu sehen war.

»Sie ist im Ältestenrat und sitzt für gewöhnlich auf
dem Ast über Richard.«

»Jetzt nicht mehr.« Jontes Stimme besaß einen un-
wirschen Klang, als grübelte er nach neuen Schlagzeilen für seine Reportagen. »Du weißt, was das heißt,
oder?«

»Ja! Haui ist kein Mörder.«

»Ganz im Gegenteil, mein guter Mattis. Wir haben
wieder einen Serienmörder am Südstrand. Vielleicht
sogar ein Serienmörderpärchen!« Jonte sprang auf
den Strandläuferweg, wobei er nur knapp neben den
Spatzenküken landete. Die jungen Vögel tobten und
beschwerten sich, was den Graureiher nicht davon
abhielt, sich einen Titel zu überlegen. »Genug Stoff
für die *Stille Post*! Wie wäre *Zwei Serienmörder am Südstrand*. Nein, das ist zu gewöhnlich. Oder *Das Doppelte
Lottchen mal anders*. Nein, zu undeutlich. Nicht jedes
Tier kennt das Spiel.«

Nachdenklich blickte er in den wolkenlosen Himmel und redete mit sich selbst, als die Entenpolizei
und der Spatzenjunge den Strandläuferweg erreichten. Zu Mattis' Überraschung waren sie in Begleitung
des Kriminalhauptkommissars.

»*Lutger lechzt nach Leid*? Zu pathetisch«, grummelte
Jonte. Er trat zur Seite, als Henk neben ihm aufsetzte
und skeptisch das Geschehen beäugte. »Wie wäre es
mit *Die bittere Rache des Kormorans und seines einäugigen*

Helfers? Nein, viel zu lang. *Versteckt die Ältesten! Hauke-Hinnerk und Lutger sind los.*«

»Verwüstet ihr meinen Tatort?« Mit den Flügeln wedelnd verscheuchte Henk die Spatzenküken, Mattis sprang zu ihm hinunter. »Du schon wieder?«, fragte der Erpel, als er ihn erblickte. »Du bist schlimmer als ein Kaugummi am Schwimmfuß. Wenn du nicht im Ältestenrat sitzen würdest, würde ich dich und deine *Wilden* eigenflügelig von der Insel schmeißen!«

»Es ist Juna, eine der Ältesten. Sie liegt zwischen dem Müll. Wie bei Richard. Kopf und Schwimmfuß.«

»Ich weiß, wer Juna ist. Hältst du mich für dumm?«

Es juckte Mattis in den Flügeln, mit *Ja* zu antworten. Gleichzeitig durfte er dem Erpel keine Gelegenheit geben, ihn einzusperren.

»*Der Tod geht um. Doppelmörder machen Südstrand unsicher.*«, mischte Jonte sich ein. »Was haltet ihr von dieser Schlagzeile?«

»Haui ist kein Mörder!«, protestierte Mattis. »Du hast kein Recht, seinen Ruf zu ruinieren.«

»Das hast du nicht zu entscheiden«, entgegnete Henk, der mit seinen Vögeln auf dem Mülleimer aufsetzte. »Oder gehörst du zur *SAR*?«

»Siehst du? Hör auf unseren KHK.« Jonte schenkte Mattis ein abfälliges Grinsen, das er ihm gerne aus dem Schnabel geschlagen hätte.

»Ich besitze logischen Tierverstand. Ich kann eins und eins zusammenzählen. Haui saß die Nacht über unter dem Steg. Er kann nicht der Mö–«

»Hauke-Hinnerk ist so lange schuldig, bis seine Unschuld bewiesen ist.« Henk inspizierte Juna zwischen dem Abfall. Wenige Augenblicke später betrachtete er Mattis mit halb geöffneten Lidern. »Das Opfer könnte zur selben Zeit wie Richard gestorben sein oder sogar früher. Sie sind etwa im selben Verwesungsstadium. Mein Tatverdächtiger könnte sie beide ermordet haben.« Er wandte sich zu Juna um. »Oder er arbeitet mit Lutger zusammen, so oft wie er ihn besucht hat. Sie könnten Komplizen sein, zusammen die Morde geplant haben.«

Henk schwang sich auf den Strandläuferweg zurück und watschelte an Mattis vorbei. »Boris, hol Spürnase Manni. Lasst niemanden die Leiche – oder das, was von ihr übrig ist – berühren, bis er sie untersucht hat. Und verstärkt die Wachen am *Jollensteg 1*. Hauke-Hinnerk darf nicht entkommen.«

Mattis traute den Ohren nicht. »Haui ist unschuldig! Das ist offensichtlich. Ihr dür–«

Henk bäumte sich vor Mattis auf und breitete flatternd die Schwingen aus. »Du hast mir nichts zu befehlen. Ihr *Wilden* seid zu allem fähig. Und ich werde es beweisen.«

Engstirnig und blind war die *SAR*. Als besäßen Henk und seine Truppe Scheuklappen und wären nicht in der Lage, um die Ecke zu blicken und zu sehen, was wirklich am Südstrand vor sich ging.

Zuerst dachte Mattis daran, zur Kohlhof-Insel zurückzukehren, um Tilda über Junas Tod zu informieren. Aber Henk hatte eine Ente dorthin gesandt und Mattis wusste, dass sich keiner der Ältesten von ihrem Ast rühren würde, bis der wahre Mörder gefasst war.

Ähnlich einem Frisbee schoss Mattis über den Tennisplatz in Richtung Strand und ließ den Yachthafen hinter sich.

Er musste Lutger aufspüren, ihn überführen. Haui durfte für den Kormoran nicht länger den Schnabel hinhalten. Wie es aussah, würde Henk nichts dafür tun, die Wahrheit ans Licht zu bringen. Der Erpel hatte seine Meinung gefällt. Haui war seiner Blindheit restlos ausgeliefert.

Lutger nachzujagen, ihn irgendwo zufällig zu fangen, würde Tage dauern. Diese Zeit besaß Haui nicht. Mattis musste entschlossener vorgehen, dort anpacken, wo es unangenehm war, um schneller an sein Ziel zu kommen.

Es gab jemanden, der jeden am Südstrand kannte und dessen Beziehungen über die ganze Insel reichten. Er würde ihm sagen können, wo Lutger sich aufhielt.

Kumpel Fasan.

Zwar war ihre letzte Begegnung nicht ohne Ärgernisse verlaufen, aber jetzt, da Mattis ein Ältester war, waren ihm keine Türen versperrt, ob er erwünscht war oder nicht. Zumindest war der Miesmuschelabdruck unter seinem Schwimmfuß dafür gut.

So schnell er konnte, schlug er die Flügel, um zum *Harem* zu gelangen. Ein Seitenblick auf seine ehemalige Schlafeiche versicherte ihm, dass die *Wilden* ausgeflogen waren. Entweder jagten sie ihr Frühstück oder sie besuchten Haui.

Zu Burgers *Harem* hätte er den Sinkflug antreten müssen, um auf der Wiese neben dem Appartementhaus zu landen. Doch Mattis ließ sich vom Wind treiben, vergaß jede Vorschrift und glitt ein Stückchen weiter über den Sand, um auf den *Strandkorb 13* zu schauen.

Der Wunsch, Svea zu sehen, war übermächtig. Ihren graublauen Kopf, die bernsteingelben Augen und den elegant gebogenen, rötlich schimmernden Schnabel. Aber zu seiner Enttäuschung entdeckte er niemanden von den *Seidenfedern*. Suchend glitt er über die Strandkörbe hinweg, der Wind trug ihn auf seichten Flügeln. Der Südstrand schien wie ausgestorben, kaum eine Möwe hockte auf dem Sand. Als gäbe es irgendwo Fisch umsonst und niemand hätte ihm davon erzählt.

Mit enttäuschter Miene flog Mattis zurück zur Wiese und landete vor dem Eingang des *Harems*.

Trudi, Burgers Türsteherin, lag zusammengekauert im hohen Gras. Ihre beige Tarnfärbung mit dünnen Linien und kleinen schwarzen Punkten im Gefieder glänzte in der Morgensonne.

Bei Mattis' Ankunft schreckte sie hoch.

»Lange Nacht?« Er hielt den linken Schwimmfuß hoch und zeigte ihr seinen Miesmuschelabdruck.

Die Henne gähnte, wobei sie den cremefarbenen Schnabel weit öffnete und ausgelassen die Schwingen streckte. »Ich weiß, wer du bist.« Trudi stand auf und wies Mattis mit einem Flügelwink an, den Schwimm-fuß abzusetzen. Verführerisch schlug sie die dunklen Augen auf. »Bist du nicht bei Jupps Geburtstag ge-wesen? Ich dachte, ich hätte dich bei den *Wilden* ge-sehen. Burgers Kavallerie hat sie mit den *Biestern* vom Hügel gejagt.«

Es schmerzte ihn, dass er Jupps Geburtstagsfeier verpasst hatte. Vor seinem geistigen Auge sah er die *Wilden*, wie sie oben auf der Lichtung gegen die *Biester* kämpften, schmeckte das Blut, spürte die kantigen Meißelschnäbel im Gefieder.

Er reckte sich, um sich zu vergewissern, dass ihm nichts fehlte. »Ich war leider beschäftigt.«

»Burger schläft, aber für einen Ältesten unterbricht er seine süßen Träume immer.« Trudis Lächeln wirkte aufgesetzt, was seine Hoffnung auf ein zielführendes Gespräch mit dem Fasan ins Wanken brachte. Wenn er ebenso wie Berti ein Langschläfer war, konnte er sich auf eine ordentliche Portion schlechte Laune ge-fasst machen.

»Svea und du, ihr seid getrennt, oder? Spendierst du mir später einen Tanz?«

Ihre Worte fühlten sich wie ein Eimer eiskaltes Wasser auf dem Gefieder an.

Trudi war die Erste, die ihn auf ihre Trennung angesprochen hatte. Mattis dachte daran, ins Gebüsch zu laufen oder bis nach Dänemark zu flüchten. Fort von der Tatsache, dass er die Liebe seines Lebens vor den Kopf gestoßen hatte. Abermals.

»Ich … Das müssen wir leider verschieben, ich suche jemanden. Es ist lebenswichtig.«

Die Henne schenkte ihm einen verheißungsvollen Augenaufschlag. »Ich kann warten, mein Hübscher.« Mit der zarten Flügelspitze fuhr sie ihm um den weiß gefiederten Kopf.

Mattis schwitzte selbst aus den Ohren, so wie Trudi ihm zuzwinkerte und sich ihm in der Sonne präsentierte.

»Svea hat eng mit diesem Augustus getanzt. Mit diesem Hybriden. Kennst du ihn? Auf sie brauchst du keine Rücksicht mehr nehmen. Sie ist längst über dich hinweg.«

Tiefschlag. Versenkt.

Ein Blitz durchschoss sein Herz und hinterließ gewaltige Krämpfe. Es kostete ihn seine ganze Konzentration, nicht laut loszukreischen, um den Südstrand auf ihn aufmerksam zu machen.

»Ich … Ich muss los.«

Mattis sprang ins Gebüsch hinein. Die Dornen im Gefieder lenkten ihn von seinem Leid ab, während er mitten durch das Grün die Böschung des *Harems* erklomm. In seinen Gedanken kämpfte er gegen die schlimmsten Bilder an, die er sich vorstellen konnte. Svea mit dem neuen Hybriden, Seite an Seite, Flügel umschlungen, Schnabel an Schnabel, ein kleines Nest bauend, schmusend …

Schwindel ergriff ihn und er stolperte die letzten Schritte auf den Hügel. Der sinnliche Duft nach Leidenschaft verstärkte sein Taumeln. Keuchend stützte er sich an einem Stein ab, als er die Lichtung erreicht hatte.

Er durfte Svea nicht verlieren. Er wollte sie zurück. Ohne Svea war sein Leben am Südstrand keine Muschel wert. Dieses elendige Versteckspiel musste ein Ende haben. Die Ältesten mussten zur Vernunft gebracht werden und die Hybriden in Freiheit und ohne Angst leben lassen.

Und er ... Er würde vor Svea zu Kreuze kriechen. Betteln, wenn es sein musste. Ihr jahrelang den Hof machen, bis sie ihm eine klitzekleine Chance gewährte. Nie mehr würde er sie enttäuschen.

Drei *Dunkle Ritter* standen um die Limbo-Stange und kicherten wie junge Raben, die zum ersten Mal im Wasser planschten. Vier ältere Taubendamen hielten dahinter einen Sitzkreis und verurteilten deren ungestümes Verhalten mit Flüstern und Flügelzeigen.

Fünf Hennen schliefen mitten auf der Tanzfläche. Nicht weit von ihnen entfernt, lehnte Burger am Stein, die Lider geschlossen. Die beiden Hennen, die ihm für gewöhnlich Luft zu wedelten, ruhten mit den Köpfen auf seinen Beinen.

Angetrieben von Zorn und Eifersucht marschierte Mattis auf Burger zu. Mit den platten Schwimmfüßen stampfte er auf den Boden und zertrat jeden Grashalm, der ihm in die Quere kam.

Je näher er Kumpel Fasan kam, desto langsamer wurde er. War es sinnvoll, Burger beim Schlafen zu stören? Aus dem *Harem* zu fliegen wie an Pfingsten, wäre wenig hilfreich.

»Sieh einer an!«, zischte Burger. »Wer traut sich denn da in mein bescheidenes Etablissement? Der feine Mattis. Neuerdings Ältester und geächtet am Südstrand.«

Mattis lächelte zerknirscht. Er wollte sich nicht länger als nötig Burgers Spott aussetzen, weshalb er gleich sein Anliegen vortrug.

»Weißt du, wo Lutger ist?«

Kumpel Fasan richtete sich auf, als täten ihm die Glieder weh. »Wie geht es dir, Burger? Alles gesund bei dir und deinen Hennen? Wie laufen die Geschäfte?«

In Mattis brodelte es. Dachte Burger, er wäre zum Schnacken auf eine kühle Muschel gekommen?

»Keine Zeit zu plaudern. Wo finde ich Lutger? Kennst du sein Versteck? Seine Freunde? Sofern er denn welche hat. Familie? Geliebte? Irgendeinen Hinweis auf seinen jetzigen Aufenthaltsort?«

Der Fasan fuhr sich mit einem Flügel über den Schnabel, als müsse er sich die Antwort genauestens überlegen. »Der Kormoran treibt dich her?« Burgers Bauch wippte vor Lachen.

Die Hennen auf seinem Schoß wachten auf und fächerten ihm mit beige-braunen Schwingen Luft zu.

Zwei, drei Mal holte Burger tief Luft, ehe er weitersprach. »Ich hatte angenommen, du bist hier, um dich für die Randale deiner *Wilden* zu entschuldigen oder mehr über die Schmuseeinheiten deiner süßen Ex zu erfahren.«

»Nein!«

Auf keinen Fall wollte Mattis Einzelheiten hören. Seine eigene Vorstellung, wie Svea sich einen neuen Gefährten suchte, quälte ihn genug.

»Lutger, Burger. Ich habe es verdammt eilig. Was weißt du über ihn?«

»Lasst uns allein!«

Mit einem kaum wahrnehmbaren Flügelwink, als wären ihm seine goldbraungefleckten Schwingen zu schwer, um sie anzuheben, verscheuchte Burger seine

Hennen. Mit traurigen Mienen zogen sie sich auf die Tanzfläche zurück.

Mattis ging Kumpel Fasan entgegen, bis dessen Federohren wackelten.

»Du willst Informationen über Lutger?« Burger senkte die Stimme, als wollte er ihm ein Geheimnis erzählen.

Mattis blendete die Gespräche und das Gekicher um sich herum aus, um den Fasan zu verstehen. Auf keinen Fall durfte er verpassen, was er ihm preisgeben wollte.

»Nur ein Wort: Keno.«

Keno? War das ein Spiel? Oder etwas zu essen?

»Zwei, Burger, gib mir zwei Worte. Am besten gleich drei. Für Spielchen habe ich keine Zeit. Was ist Keno?«

Burger rollte mit den goldenen Augen, als wäre Mattis eine nervige Möwe vom Festland. »Nicht was, sondern wer?«

»Ist Keno ein Vogel?«

Unauffällig wies Burger mit dem Kopf auf die Tanzfläche. »Siehst du die Raben an der Stange? Hinter den Tauben?«

»Die *Dunklen Ritter*?«

»Keno ist der rechts außen. Er hält die Stange und gibt vor, nicht mitzubekommen, dass wir über ihn reden. Aber er ist aufmerksamer als ein Luchs.«

Beim Anblick des *Dunklen Ritters* sank Mattis' Hoffnung. Dann hätte er gleich Raudi und seine Leibwächter um Hilfe bitten können. Seit Kükentagen schlug er um jeden Raben einen Bogen. Niemand war gewiefter, niemand dubioser und niemand gefährlicher am Südstrand als die *Dunklen Ritter*.

»Er ist Journalist.« Burger schmunzelte mit halb geöffnetem Schnabel. »Keno ist meine Quelle, wenn es um Neuigkeiten aus der *Stillen Post* geht. Ich weiß als Erster, wenn irgendwer Mist gebaut hat. Von ihm weiß ich auch, dass die *Wilden* sauer auf dich sind.«

Mattis tat, als würde er zuhören und raunte zustimmende Laute. Im Stillen galt seine Aufmerksamkeit jedoch dem Raben. Wie der *Dunkle Ritter* den Stock, der als Limbo-Stange diente, mit einem Flügel hielt und hin und wieder wie rein zufällig zu Burger und Mattis hinübersah. Sein kohleschwarzes Gefieder schimmerte wie frischer Teer in der Sonne. Wohl definierte Flügel, robuste Beine, unbezwingbar im Nahkampf. Unaufhaltsam pickte er mit dem langen, hochgewölbten Schnabel jedem Gegner die Augen aus.

»Dann sind wir quitt, Mattis«, raunte Burger neben ihm. Du weißt schon, wegen der Sache ... mit dem Krebs und der Qualle.«

Mattis kräuselte die Stirn, um ein Lachen zu unterdrücken. »Sicher, Burger. Jetzt sind wir quitt. Danke für deine Auskunft.«

Mattis hob den Flügel, verabschiedete sich von Burger und ging auf die Tanzfläche. Mittlerweile tanzten die Hennen ohne Musik und wirkten wie Pantomimen, die sich aus purer Freude aneinander rieben.

Um Burgers Hennen nicht zu berühren, ging er einen extra weiten Umweg, wobei seine Aufregung stieg, denn Freundlichkeit stand den Raben an der Limbo-Stange nicht auf den Schnabel geschrieben.

Als Küken hatte Mattis erlebt, wie *Dunkle Ritter* über ein paar Möwen vom Festland hergefallen waren, die nach dem Weg zum Südstrand gefragt hatten. Das Ergebnis waren wehleidiges Gekreische und massenhaft ausgerupfte Federn gewesen, die wie Schnee in der Luft schwebten.

Aber Mattis musste das Risiko eingehen. Wenn der Rabe einen Hinweis auf Lutger besaß, wollte er ihn haben.

Ehe er bei den *Dunklen Rittern* angekommen war, erfasste Kenos Blick ihn. Wie ein unumstößlicher Leuchtturm stand er an der kurzen Limbo-Stange und begutachtete ihn mit finsteren, murmelartigen Augen. »Warte, Wilken«, raunte er seinem Freund zu, der sich bereitmachte, um unter der Stange hindurchzutanzen. »Da schleicht sich ein Ältester an uns heran.«

Um nicht Gefahr zu laufen, in einen Streit mit den Raben zu geraten, überging Mattis die Provokation.

»Ich suche einen gewissen Keno.«

Die Drei waren nicht erfreut über seine Anwesenheit. Die aschgrauen Schnäbel hielten sie auf ihn gerichtet, die schwarzen Flügel lagen locker am Gefieder, um jederzeit angreifen zu können.

»Nie von ihm gehört«, antwortete der Rabe, den Burger als Keno angepriesen hatte. »Frag bei den Tauben. Die mit dem hellen Gefieder sieht mir nach jemandem aus, der …«

Je länger der Rabe ihn für dumm verkaufen wollte, desto größer wurde seine Ungeduld. Mattis neigte den Kopf zu beiden Seiten, um die Anspannung zwischen den Schläfen zu lösen.

»Schnack kein Seemannsgarn. Dafür habe ich keine Zeit.«

Ruckartig hob Keno den spitzen Schnabel. Seine murmelartigen Augen funkelten unheilvoll, als wäre er fähig, Mattis die Seele mit einer Bewegung zu entreißen.

»Wenn du genau weißt, wer ich bin, warum fragst du dann?«

Arschloch.

»Ich wollte höflich sein.«

»Mit Höflichkeit kommst du im Leben nicht weit«, krächzte der Rabe an der anderen Seite der Stange. Ihm fehlten die Federn auf der Stirn, als wäre er zu oft gegen eine Glasscheibe geflogen.

»Kommst du, um dich wegen deines Freundes zu rächen?«

Der Stock unter Kenos Flügel fiel auf den Boden. Ein bösartiges Funkeln tauchte in seinen dunklen Augen auf, das Mattis zurückweichen ließ.

»Bitte, wie?«

Keno kam Mattis entgegen, bis er den heißen Atem des Raben auf dem Schnabel spürte. »Bist du wegen deines Freundes gekommen? Um dich zu rächen? So schwer ist die Frage nicht.« Ein Zahnstocher hätte zwischen ihren Schnäbeln Platz gehabt.

Wie ein ahnungsloser Angler, der den Kampf mit einer Möwe um frischen Fisch riskierte, stand Mattis dem Raben gegenüber und verstand nichts von dem, was Keno von ihm wollte.

»Der einäugige Trotzkopf. Nicht größer als ein fetter Spatz, aber mit kurzer Zündschnur und vorlautem Schnabel.«

Haui. Eindeutig. Aber warum sollte er für das fehlende Auge seines Freundes Vergeltung verlangen?

»Ich verstehe nicht, was du meinst.«

»Unsere Rauferei gestern, hinter dem Tennisplatz. Die Zwergmöwe hat uns so lange provoziert, bis Twinx ...« Mit einem Flügel deutete Keno auf den Raben, der das andere Ende der Limbo-Stange hielt. »... der Schnabel geplatzt ist.«

»Ihr habt Haui gerupft?«

Twinx stieß einen kehligen Laut aus, der sich wie ein krächzendes Grunzen anhörte. »Dass die Möwe nach meiner *Behandlung* noch geradeaus fliegen konnte, war ein echtes Wunder. Ich habe schon größere Tiere mit weniger Schnabelschlägen bearbeitet, die eher zu Boden gingen als diese Nervmöwe.«

Mattis stand der Schnabel offen. Die *Dunklen Ritter* hatten Haui verprügelt? Deshalb hatte die Zwergmöwe an dem Abend ausgesehen, als wäre sie in einen

Kampf geraten. Sein Freund war unschuldig und vor ihm standen die Zeugen. Durch und durch aggressiv und unkooperativ, aber er wollte es wenigstens versuchen.

»Habt ihr das Henk und der *SAR* mitgeteilt? Haui sitzt im Gefängnis für die Morde an zwei Ältesten, die er nicht begangen hat.«

Keno zuckte die muskulösen Schultern. »Die Probleme des KHKs gehen uns nichts an. Wir halten uns raus und niemand von der *SAR* kommt uns in die Quere. Außerdem kam die Trotzmöwe zu uns. Wir haben mit irgendwelchen Ermittlungen nichts am Bürzel.«

Ganz im Gegenteil!

Mattis zügelte seinen aufkeimenden Zorn, denn es war nicht ratsam, den *Dunklen Ritter* zurechtzuweisen, ehe er das besaß, weshalb er in den *Harem* gekommen war. Es war an der Zeit, seine Fragen zu stellen, damit er die Suche fortsetzen konnte.

»Besitzt du Informationen über Lutger? Man sagte mir, du weißt, wo ich den Kormoran finden kann.«

Keno warf Burger einen verärgerten Blick zu, der mit geschlossenen Lidern am Stein lehnte.

»Sagt man das?«

Mattis sah zwischen den beiden Vögeln hin und her und betete zum großen Njörd, dass Kumpel Fasan die Augen geschlossen hielt.

»Gut, wenn *man* das sagt, muss es stimmen.«

Je länger Keno ihn hinhielt, desto unruhiger wurde Mattis. Haui musste unverzüglich entlastet werden. Aber ohne einen Zeugen würde ihm im Hafen niemand glauben. Der einzige Weg war, Lutger zu überführen, damit er ein Geständnis ablieferte.

Keno wechselte mit den anderen beiden Raben einen Blick, der Mattis aufhorchen ließ. Hatten sie vor, sich an seinen Federn zu vergreifen?

»Warum sollte ich dir helfen?«, fragte Keno. »Bist du nicht ein Ältester?«

Mattis' Nacken versteifte sich. Die *Dunklen Ritter* arbeiteten gegen Bezahlung für den Rat, aber er selbst besaß nicht eine eigene Muschel, die er dem Raben für seine Hinweise hätte geben können.

»Es wäre ein großer Dienst an der Allgemeinheit«, bog Mattis sich die Wahrheit zurecht. »Zum Schutz des Südstrands. Niemand ist vor dem Kormoran sicher. Auch eure Weibchen nicht.«

Die *Dunklen Ritter* lachten im Chor.

»Mach dir um unsere Weibchen keine Sorgen«, antwortete Keno und wischte sich die Tränen aus dem Gesicht. »Die fressen Lutger zum Frühstück und lassen keine Feder von ihm übrig. Unsere Weibchen erhalten dieselbe Ausbildung wie wir. Niemand, wirklich niemand, kann es mit ihnen aufnehmen.«

»Tanzen!«, warf Twinx ein, wobei er übertrieben mit den gefiederten Hüften wackelte. »Die olle Möwe soll für deine Info tanzen. Jetzt gleich. Los, ich will Federn fliegen sehen.«

»Ich bin keine Hüpfdohle.«

»Doch, bist du. Du bist unsere kleine Hüpfdohle.« Keno funkelte ihn angriffslustig an. »Dieser Vorschlag gefällt mir. Tanz für uns! Dann gebe ich dir die Informationen, die du brauchst.«

In Mattis brodelte ein Feuer, mit dem er sämtliche Raben am Südstrand hätte grillen können. Nur würde ihn das in diesem Moment nicht weiterbringen.

»Wir warten!« Twinx trug denselben beunruhigenden Ausdruck wie Keno im Gesicht. Als hätten die *Dunklen Rittern* nur eine Mimik gelernt: aggressive Kampfdrossel.

»Aber ich höre keine Musik«, versuchte Mattis, sich rauszureden. »Und ohne eine Melodie kann ich nicht tanzen.«

Das war seine Rettung. So lange kein Strandläufer auf die Idee kam, ein Liedchen zu spielen, mussten sich die Raben etwas anderes einfallen lassen, womit sie ihn quälen konnten.

Mattis wähnte sich bereits in Sicherheit, da krächzte der Rabe vor der Limbo-Stange ein Lied. Twinx und Keno folgten seinem Ruf. Zu dritt krächzten sie die Hymne der *Dunklen Ritter*, bei deren finsterer Melodie sich jedes Tier versteckte.

Mit einem seiner Flügel gab Keno ein Zeichen, dass Mattis sich gefälligst zu den harten Rhythmen bewegen sollte.

Alles in ihm sträubte sich dagegen, doch in diesem Moment ging es nicht um ihn und sein angekratztes Ego. Es durfte ihn nicht scheren, vor wem er sich blamieren würde. Er tat es für Haui, für Svea und für sein altes Leben.

Damit er ihre hämischen Gesichter nicht sah, schloss er die Lider und tanzte, wie er noch nie zuvor getanzt hatte. Steif wie ein Stock bewegte er sich zu den militärischen Takten der Hymne. Erst nach links, dann nach rechts, dann wieder nach links. Mit den Beinen wippend trabte er nach hinten und nach vorn, zählte dabei in Gedanken die Sekunden mit, die seine Schmach andauerte.

»Vergiss deine Flügel nicht!« Twinx' amüsierter Unterton brachte Mattis' Kopf zum Glühen. Seufzend hob er die Schwingen zur Seite, bewegte sie wellenartig wie die See, wenn der Wind das Brackwasser an den Strand trieb.

»Schwing deinen Bürzel!«

Mattis öffnete die Augen und sah, wie der dritte Rabe mit den schweren Knochen im Takt der Melodie schunkelte. Er ließ sich den Gram nicht anmerken, sondern tat wie befohlen. Mit ausgebreiteten Schwingen tanzte er vor und zurück, unablässig wackelte er

mit dem Bürzel, als ginge es darum, Sveas Herz zu-
rückzuerobern.

Die Hennen um ihn herum kicherten ungeniert,
selbst die Tauben hinter den Raben machten sich über
ihn lustig. Ihr amüsiertes Gurren fühlte sich wie tausend zerbrochene Muscheln an, über die Mattis laufen
musste, um Lutger nur einen Schwimmfuß näherzu-
kommen.

Als selbst von Kumpel Fasan ein Geräusch über die
Tanzfläche flog, dass sich unbestreitbar nach einem
Lachen anhörte, blieb Mattis stehen. Zeitgleich verstummte das Krähen. Das war genug Erniedrigung
für zwei Möwenleben.

»Zufrieden?«

»Die Hupfdohle fragt, ob wir *zufrieden* sind.« Keno
blickte in die Runde der Raben. Ihre Gesichter blieben reglos.

»Nie und nimmer!«, wetterte Twinx. »Du bist ein
erbärmlicher Tänzer.«

Der andere Rabe rollte mit den Augen. »Das kann
jedes Küken besser. Ich verlange Wiederholung!«

Mattis wollte den Kopf in Wilkens Bauch rammen.
Haui wäre stolz auf ihn gewesen. Aber die Furcht vor
ihren aschgrauen Schnäbeln hielt ihn zurück. Es war
niemandem damit geholfen, wenn er den Rest des Tages bewusstlos auf der Wiese vor dem *Harem* lag und
darauf wartete, dass seine Flügel wieder anwuchsen.

»Ich fand ihn ganz passabel. Der Älteste hat getanzt, also erhält er jetzt seine Informationen. Ein
Dunkler Ritter steht zu seinem Wort.«

Kenos Einwand kommentierten seine Freunde mit
einem lautstarken »Buuuh«. Doch der Rabe wandte
sich an Mattis: »Lutger hat ebenso wie ich für die *Stille
Post* gearbeitet.«

»Das weiß ich. Gib mir etwas Neues, etwas Brauchbares. Weißt du, wo sein Lieblingsliegeplatz ist oder wo er gerne Fische fängt?«

Wenn das die wichtigste Information war, würde Mattis dem brodelnden Feuer in seinem Innern freien Lauf lassen. Egal, ob Burgers Schlägerspechte ihn aus dem *Harem* schleifen würden und er zukünftig keinen Schwimmfuß mehr auf den Hügel der Leidenschaften setzen durfte.

Wilken zuckte mit dem Kopf in seine Richtung. War Mattis zu weit gegangen? *Dunkle Ritter* duldeten keine Widerrede.

»Du musst ruhiger werden«, sagte Keno. »Deine Ungeduld wird dir noch zum Verhängnis werden.«

War das etwa eine Drohung? Mattis sah sich sofort nach Fluchtwegen um. Obwohl er Kenos Blick dabei ignorierte, wusste er, dass der Rabe sich an seiner Angst weidete.

»Jedenfalls weiß ich deshalb, dass Lutger sich öfter in Burgstaaken aufhält. Als wir Kollegen waren, haben wir am Hafen zusammen an einer Story über vergammelten Fisch gearbeitet. Dabei hat er mir erzählt, dass der kleine Hafen sein Lieblingsplatz ist. Dorthin nimmt er wohl alle seine Liebchen mit, um sie zu verführen.« Keno legte eine Pause ein und betrachtete Mattis in aller Seelenruhe. »Ist er nicht auch mit deiner Svea dort gewesen?«

In Mattis' Flügelspitzen kribbelte es. Je länger er sich mit den *Dunklen Rittern* unterhielt, desto mehr verstand er Haui und seine Wut auf die Raben.

»Nimm Sveas Namen nicht in deinen dreckigen Schandschnabel, Keno!«

»Was sagst du da?«

Jetzt war es geschehen. Böse Funken sprühten aus Kenos Murmelaugen zu ihm herüber. Er hatte den

Zorn des *Dunklen Ritters* auf sich gezogen. Sollte er sich entschuldigen oder sofort die Flucht ergreifen?

Etwas in Mattis lachte ihm selbst zu, zwinkerte, zeigte ihm den Bürzel und forderte ihn auf, sich von den Raben nicht länger knechten zu lassen. Was immer es war, es gelangte schneller an die Oberfläche, als Mattis lieb war.

»Du hast mich genau gehört«, schoss es ihm ungehalten aus dem Schnabel. »Nimm Sveas Namen gefälligst nicht in dei–«

Mit geöffneten Schwingen schnellte Keno auf ihn zu. Instinktiv bückte Mattis sich, als der Flügel des Raben so schnell wie ein Messer über ihn hinwegglitt.

Er besaß nur eine Chance, den *Harem* lebend und mit allen Federn zu verlassen. Und diese wollte er nutzen. Verbissen presste er den Schnabel zusammen, drückte die Flügel an den Körper und kam auf die Beine, als Keno sich zu ihm umdrehte. Mit dem Kopf voran lief er auf den Raben zu und stieß ihm die Schädeldecke hart in den Bauch.

Der *Dunkle Ritter* ächzte wie ein alter Baum bei Ostwind. Dieses schmerzerfüllte Geräusch war Musik in Mattis' Ohren. Das war eine Melodie, zu der er bereitwillig getanzt hätte. Aber zum Tanzen hatte er keine Zeit. Keno krümmte sich vorn über, als wollte er sich übergeben. Das nutzte Mattis. Wie bei einer Trommel hämmerte er mit den Schwingen auf dem Kopf des Raben.

Keno mochte stärker sein und mehr Kämpfe in diesem Jahr ausgetragen haben als Mattis in seinem ganzen Leben. Doch als Silbermöwe war er flinker, wendiger. Seine Schwingen prasselten dem Raben so schnell ums Gefieder, dass ihm die Murmelaugen aus den Höhlen traten.

Der *Dunkle Ritter* wimmerte nicht. Sein Zittern jedoch verriet, dass er mit jedem Herzschlag mehr und mehr schwächelte.

Die beiden anderen Raben sahen es auch. Gleichzeitig setzten sie sich in Bewegung. Twinx warf die Limbo-Stange auf den Boden, Wilken bleckte den breiten Schnabel.

Wenn Mattis noch länger an Ort und Stelle blieb, würde er den Tag nicht überleben. Der *Harem* wurde zu heiß für ihn. Wenn Haui als *Meister der Kopfnüsse* die *Dunklen Ritter* nicht bezwingen konnte, konnte Mattis erst recht nichts gegen sie ausrichten.

Als hätte ihn eine Biene gestochen, stürmte Twinx kreischend auf ihn zu, den aschgrauen Schnabel wie bei einem All-you-can-eat-Regenwurmbuffet aufgerissen.

Mit einem Ruck stieß Mattis Keno gegen den zeternden Angreifer. Wie bei *Drück den Dudel* verhakten sich die Raben ineinander, bis nur noch ein kohleschwarzer Haufen Federn zu erkennen war.

Mattis gewann wichtige Augenblicke, um zu fliehen, denn der dritte Rabe mit den schweren Knochen polterte an seinen rangelnden Freunden vorbei und nahm die Verfolgung auf.

Aus dem Stand drückte Mattis sich ab, schwang die Schwingen und flog von der Lichtung hoch, immer höher über die Promenade zum Strand. Während er mit den Flügeln so schnell schlug, wie er konnte, entdeckte er Svea auf dem Strandkorb der *Seidenfedern*. Um sie herum standen zahlreiche Hybriden, als hielten sie eine Versammlung ab.

Hatte seine Tante tatsächlich einmal die Wahrheit gesprochen? Plante Svea mit den Hybriden eine Rebellion am Südstrand?

Augenblicklich sah Svea zu ihm hoch.

Er wollte ihr zuwinken, ihr zu verstehen geben, dass alles gut werden würde, dass er seine Fehler geradebiegen und ihr Vertrauen zurückgewinnen würde.

Doch der niesende Hybride, dieser Schuft, legte den Flügel wie ein Vertrauter um sie und zog Svea an sich heran, um sie an den Rand des Strandkorbs zu führen.

Übelkeit stieg in Mattis auf, die ihn schwanken ließ, die gegen ihn und seine Flügelschläge arbeitete, als zwänge ihn ein Sturm in die entgegengesetzte Richtung.

Aber dafür blieb ihm keine Zeit. Das Krächzen des *Dunklen Ritters* hinter ihm dröhnte wie eine tödliche Kampfansage über den Strand. Geschwind fing er sich wieder und stieg höher, um Wilken durch schnelles Flügelschlagen hinter sich ins Straucheln zu bringen.

Wie eine alte Lokomotive keuchte der Rabe, bis er zwischen der Möwenansammlung eine Notlandung einlegte.

Mattis kreischte ein Dankeslied an den großen Njörd und segelte eine besonders große Runde über den Sand, um anschließend die Richtung zu wechseln und zurück über die Wiese nach Burgstaaken zu fliegen. Schließlich galt es, einen Kormoran zu fangen und Haui aus dem Gefängnis zu holen.

Ein flatterndes Flügelschlagen verfolgte ihn, bohrte sich kontinuierlich in seinen Verstand. Doch niemand der *Dunklen Ritter* verfolgte ihn, weshalb er stur geradeaus flog und nicht zurücksah.

Einzig die Vorstellung des niesenden Hybriden, wie er mit Svea auf dem Strandkorb stand, ihr ein lüsternes Lächeln schenkte, sie angaffte, anfasste, begleitete jeden seiner Atemzüge.

~Svea~

Rebellieren
ist leichter gekreischt als getan

- Strandkorb 13. Südstrand -

War das Mattis gewesen?

Svea blinzelte in die gleißende Sonne, als hätte sie eine Fata Morgana entdeckt. Gebannt sah sie ihm hinterher, wie er mit den silbergrauen Flügeln die Luft durschnitt und auf dem Rücken des kräftigen Windes geschwind den Strand verließ.

Der Rabe, der ihm gefolgt war, gehörte zu den *Dunklen Rittern*. Das erkannte Svea an seinem grimmigen Blick und der aggressiven Aura, die ihn umgab. Obwohl sie es tunlichst vermeiden wollte, keimte in ihr ein Fünkchen Sorge auf, in welche missliche Lage Mattis sich wieder manövriert hatte.

»Geht weg von mir!«

Der Rabe schubste ein paar Möwen beiseite und drängelte sich über den Sand ins Freie. Abscheuliche Verwünschungen quollen ihm aus dem aschgrauen

Schnabel, während er vor einem Kind abhob, das mit der Schaufel im Sand eine Burg baute. Unter schweren, langsamen Flügelschlägen entfernte er sich aus ihrer Mitte.

»Die Meute wird unruhig, Kirsche.« Alina tippte Svea auf den linken Flügel. »Du solltest ihnen Futter geben, ehe sie verschwinden und unsere Brieftauben umsonst waren.«

Alle waren sie gekommen. Mehr Möwen, als Svea jemals erwartet hatte. Nicht nur Hybriden standen zu ihren Schwimmfüßen und auf den Dächern der umliegenden Strandkörbe, sondern auch reinrassige Möwen. Viele der Gesichter kannte sie vom Vorbeifliegen, vom Baden am Strand oder vom *Mensch ärgere dich* auf der Promenade.

Offenbar litten viele Möwen unter den strengen Regeln der Ältesten oder der Willkür der *SAR* und wollten sich wehren.

Umringt von seinen *Teufelsmöwen* saß Jupp auf dem Strandkorb nebenan. Keine Sekunde ließ er Svea aus den maisgelben Augen, seitdem er sie ermutigt hatte, die Rebellion anzuführen. Dass die Wahl der Sprecherin auf sie gefallen war, behagte ihr nicht. Doch sie war vielleicht am ehesten in der Lage, eine friedliche Einigung herbeizuführen, die das sonnige Leben am Südstrand für alle vereinfachte.

»Mylady!« Augustus räusperte sich, wobei er sie sachte geradeaus schob und sie festhielt, damit sie nicht vom Strandkorb fiel. Die Sandallergie und das viele Niesen wirkten sich auch auf seinen Hals aus. Dennoch freute sich Svea, dass er an ihrer Seite war. Nun konnte nichts mehr schiefgehen. Die Ruhe und Zufriedenheit, die er trotz der Allergie ausstrahlte, griffen auf jede Möwe in seiner Umgebung über und verwandelten Argwohn und Wut in Harmonie.

Das aufgewühlte Schnattern unter ihr verstummte und jede Möwe sah erwartungsvoll zu ihr auf.

»Freiheit ist ein großes, ein bedeutendes Wort«, begann sie mit flatterndem Herzen. Vor Möwen zu sprechen, bereitete ihr keine Angst, sondern Vergnügen. Es war ein Glücksgefühl. Als täte sie das Richtige im Leben. »Das Wort *Freiheit* fliegt einem leicht über den Schnabel, aber es wiegt unendlich schwer. So schwer, dass schon Vögel vor uns gewillt waren, ihr Leben dafür zu opfern, weil sie die Missstände der Obrigkeit nicht mehr tolerieren konnten.«

Ein Raunen surrte durch die Möwenmenge unter ihr und auf den Strandkörben. Die Zuhörer flüsterten und scharrten unruhig mit den Schwimmfüßen im aufgewärmten Sand.

Svea hatte mit ihren Worten einen Nerv getroffen.

»Wir haben uns heute hier versammelt, um der *SAR* und dem Ältestenrat zu zeigen, dass wir uns ihnen nicht weiter beugen.«

»Hatschi!«

»Gesundheit, Augustus!«

»Entschuldige. Beachte mich gar nicht.« Mit einem Flügel rieb er sich die geröteten Augen.

Svea verspürte das Bedürfnis, sich um ihn zu kümmern. Doch vor ihr standen gereizte Vögel, die eine Lösung für ihre Probleme suchten.

Deshalb fuhr sie fort: »Wie alle anderen Tiere haben wir das Recht, am Südstrand zu leben, respektiert zu werden und zu lieben, wen wir wollen. Ganz gleich auf welche Rasse unsere Wahl trifft. Unser Herz entscheidet, nicht der Verstand, nicht die Ältesten und schon gar keine antiquierten Gesetze aus dem vorherigen Möwenzeitalter.«

Die Möwen streckten ihr die Flügel wedelnd entgegen, plusterten ihr buntes Gefieder auf und nickten eifrig. Sie trampelten und kreischten so laut Beifall, dass die Strandläufer in den Strandkörben versuchten, die Möwen von ihren Dächern zu verscheuchen. Aber niemand wich von der Stelle.

Dass selbst Augustus Tränen in den Augen hatte, beflügelte Svea in ihrer Rede. Wie ein Stützpfeiler stand er an ihrer Seite, ebenso wie Alina und Stine, die ihr mit ihrer Freundschaft mehr Kraft verliehen, als sie jemals erahnen würden.

Fenja hingegen stand abseits, winkte den *Biestern* weiter hinten zu. Mit permanentem Augenrollen, Buhrufen und widerlichen Grimassen provozierten Tillmann und Klaas die Hybriden. Aber sie waren nicht allein. Hinter ihnen hockte eine Traube reinrassiger Möwen, deren Mienen mit jedem Augenblick finsterer wurden.

Pit, Berti und Fiete richteten die wachsamen Blicke strikt auf Raudis Leibwächter. Svea hoffte, dass es nicht zu einer Auseinandersetzung kam. Dies war eine friedliche Kundgebung. Ein erster Schritt zu mehr Selbstbewusstsein für jeden Vogel, der nicht ins übliche Schema passte.

»Wir wollen mehr tun!«, rief eine der Möwen mit grau-braunem Gefieder und einem knallroten Schnabel aus der hinteren Reihe. »Lasst uns mehr tun, als uns zu versammeln. Was ist, wenn wir die Strandläufer ärgern, um unseren Unmut der Öffentlichkeit zu zeigen?«

»Lasst uns auf der Promenade demonstrieren fliegen«, stimmte eine Mantelmöwe ein, deren tintenschwarzer Kopf an eine Zwergmöwe erinnerte.

»Ihr seid zu dumm zum Demonstrieren«, krächzte Tillmann von der Seite. Hinter ihm grölten reinrassige Möwen nach einer Zugabe. Die Luft um die Strandkörbe füllte sich sogleich mit Feindseligkeit und Empörung.

Svea wollte der Lachmöwe den Schnabel zubinden. Aber Tillmann besaß ebenso das Recht zu sprechen. Freie Meinungsäußerung galt nicht nur für Hybriden am Südstrand. Sie sah die Möwen vor ihr an und hob die Flügel, bis sich ihr Kreischen beruhigt hatte.

»Wir wurden bespuckt, bedrängt, gedemütigt, gejagt und getötet. Sie haben uns einen Auftragsmörder auf die Federn gehetzt, weil wir anders sind. Das macht ihnen Angst. Sie fürchten, ihre Macht am Südstrand zu verlieren, weil die Reinrassigkeit unter den Möwen mit jedem weiteren Küken schwindet. Bunte Vielfalt beherrscht unseren Strand und sie wird jeden Tag größer.«

Ein ohrenbetäubendes Kreischkonzert brach um Svea herum aus. Nur mit Mühe und den wedelnden Schwingen ihrer Freunde auf dem Strandkorb brachte sie die Menge zum Schweigen.

»Sie sollen sehen, dass wir für unser unbeschwertes Leben am Südstrand kämpfen. Wir lassen uns nicht vertreiben! Wir bleiben hier, an dem Ort, an dem wir aufgewachsen sind. An dem Strand und auf dem Meer, in das wir uns verliebt haben. Ob Hybride, zugezogene Möwe oder Vogel auf der Durchreise. Jede Möwe sollte das Recht besitzen, am Südstrand ihr Nest zu bauen.«

Unwillkürlich dachte Svea an Mattis, wie sie zusammen ihre gemeinsame Zukunft geplant hatten: Nest bauen, schmusen, zwei oder drei Küken, die um sie herumtollten. Gemeinsam ihr Leben am Südstrand genießen.

Das alles war nun hinfällig. Er hatte sie ohne einen Kommentar verlassen und sie wollte sich nicht mehr von ihm herumschubsen lassen – von niemandem.

Eine neue Svea war geschlüpft. Eine, die keine Gegenwehr scheute.

Der Lärmpegel der Möwenmenge, der stetig anstieg, musste bis über den Yachthafen hinaus zu hören sein. Jetzt bekamen die Hybriden die Aufmerksamkeit, die sie verdienten.

»Wir sind hier«, fuhr sie fort, »weil wir ohne Angst leben wollen. Weil wir in Freiheit leben wollen. Weil niemand mehr unschuldig im Yachthafen einsitzen soll. Wenn die *SAR* und die Ältesten nicht auf uns hören wollen, bekommen sie – Njörd sei uns gnädig – unseren Unmut zu spüren.«

Der Südstrand tobte wie bei den jährlichen Sommerspielen.

Jupp zwinkerte Svea vom Strandkorb aus zu, die *Teufelsmöwen* um ihn herum applaudierten ebenso intensiv wie die Hybriden. Svea schwebte auf einer Wolke. Als Sprecherin besaß sie jedoch auch Verantwortung und stand für das ein, was sie sagte. Deshalb sprang sie vom Strandkorb und hörte sich die Klagen der Möwen an. Jede Geschichte, die die Vögel mit der *SAR* und dem Rat über die Jahre hinweg erlebt hatten.

Irgendwann zog Augustus sie aus der Menge und schob sie zu den *Seidenfedern*, um einen Moment auszuruhen. Svea glühten die Ohren und ihr schmerzte das Herz bei all dem Leid, das den Hybriden widerfahren war.

»Wo ist Raudi?« Fenja schaute ständig zu den *Biestern*, als wären sie der Mittelpunkt der Welt. »Habt ihr ihn schon gesehen?«

Augustus bäumte sich schniefend vor Fenja auf, streckte sich und nahm ihr durch seine außerordentliche Flügelspannweite die Sicht auf die *Biester*.

»Raudi ist mit Iggi unterwegs. Sie kümmern sich an der *FehMare* Badeanstalt um die Bestattung. Raudi will dabei nicht gestört werden. Von niemandem. Das hat Iggi mir ausdrücklich gesagt.«

161

Svea beäugte die *Biester*, die sich auf einmal gefährlich nahe an die Möwenmenge heranwagten. »Ach, deswegen sind Raudis Leibwächter hier. Ich würde denen auch keine Trauerfeier anvertrauen wollen.«

»Die beiden Dummmöwen hocken den ganzen Tag am Strand oder lungern vor *Börke* herum und nehmen den Spatzenküken ihre Brötchenkrümel weg.« Alina drehte den *Biestern* den Rücken zu. »Oder sie tyrannisieren die *Schnattertanten* und die *Chorknaben*. Wir sollten vorsichtig sein, Klaas und Tillmann erscheinen mir heute besonders angriffslustig.«

»Die Raufmöwen sollen nur kommen. Ich bin bereit.« Fiete bäumte sich wie Augustus neben Alina auf. Er ähnelte jedoch eher einem Spatzen, der mit seinen Kameraden um eine Eiswaffel rangelte, als einer beeindruckenden Möwe.

»Niedlich, Kleiner.« Berti tätschelte seinem Freund den Flügel. »Das nächste Mal musst du Grummeln wie eine muskelbepackte, furchteinflößende Möwe. Sieh mir zu.« Wie ein Ventilator schlug er die Flügel, streckte den *Biestern* die Zunge heraus und grollte tief aus der Kehle. »So denken die Gegner du bist irre und bekommen es mit der Angst zu tun.«

Tillmann und Klaas waren jedoch nicht verängstigt. Zu Bertis Unmut brachen sie in lautes Gelächter aus und amüsierten sich über seine kleine Showeinlage.

»Dafür vernebele ich ihnen mit meinem speziellen Duft die Sinne, dann sind die *Biester* außer Gefecht.« Berti schwenkte den Bürzel in die Richtung der beiden Möwen und grinste zufrieden.

»Nicht! Der Wi–«, warnte Pit.

Aber es war zu spät. Bertis Gase verbreiteten unter den umherstehenden Möwen den Geruch nach abgestandenem Abfall und Würmern. Allesamt rümpften sie die Schnäbel.

»Der Wind kommt aus der falschen Richtung, wollte ich sagen.«

Verlegen senkte Berti den Kopf und fächerte mit den Schwingen in der Luft, um seine Duftnote zu vertreiben.

Klaas sah aus, als würde er gleich vor Lachen im Sand landen. »Das Mopsgesicht ist zu dumm zum Furzen!«

»Als ob du besser zielst als ich«, verteidigte sich Berti.

»Komm her, ich zeige dir, was ich alles besser kann, du Mopsgesicht.« Angriffslustig hob Klaas einen hellgrauen Flügel.

»Ich habe schwere Knochen. Das sind meine Gene, dafür kann ich nichts.«

»Wer's glaubt.«

Berti verzog den Schnabel und setzte zum Sprung an, um auf Klaas loszugehen, aber Augustus versperrte ihm die Flugbahn.

»Lass dich nicht von diesen unwichtigen Kreaturen provozieren, mein Freund. Du brauchst nicht auf deren schamloses Niveau sinken, um dem Südstrand zu zeigen, was für eine wertvolle Möwe du bist.«

Fiete stand der Schnabel offen. »Er soll sich nicht mit den *Biestern* messen?«

Augustus legte Berti einen Flügel auf den Rücken und zwinkerte Fiete dabei zu. »Der Klügere gibt nach. Ihr habt immer die Wahl.«

Svea verfolgte, wie Berti über diese Worte nachdachte. Für gewöhnlich wäre er auf die *Biester* losgeflogen, Pit und Fiete wären ihm aus Solidarität gefolgt und es hätte eine ausgiebige Rauferei gegeben. Doch nichts dergleichen geschah.

»Mach's lieber wie ich«, flötete Pit und zog Alina an sich. »Hol dir ein Weibchen, umsorge es und lies ihr jeden Wunsch vom Schnabel ab. Auf diese Weise setzt du deine Energie vernünftig ein.« Leidenschaftlich schnäbelte er seiner Freundin am schwarz-weiß gefleckten Kopf herum. »Will sie Brötchen?«, fuhr er fort, »spiele ich *Mensch ärgere dich* für sie, bis sie satt ist. Will sie baden gehen? Roll ich für sie die Ostsee aus. Seit wir zusammen sind, bin ich senfmäßig unterwegs. Oder wie heißt das nochmal, Augustus?

»Zen, Pit, mit Zett. Nicht wie der Senf zum Essen. Zen – Das gehört zum Buddhismus. Mit Zen habe ich mich während meiner Ausbildung zum Meditationslehrer beschäftigt.«

Pit zuckte die hellgrauen Flügel, als hätte er kein Wort verstanden. »Jedenfalls bin ich seitdem entspannt und fokussiere mich auf die guten Dinge des Lebens. Kuscheln, kuscheln, Brötchen jagen und kuscheln.«

»Und was ist, wenn einer der *Biester* deiner Alina zu nahekommt?«, fuhr Berti ihn an. »Schaust du dann tatenlos dabei zu, wie er seinen schmutzigen Dummschwätzer-Schnabel in ihr seidenweiches Gefieder reibt?«

Pit schien bei der Vorstellung allein schon aus den Federn zu fahren. Schützend spannte er die Flügel auf und schob Alina, die sichtlich protestierte, wie eine wertvolle Muschel hinter sich. Gleichzeitig lockerte er den Nacken, als bräche die Eifersucht gleich in Wellen aus ihm heraus.

»Jedem, der meine Freundin anfasst oder ansieht, verpasse ich eine Kopfnuss!«

»Pit!«, keifte Alina und glitt an seinen Flügeln vorbei. »Benimm dich nicht wie ein unreifer Wikinger.«

»Siehst du«, sagte Berti. »Du bist weder ketchupmäßig noch senfmäßig unterwegs. Durch dein liebes Weibchen bist du reizbarer als vorher, Langfeder.«

Während Pit und Berti über das Dasein der Männchen am Südstrand diskutierten und Augustus seine meditativen Weisheiten einbrachte, stand Stine neben Fiete und Fenja. Voller Sehnsucht blickte sie zum Yachthafen. Ein Gefühl, das Svea nur zu gut kannte. Sie hatte nicht vergessen, wie ein gewisser Jemand unschuldig im Gefängnis gesessen und sie der Gedanke daran fast verrückt gemacht hatte.

Svea wollte auf Stine zugehen und sie trösten, als sie die *Biester* hinter ihrer Freundin bemerkte. Wie Schlangen schlichen Tillmann und Klaas über den Sand, gefolgt von den anderen reinrassigen Möwen. Den grimmigen Gesichtern nach zu urteilen, waren sie definitiv nicht zenmäßig unterwegs. Ehe Svea reagieren konnte, warfen sich die Möwen in die Menge der Hybriden.

Kreischendes Möwengeschrei erschütterte den Strand und zwang die Strandläufer dazu, mit ihren Handtüchern zu flüchten.

Tillmann, dessen Gesicht durch eine lange Narbe gezeichnet war, schnappte nach jedem Flügel, der sich ihm in den Weg stellte. Voller Wucht sprang er gegen eine überraschte Möwe, die den cremefarbenen Kopf nicht schnell genug wegzog, sie landete unter einer Lachmöwe mit ananasgelbem Schnabel im Sand.

Klaas dagegen setzte die hellgrauen Schwingen ein, rotierte wie ein eiernder Kreisel um sich selbst und stach seine Federn und seine Flügelspitzen jedem ins Auge, der nicht schnell genug floh. Nebenbei trat er mit den Schwimmfüßen nach jammernden Möwen am Boden oder drückte ihre Glieder tiefer in den Sand.

Nicht alle Hybriden gaben auf, viele setzten sich zur Wehr. Traten, bissen, pickten nach den Reinrassigen, taten, was ihnen möglich war, um sich gegen die Angreifer zu behaupten. Ein unüberhörbarer Tumult, bei dem selbst ein paar Strandläufer in der Ostsee aufhörten, Ball zu spielen.

»Ich kann nicht länger dabei zusehen, wie die Hybriden überrannt werden. Entschuldigt mich, bitte.« Kopfüber stürzte sich Berti auf eine kleine Silbermöwe und begrub die Reinrassige unter seinem schweren Gewicht.

»Darf ich?«, bettelte Pit Alina an. Sie strich ihm liebevoll über den Kopf und stupste ihn mit dem Schnabel an.

»Komm, Fiete.« Pit wedelte mit beiden Flügeln. »Jetzt zeigen wir den *Biestern,* wo der Schnabel hängt.« Beide stürmten in die Menge, um den Angreifern die Federn zu rupfen.

Bei dem Geschrei hielt Svea sich die Ohren zu, auch Stine schützte sich mit den Schwingen vor dem Lärm. Ein Blick auf die Strandkörbe zeigte Svea, dass selbst ihr Großvater und die *Teufelsmöwen* sich auf die Möwen gestürzt hatten.

Alina feuerte Pit an, als würde er eine besonders große Tüte frischer Brötchen für sie gewinnen. Nur Augustus zog sich von den flügelfesten Auseinandersetzungen zurück, lehnte sich an einen Strandkorb und meditierte. Mitten im Chaos.

Und Fenja? Was tat sie da? Die Zwergmöwe zog sich zurück und flog ohne ein Wort der Erklärung fort. Als hätte sie etwas Besseres vor, als ihren Freunden beizustehen oder Angst, sich die Flügel schmutzig zu machen.

Svea wollte ihr nachfliegen, sie fragen, was sie vorhatte, aber eine Möwe prallte gegen ihren Rücken, schubste sie in den Sand und zog sie mit sich in die Schlägerei.

Jemand schnappte nach ihr, biss ihr in einen Flügel, zerrte an ihrem Bürzel und trat ihr in den Bauch. Svea rief um Hilfe, nur hörte zwischen dem Kreischen niemand ihr Flehen.

Ihr blieben nicht viele Möglichkeiten. Entweder sie weinte oder sie wehrte sich.

Svea entschied sich für Letzteres.

Sie erinnerte sich daran, was Haui ihr über Kopfnüsse beigebracht hatte – Schnabel zusammenpressen, Kopf ausrichten, ordentlich Anlauf nehmen und das Wichtigste: das Ziel nicht verfehlen! –, dann rammte sie den graublauen Kopf in weiches Gefieder. Ihr Glücksgefühl paarte sich mit einem Anflug von Befriedigung und trieb ihr Adrenalin in die Höhe. In diesem Moment ging es einzig und allein um ihr Überleben.

Die getroffene Möwe sackte wie ein Haufen nasser Algen zusammen. Ein Punkt für Svea.

Gleich suchte sie sich ein neues Ziel. Tillmann saß freudestrahlend auf dem rötlichen Kopf eines Hybriden und drückte dessen Schnabel in den Sand.

Das war ihr Moment.

Raudis Leibwächter sollte für alle Anzüglichkeiten bezahlen, die er ihr jemals entgegengebracht hatte.

Svea nahm Anlauf, stieß sich ab und schnellte nach vorn, doch weiter kam sie nicht. Zwei Flügel umfassten sie und zerrten sie aus der Menge. Kriminalhauptkommissar Henk persönlich führte sie in die entgegengesetzte Richtung. Die *SAR* stürmte auf die raufenden Möwen zu und brachte die Meute in wenigen Atemzügen zum Schweigen. Blutige Federn säumten den warmen Strand, als wäre ein Daunenkissen in einer Schlachterei explodiert.

Svea zitterte am ganzen Körper und fiel in den Sand, um einer drohenden Ohnmacht entgegenzuwirken. Augustus blinzelte und als er bemerkte, was um ihn herum geschah, lief er auf sie zu.

»Geht es dir gut, Mylady?«

Henk versperrte ihm die Sicht auf Svea. »Verschwinde sofort! Mit der Verdächtigen darf nicht gesprochen werden.«

»Verdächtige?« Augustus spähte über den Erpel hinweg, sodass Svea den Ansatz seines Kopfes sah. Henk schnaufte und zwang den Hybriden durch Flügelwedeln Abstand zu halten.

»Gegen Svea liegt eine Anzeige vor. Als Anstifterin eines Tumults.«

»Von wem?«, fragte Alina. »Svea hat nichts getan. Die *Biester* sind mit den Anderen auf die Hybriden losgegangen. Wir haben uns lediglich unterhalten. Tillmann und Klaas gehören angeklagt, nicht Svea.«

Henk antwortete nicht. Dafür gackerte Klaas, der abseits neben einer Ente stand. War er während der Schlägerei zum Yachthafen geflogen und hatte die Entenpolizei alarmiert? War das alles ein hinterhältiger Plan gewesen, auf den sie reingefallen waren?

Selbstgefällig musterte Henk die Möwen. Als er Jupp und die *Teufelsmöwen* entdeckte, verzog er das Gesicht, als plagten ihn unerfreuliche Erinnerungen. Zehn Erpel hielten die *Teufelsmöwen* in Schach, die sich nur langsam beruhigten.

»Svea!« Jupp schaffte es nicht, sich an den Erpeln vorbeizudrängeln. »All schall good warrn. We halt di ut das Gefängnis rut.«

»Nichts werdet ihr«, erwiderte Henk mit einem zufriedenen Lächeln. »Meuterei am Südstrand und Tyrannisieren der Strandläufer. So lauten die Anklagepunkte. Auf beides steht eine sehr lange Haftstrafe.« Er gab zwei Enten ein Zeichen, die Svea aus dem Sand hievten. »Wir halten unseren Strand sauber. Volksverhetzerinnen haben bei uns kein Glück.«

Alina und Stine wollten sie aufhalten, aber Svea hob warnend einen Flügel. »Bringt euch nicht auch in Schwierigkeiten.« Wenn ihre Freundinnen sich mit der

SAR anlegten, kümmerte sich niemand um die Rebellion und niemand brachte den Hybriden die vielseitige Unterstützung entgegen, die sie benötigten, um sich Gehör zu verschaffen. »Passt aufeinander auf, ich bitte euch!«

Mit Tränen in den Augen blieben ihre Freundinnen neben Augustus zurück, dessen Gesichtsausdruck von einer ungewohnt seltsamen Unzufriedenheit gekennzeichnet war.

Ehe die Enten Svea abführten, beugte sich Henk zu ihr. »Deine kleine Rebellion ersticke ich im Keim. Du hast dich mit den Falschen angelegt und wirst bis in die Ewigkeit im Yachthafen unter einem Steg verrotten.«

Die Gehässigkeit, mit der er sie betrachtete, raubte ihr fast den Atem. Sie sammelte alle Wut zusammen, jeden Ärger, jede Ungerechtigkeit, die sie in ihrem Gefieder finden konnte und stellte sich dem Kriminalhauptkommissar entgegen.

»Unsere Rebellion ist erst der Anfang.«

~Mattis~

Auf den Spuren des Mörders

- U-Boot-Museum. Burgstaaken -

Unter dem U-Boot roch es nach süß-salzigem Brackwasser und uraltem Stahl. Und nach einer Finte. Seit
geraumer Zeit schwamm Mattis im Becken unter dem
U-Boot-Museum in Burgstaaken im Kreis und hielt
nach Lutger Ausschau.

Ein paar Mal hatte er sich in das Hafenbecken gewagt, war im Tiefflug um das Café *El Sol* geflogen,
um die gegenüberliegende Seite zu inspizieren. Doch
weder hatte sich der Kormoran im Hafen gezeigt
noch irgendein anderer schwarzer Vogel. Lediglich
die Spatzen turnten zwischen den Fischrestaurants
und *Mirella's Haifischbar* auf den Steinen, während die
Möwen auf den Kuttern nach Fischresten bettelten.

Erbärmliche Geier.

Keno war ein Lügner. Lutger hatte wahrscheinlich
noch niemals einen Schwimmfuß nach Burgstaaken
gesetzt. Trotzdem wollte Mattis nicht gehen. Es gab

diese winzige Möglichkeit, zu siegen. Diese minimale Chance, dass der *Dunkle Ritter* ihm die Wahrheit gesagt hatte. Deshalb harrte er wie ein Falke nach seinem Ziel unter dem Museum aus. Und wenn er es erblickte, würde er zuschlagen.

Mit Mühe hielt er die Gedanken im Hier und Jetzt. Dass Svea eine Rebellion plante, beschäftigte ihn. Auch die Frage, woher Tilda das vor ihm gewusst hatte. Als Ältester war er offenbar nicht, wie er bislang gedacht hatte, in sämtliche Vorgehensweisen und Neuigkeiten eingeweiht worden. Seine Tante enthielt ihm Geheimnisse vor, da er der Abschiebung der Hybriden nicht zugestimmt hatte.

Der Wind drehte, pfiff ordentlich aus Südost und schob Mattis ständig unter dem Rumpf des U-Boots hervor ans Tageslicht. Gegen die Strömung anzupaddeln, kostete ihn mehr Kraft als nötig. Wenn Lutger auftauchte, musste er auf alles gefasst sein.

Dass es dämmerte, bemerkte Mattis erst, als die Wellen ihn wieder aus seinem Versteck ins Freie schoben. Ein ungemütliches Grau in Grau beherrschte den Himmel, dazwischen drängten ein zartes Orange und ein scheues Rosa hervor.

Ein Strandläufer-Pärchen polterte gemeinsam die eisernen Stufen des U-Boot-Museums hoch. Zwischen ihren Schritten vernahm Mattis ein ständiges Flattern, hektisch, wie bei einer Flucht, doch zu sanft für die mächtigen Schwingen eines Kormorans.

Vorsichtig paddelte er ein paar Meter den Wellen entgegen. Eine schwarzhaarige Strandläuferin lief mit ihrem Kinderwagen den Sandweg entlang. Doch auch als sie außer Sichtweite war, surrte das Flattern unablässig um ihn herum. Kam das Geräusch von dem Turm des U-Boots oder von den Schiffsflaggen am Hafen?

Mattis sprang auf die grasbewachsenen Pflaster-steine seitlich des U-Boot-Beckens. Eine Absenkung, die wie ein zementgrauer Deich aussah, gab ihm Schutz vor neugierigen Blicken. Der Platz vor dem Museum war wie ausgestorben, selbst an dem Rettungsschiff *Arwed Emminghaus*, das zur Schau dane-ben ausgestellt war, entdeckte er nichts.

Ein schneller Blick in den finsteren Abendhimmel versicherte ihm, dass sich kein Vogel näherte. Trotz-dem ärgerte ihn das Flattern weiterhin.

Er schloss die Augen, horchte, konzentrierte sich auf die Umgebung. Die Töne kamen nicht vom Ha-fen, dafür waren sie zu weich, als schlügen Baumblät-ter aneinander.

In schnellen Schritten pirschte er sich auf dem Grünstreifen an die Seite des Ausstellungsschiffes. Die langen, saftig grünen Schilfgräser am Ufer beug-ten sich dem Wind, während die Kälte der Abend-dämmerung unter sein Gefieder kroch.

Ein Sturm zog auf. Heute Nacht würde es unge-mütlich werden.

Das flatternde Geräusch verstummte wie eine Flie-ge, die ein quakender Frosch verschluckt hatte. Mattis schnellte herum. Hinter ihm lag nur der strandläufer-leere Hafen. Sein Nacken kribbelte jedoch, als würde ihn jemand beobachten.

Die Möwen, die am Rand des Hafenbeckens auf frischen Fisch der Kutter lauerten, schenkten ihm kei-ne Aufmerksamkeit. Was war es dann?

Mattis ließ den Blick über das Café *El Sol* gleiten, über das U-Boot bis an den Bug des Rettungsschiffes, an dessen Seite er stand. Die rot-weiß-grüne Fassade der *Arwed Emminghaus* ähnelte optisch der *Eduard Nebelthau*, nur dass das Schiff in Burgstaaken der *SAR* in Notfällen als Außenposten diente.

Auf dem weißen Geländer, auf der obersten Stange des Rettungsschiffes, entdeckte er einen Schmetterling. Einen Schwalbenschwanz. Es war derselbe Falter wie im Yachthafen, als er Lutger besucht hatte, und derselbe, der neben dem Mülleimer gesessen hatte, in dem Juna gefunden worden war.

Zufall? Mattis glaubte nicht an Zufälle.

Mit seinen hellgelb-schwarzen Flügeln schreckte der Schwalbenschwanz zurück, als sich ihre Blicke trafen. Die edlen, kleinen Schwingen bestanden aus gemusterten, dunklen und hellen Flecken, die in einem blassblauen Streifen am unteren Rand zusammenliefen.

»Du!«, zischte Mattis vom Rasen aus und hob ab. »Verfolgst du mich? Was machst du hier?«

Mit den Facettenaugen prüfte der Falter ihn vom Kopf bis zum Schwimmfuß. Dabei flatterten seine Flügel unruhig und schnell. Ein Geräusch, das Mattis sehr wohl bekannt vorkam.

Gegenüber dem Schmetterling setzte er auf. Er brauchte einen Moment, bis seine Schwimmfüße auf dem schmalen Geländer Halt fanden. Damit er das Gleichgewicht nicht verlor, breitete er die Schwingen aus und balancierte vor dem Schwalbenschwanz.

»Antworte mir!«

Der Schmetterling hob ab und wollte sich vom Schiff erheben, doch Mattis schnitt ihm mit den Flügeln den Fluchtweg ab. Wie eine schnaufende Bulldogge hing er über dem Tagfalter, der in sich zusammengesunken war.

»Das ist Freiheitsberaubung!«

Protestierend wackelte der Schwalbenschwanz mit den Flügeln. Seine hohe, vibrierende Stimme glich einem Pfeifen, das Mattis in den Ohren schmerzte. »Ich genieße die Aussicht auf die Ostsee. Ich wüsste nicht, dass das verboten ist.« Während er sprach, hob er von der Stange ab, flatterte in die entgegengesetzte Richtung, kam jedoch gegen Mattis' Federgefängnis nicht an. Vergeblich suchte er mit dem Rüssel nach einer Lücke. »Friss mich oder verzieh dich!«

Für seine Größe war der kleine Schmetterling ziemlich vorlaut.

»Drei Mal habe ich dich in letzter Zeit gesehen. Auf dem Schiff, auf dem Rasen und jetzt in Burgstaaken. Zufälle gibt es nicht. Was planst du und warum verfolgst du mich? Hast du etwas mit den Morden zu tun?«

»Unsinn, du halluzinierst. Ich habe für jede Situation eine Erklärung. Außerdem gibt es unendlich viele wie mich. Wir leben im Verborgenen. Nicht so wie ihr Möwen, die selbst vor den Hünen nicht Halt machen und ihnen das Essen am Strand stehlen. Für uns Schwalbenschwänze zählt Zurückhaltung, Ehre und Loyalität.«

»Das mag sein, aber bei uns gibt es keine Schwalbenschwänze am Südstrand. Ich kenne das Gebiet wie die Unterseiten meiner Schwimmfüße. Man findet Admirale, Baum-Weißlinge, ja. Selbst die Distelfalter schwirren auf Fehmarn herum. Aber dich, einen äußerst seltenen Schwalbenschwanz, habe ich noch nie gesehen. Und jetzt innerhalb weniger Tage gleich mehrfach. Wie kommt das?«

Das Schnaufen des Schmetterlings glich dem Niesen einer Eintagsfliege. Erst jetzt bemerkte Mattis die roten Augenflecke, die die Innenseite der unteren Flügel des Falters zierten.

»Ich bin überhaupt nicht selten. Eher etwas Besonderes, würde ich sagen. Und du denkst, du kennst jedes Tier hier im Süden Fehmarns? Du überschätzt dich gewaltig. Aber das ist nichts Neues, nicht wahr?«

Wieso sprach der Schmetterling mit ihm, als würde er ihn kennen?

»Wer bist du?«

Der Tagfalter hüpfte umher, präsentierte sich in all seiner Pracht. »Man nennt mich Ladislaus.«

»Ladi–« Mattis blieb das Wort im Hals stecken. »Wie heißt du?«

»L-a-d-i-s-l-a-u-s. Ich sehe nicht, wo das Problem sein soll. Bist du schwerhörig, Mattis?«

Mattis runzelte die Stirn. Er konnte sich nicht daran erinnern, dem vorlauten Flattermann seinen Namen genannt zu haben. Für einen Fremden schien der Schwalbenschwanz gut über ihn informiert zu sein. Gleich schloss er die Schwingen enger um den Tagfalter, damit er ihm nicht entwischen konnte.

»Du kennst meinen Namen?«

Der Schmetterling stockte, seine Flügel bewegten sich nicht mehr. Doch sein Blick schnellte umher, als plante er seine Flucht.

War der Falter Lutgers Komplize? Hatte er die Möwen ausgespäht, um dem Kormoran jede wichtige Information mitzuteilen? Lutger besaß vielleicht mehr Kontakte, als Mattis bislang geglaubt hatte. Vor seiner Verhaftung war er Journalist gewesen, die – wie Jonte es ihm unter den Schnabel gerieben hatte – so gut wie jedes Tier kannten.

Jede kleine Information würde Mattis aus dem Insekt herausquetschen, notfalls mit Nachdruck, wenn es sein musste.

»Woher kennst du mich? Sag es mir!«

Ladislaus schwieg, sein Saugrüssel bewegte sich keinen Millimeter. Wie ein pflichtbewusster Soldat, der lieber sterben würde, als sein Vaterland zu verraten, gaffte er ihn an.

Je länger Mattis den Tagfalter zu den Schwimmfüßen betrachtete, umso mehr verlor er sich in dessen zehntausend dunklen Einzelaugen, mit denen der Schmetterling ihn auf eine ungewöhnliche Art und

Weise konzentriert ansah. Alles an Ladislaus hätte ihn hellhörig werden lassen müssen, von den hypnotisierenden Kräften der Facettenaugen hatte Jupp ihm erzählt. Jede Möwe am Südstrand kannte die Schauergeschichten über die Tagfalter.

Eine Schwere ergriff von Mattis Besitz, als säße Berti auf ihm drauf. Ein finsterer Nebel besetzte seinen Geist, schob jeden wichtigen Gedanken beiseite und hinterließ eine Leere, in der er nicht einmal mehr seinen eigenen Namen kannte. Ein tiefer, kräftiger Schlaf schloss sich an und hüllte ihn wie eine schützende Decke ein. Im Stehen glitt Mattis auf dem Geländer ins Reich der Träume, seine Schwingen sackten an seine Seite, hielten Wache.

Mit den Schwimmfüßen stand er am Rand eines Nestes auf dem Dach des IFA Hotels, hinten in der Ecke, geschützt vor Wind und Hagel. Er streckte den Hals in die Luft und suchte den strahlenden Himmel nach Svea ab.

Nichts.

Unter ihm kreischte es aus drei kleinen Schnäbeln. Ihm wurde bei dem Lärm beinahe schwindelig. Obwohl Svea versprochen hatte, keine Ewigkeit bei den *Seidenfedern* zu bleiben, war sie den halben Vormittag fort. Ungefähr so lange, wie die Küken nach Futter bettelten.

Sie alle sahen Svea ähnlicher als Mattis. Das hatte er gleich bemerkt, als sie geschlüpft waren. Und er war froh über diese Tatsache. Ihre graublauen Köpfe schimmerten wie die morgendliche Ostsee, wenn der Himmel noch schlief und die Wellen leise vor sich hin schwappten.

Davon, dass sie einem edlen Silbermöwen-Clan entstammten, war nichts zu sehen. Vermutlich fluchten seine Vorfahren im Jenseits darüber, aber Mattis war besonders stolz auf seine Küken und liebte sie so wie sie waren.

Wenige unerträgliche Minuten später fasste er den Entschluss, selbst auf Futterjagd zu gehen, um die Kleinen nicht länger zu quälen. Da entdeckte er Svea in der Ferne, die über die grüne Außenrutsche der *FehMare* Badelandschaft segelte.

Ein Glücksgefühl durchflutete ihn. Nicht nur, da Svea Würmer im Schnabel trug, sondern weil sie zu ihm gehörte. Nach allem, was sie durchgemacht hatten, waren sie endlich wieder vereint.

Am ersten IFA Turm, auf dessen Dach sie sich ein Nest gebaut hatten, stieg Svea höher hinauf, binnen weniger Augenblicke stand sie ein paar Meter entfernt oben auf dem Absatz des Daches. Die Würmer zuckten in ihrem Schnabel.

»Wo bist du so lange gewesen?«, fragte er sie.

Svea kam ihm entgegen, hob die Schwimmfüße und streckte ihr Bein, aber bewegte sich nicht von der Stelle. Sie schwang die Flügel, hob vom Rand des Daches ab, kam jedoch nicht voran, als versperrte ihr etwas den Weg. Ihre bernsteingelben Augen füllten sich sofort mit Wutränen.

Warum zögerte sie und strampelte seltsam in der Luft umher?

»Komm her, die Kleinen vermissen ihre Mutter. Und mir fehlst du auch.«

Die Küken verstärkten ihr Kreischen, als unterstützten sie seinen Ruf.

Svea schüttelte den Kopf. Wie Konfetti fielen die Würmer aus beiden Seiten des Schnabels auf das Dach. »Ich kann dich nicht erreichen. Ich komme nicht vorbei.«

Sie stieg hoch, flog nach rechts, flog nach links. Eine unsichtbare Mauer schirmte sie von ihrer Familie ab.

»Ich hole dich!«

Svea hämmerte mit dem Schnabel in der Luft, als wäre sie ein Specht. Als Mattis vom Dach abhob, nahm gleichzeitig der Wind zu.

Oder doch nicht?

Um ihn herum wehte kein Lüftchen an diesem Vormittag, die Flaggen hingen schlapp an ihren Fahnenmasten. Svea hingegen kämpfte, als flöge sie gegen einen Sturm an. Mit zusammengekniffenem Schnabel wand sie den Kopf, schlug die Schwingen, drängte gegen einen tosenden Luftstrom, der offenbar hinter der unsichtbaren Mauer tobte.

Mattis streckte die Flügel nach ihr aus, berührte ihren Schnabel, da schoss Svea von ihm fort, als trüge ein Blitz sie davon, hinunter vom Dach und auf die Ostsee hinaus.

Etwas in Mattis brach.

Sein Herz? Seine Knochen? Seine Nerven?

Ein Energiestrom tobte in ihm. Er musste Svea zurückholen, er hatte sich geschworen, sich nie wieder von ihr zu trennen.

Geschwind flog er los. Seltsamerweise hinderte ihn nichts. Er schlug die Flügel und stürzte an den gelben Balkonen des IFA Turmes hinab. Als er die entsprechende Höhe erreicht hatte, wollte er hinaufsteigen, um seiner Liebe nachzujagen, doch die Schwingen gehorchten ihm nicht. Schlaff hingen sie an ihm hinab, anstatt wild zu schlagen.

Wie ein Stein fiel Mattis in die Tiefe, ehe er aus seinem Traum erwachte.

Das Grün des Rasens kam ihm gefährlich nahe. Noch im Fliegen schreckte er hoch, zog die Flügel an und segelte über das Schilfgras. Er drehte eine Runde über den Sandweg, bis er sich auf der dunklen Ostsee niederließ und zu den Steinen schwamm, die das Schilfgras am Ufer umrahmten. Die ungestümen

Wellen schaukelten ihn in die Gegenwart zurück, während Wasserspritzer seine Schwingen und seinen Kopf benetzten, der sich langsam wieder mit Leben füllte.

Hatte er nicht eben noch mit dem Schmetterling auf dem Rettungsschiff gesessen? Wie war sein Name gewesen? Ladi…?

Hinterhältiger Verräter!

Jupps Märchen über die Künste der Schmetterlinge waren keine Ammenmärchen einer betrunkenen Möwe gewesen. Mattis hatte von Anfang an keine Chance gehabt. Wie sonst sollten die Falter auf der Erde überleben? Viele Tiere waren größer als sie, schneller, stärker. Es blieb ihnen gar nichts anderes übrig, als ihre Fähigkeiten auszubauen.

Wie eine Klabautermöwe fluchte Mattis. Er paddelte an den Steinen vorbei und grübelte über den kleinen Schwalbenschwanz nach. Mehr als vorher war er überzeugt davon, dass er ihn absichtlich verfolgte. Aber die Frage, die ihn am meisten quälte war, warum er das tat?

Mattis schwamm umher, bis er zwischen den langen Schilfgrasstängeln feststeckte. Sie umzäunten ihn wie einen grünen Kerker, wobei der zunehmende Wind die Stängel nach seinem Belieben tyrannisierte. Sie wirkten beinahe ebenso hypnotisierend wie die Facettenaugen des Tagfalters.

In der Mitte der sich beugenden Gräser schimmerte etwas Seltsames.

Mattis wühlte sich durch das Schilf, während die Stängel in sein Gefieder piksten. Direkt am Ufer zwischen groben Steinen und dürren Stängeln lag der abgetrennte Kopf einer Zwergmöwe. Nicht weit davon entfernt hing ein Schwimmfuß zwischen dem Schilfgras mit der Ferse nach oben, auf der er deutlich den Abdruck einer Miesmuschel erkannte.

»Sivert«, sagte Mattis mit gedämpfter Stimme. »Das ist Sivert, ich weiß es genau.« Sein Herz überschlug sich, während er sich durch das Schilf ans Ufer kämpfte. Schwungvoll schob er die Gräser zur Seite. Dahinter fand er ein Meer aus hellgrauen und weißen Federn, alle in Blut getränkt, als wäre Sivert eben erst von jemandem frisch gerupft worden. Aber da lagen auch schwarze Federn, jede Menge schwarze Federn. Nicht alle konnten dem Ältesten gehören, dafür war die Anzahl zu groß.

Lutger! Es mussten die Federn des Kormorans sein.

Zwar glänzte sein Gefieder eher Bronzeschwarz, aber die Sonne schien nicht. Erst bei Tageslicht konnte er ihren Ursprung bestimmen. Jede Kleinigkeit des Tatorts nahm Mattis in sich auf. Alles würde hilfreich sein, um Lutger zu überführen.

Wieder eines dieser leblosen Gesichter, die ihn im Schlaf verfolgen würden.

Der zerfledderte Beinstumpf trieb Mattis ein Würgen in die Kehle. Wie Sivert ihn anstarrte, als hätte der Mörder ihn überrascht. Dieser grauenvolle Kampf muss den gesamten Hafen in Burgstaaken aufgeschreckt haben. Wieso wusste die *SAR* nichts davon?

Vielleicht war die Tat woanders geschehen und Lutger hatte Siverts Überreste im Flug fallengelassen, um die Entenpolizei vom Südstrand abzulenken.

Aber eine Frage quälte Mattis besonders: Warum war Sivert nicht auf der Kohlhof-Insel geblieben, wie Tilda es angeordnet hatte?

Mattis wollte um Hilfe schreien, überlegte es sich jedoch anders. Die Schaulustigen würden das Schilfgras zertrampeln und alle Beweise vernichten. Er musste die *SAR* selbst informieren, dass Lutger erneut zugeschlagen hatte.

Kriminalhauptkommissar Henk saß gebieterisch auf dem weißen Turm der *Eduard Nebelthau* und beobachtete den Yachthafen, als Mattis sich durch die kräftigen Windböen zum Hauptsitz der *SAR* kämpfte. Jede verfügbare Ente und jeder Erpel der Insel schien sich auf den Stegen versammelt zu haben. Wie Ameisen schwirrten sie in geordneten Reihen durch die Beine der Strandläufer, die sich bei dem Geschnatter die Ohren zuhielten und schimpften.

Vor dem Rumpf des Seenotretters setzte Mattis auf. Sofort umringten ihn drei Enten, die alle gleichzeitig auf ihn einschnatterten.

»Was willst du hier?«

»Bist du angemeldet?«

»Die Sprechzeiten sind vorbei.«

Sie bedrängten ihn, bis sie sein Gefieder berührten.

»Ich muss Henk sprechen.« Mattis drängelte sich aus ihrem Kreis, um frei zu atmen. »Sagt ihm, es gibt eine weitere Möwenleiche. Lutger hat wieder gemordet. Unser Haui ist unschuldig.« Er sprach absichtlich lauter, in der Hoffnung, dass Henk ihn dort oben hörte und von selbst angeflogen kam. Sein wacher Blick hatte Mattis längst erfasst. »Ein weiterer Ältester ist tot. Sagt ihm das. Schnell!«

Das Schnattern der Enten verstummte abrupt. Ein wahrer Segen für Mattis' gebeutelte Ohren.

»Wer ist das Opfer?« Mit ausgebreiteten Flügeln segelte Henk wie ein Falke auf Beutejagd vom Turm. Die Enten flüchteten, als er zwischen ihnen auf dem Steinboden landete. »Wo genau liegt er? Wann hast du ihn gefunden? Wer weiß noch von der Leiche?« Wie bei einem Starkregen prasselten Henks Fragen auf Mattis ein.

Er berichtete dem Kriminalhauptkommissar von Siverts Kopf, den Schwimmfüßen und den Federn, von denen er sich sicher war, dass sie Lutger gehörten.

Die Begegnung mit dem Schmetterling erwähnte er nicht.

»Es ist also wahr?«, fragte eine der Enten hinter Mattis. »Ein Mörder jagt den Ältestenrat.«

Blitzmerkerin!

Henk schien von Mattis' Unruhe nichts zu bemerken. Der Erpel starrte ins Leere, während der Wind an seinem Orden rüttelte. Die aufgekeimte Stille nagte an Mattis. Nachzudenken war für ihn reine Zeitverschwendung. Es musste gehandelt werden!

»Wann lasst ihr Haui frei? Er ist nicht der Täter. Schließlich sitzt er in Haft.«

Henk hob die Flügel und wies seine Enten an. »Fliegt mit zwei Einheiten nach Burgstaaken. An den Ort, den der Zeuge genannt hat. Stellt die Beweise sicher, riegelt den Tatort ab. Lasst niemanden die Leiche sehen, wenn ich es nicht genehmigt habe.«

Keine der Enten wagte es, zu widersprechen. Gebannt blickten sie ihren Chef an, als warteten sie auf den Befehl zu atmen.

»Los! Wieso seid ihr noch hier?«

Wie bei einem Raketenstart schossen die Enten in die Luft und flogen auf die *Eduard Nebelthau*. Am Rettungsschiff scharrten sie weitere Enten und Erpel um sich und hoben gemeinsam mit ihnen ab.

»Hauke-Hinnerk ist es nicht gewesen, sagst du?« Aus schmalen Schlitzen sah Henk ihn an.

War das sein Ernst?

»Nein!«, kläffte Mattis. »Wie soll Haui einen Mord begehen, wenn er unter dem Steg schwimmt und von Wärtern beobachtet wird?«

»Hm.« Mit einem Flügel kratzte sich Henk an der Stirn. »Und du würdest alles tun, um deinen Freund aus dem Gefängnis zu holen.«

Moment ... Worauf wollte er hinaus?

»Soll das heißen, ich habe Sivert umgebracht, damit Haui entlastet wird?«

»Ich sammele nur Fakten. Das ist mein Job.« Der Erpel watschelte um Mattis herum wie ein Greifvogel, der sein nächstes Opfer begutachtete. »Wenn ich länger darüber nachdenke, fällt mir auf, dass du bei allen Funden dabei gewesen bist. Bei Richard. Bei Juna. Und auch bei …«

»Sivert«, nahm Mattis ihm das Wort aus dem Schnabel.

Das durfte nicht wahr sein. Wie konnte es für Henk danach aussehen, als wäre Mattis in die Morde verwickelt?

»Das bedeutet nicht, dass ich der Mörder bin oder irgendetwas mit den Morden zu tun habe.«

»Nicht?« Henk setzte eine gespielt naive Miene auf, die ihn müde wirken ließ. »Was bedeutet es dann?«

Scheiße.

»Schlechtes … Timing, würde ich sagen, aber nicht, dass ich Sivert und die anderen Ältesten ermordet habe.«

»Weshalb bist du in Burgstaaken gewesen? Der Südstrand ist dein Revier oder die Kohlhof-Insel. Warum spazierst du – wie zufällig – an einem Hafen herum, an dem du keinerlei Aufgaben hast?«

»Ich suche nach Lutger. Ich will beweisen, dass er der Mörder ist. Keno hat mir den Hinweis gegeben, dass ich ihn in Burgstaaken finde. Er hat mir auch erzählt, dass Haui sich mit den *Dunklen Rittern* geprügelt hat und deshalb so verwahrlost ausgesehen hat, als wir Richard gefunden haben. Er ist nicht der Mörder. Das ist offensichtlich.«

Henk lachte so laut, dass er selbst bei dem tosenden Wind zu hören war.

»Einen Kampf mit Kenos Raben hätte die Zwergmöwe niemals überlebt. Ich dachte, ihr Ältesten seid intelligent, aber wieder einmal werde ich vom Gegenteil überzeugt. Du bist dümmer als ein Wurm, wenn du alles glaubst, was dir Raben aufschwatzen.«

Mattis unterdrückte den Drang, dem Kriminalhauptkommissar eine Kopfnuss zu verpassen. Zur Ablenkung betrachtete er die Stege und verfolgte die Strandläufer, die im Sturm auf ihre Schiffe flüchteten.

»Svea!«

Zwei Erpel eskortierten Svea zum *Jollensteg 1*. Dahinter liefen Alina und Stine, beide redeten auf die Erpel ein. Zu Mattis' Unmut stand auch der Hybride hinter ihnen und gestikulierte hektisch mit Schnabel und Flügeln.

»Festgenommen wegen Aufruhr.« Henk guckte zufrieden wie nach einer übergroßen Portion Schnecken. »Bei Rebellen führen wir eine Null-Toleranz-Politik. Das müsstest du wissen, du kennst die Regeln. Genau wie Svea. Zu viele Möwen verschrecken die Touristen und sie bleiben dem Südstrand fern.«

Das Wichtigste verschwieg Henk.

»Dass Svea gegen den Ältestenrat hetzt, hat damit rein zufällig nichts zu tun?«

Der Kriminalhauptkommissar plusterte sich auf. »Sei vorsichtig, was du sagst oder du bekommst die Zelle hinter ihr. Ob du ein Ältester bist oder nicht.«

Wenn Henk glaubte, dass seine Drohung Mattis verängstigen würde, lag er falsch.

»Wie lange wird sie festgehalten werden?«

»Bis der Rebellin der Prozess gemacht wird. Viele der Kollegen sind im Urlaub. Das Ganze wird ewig dauern.« Henk reckte sich und gähnte. »Mich stört es nicht. Weggesperrt ist weggesperrt. Ob mit Verurteilung oder ohne.«

Die Arroganz, mit der der Kriminalhauptkommissar Unschuldige einsperrte, weil sie seiner Auffassung nach das Gesetz überflogen hatten, war unglaublich.

»Ich will sie sehen. Ich habe ein Recht, sie zu besuchen. Oder ist das auf einmal nicht mehr gestattet?«

»Tu, was du nicht lassen kannst.«

Eine Ente setzte neben Henk auf und flüsterte ihm etwas zu, wobei sie Mattis einen abschätzigen Blick zuwarf.

Henks Gesichtsausdruck wandelte sich in eine gequälte Miene. »Bleib in der Nähe«, verlangte er von ihm. »Verlass den Südstrand nicht. Du stehst nach wie vor unter Beobachtung, Söhnchen.« Das letzte Wort spuckte der Kriminalhauptkommissar ihm mit einer solchen Verachtung entgegen, dass Mattis sich zügeln musste, um ihn nicht anzugreifen.

»Das ist nichts Neues«, antwortete er stattdessen zerknirscht und begab sich in Richtung *Jollensteg 1*.

Die Gesichter der *Seidenfedern* waren ebenso zerknittert wie das von Henk. Mit dem Hybriden standen sie am Anfang des Stegs, Angret und Sören versperrten ihnen durch weit geöffnete Flügel den Weg.

Svea war nicht mehr zu sehen. Die beiden Erpel, die sie in ihre Zelle eskortiert hatten, kehrten gerade zurück und drängten sich durch die Flügelsperre ihrer Kollegen.

Der Gedanke, dass Svea in einem dunklen Loch schwamm, allein und ohne Hoffnung, schürte Mattis' Zorn.

Er hatte die *Seidenfedern* beinahe erreicht. Das Geschnatter der umherstehenden *SAR* übertönte fast Alinas Worte. Mattis musste sich auf ihren Schnabel konzentrieren, um nichts zu verpassen.

»Keine …, wo Fenja ist. Sie verdrückt sich … Das gefällt …«

»Sicher ist sie zu Raudi und Ignaz geflogen, um ihnen bei der Beerdigung beizustehen.« Die Stimme des Hybriden klang wie bei einem Küken, das eben erst geschlüpft war. Was fand Svea an so einer Möwe?

Sollte er ihn anniesen, würde Mattis den Hybriden bei Henk wegen Seuchenverbreitung anzeigen.

Die Gespräche verebbten, als Mattis näherkam. Alina wandte sich an Stine, deren gerötete Augen nicht verbargen, was sie fühlte. »Was will der denn? Abbitte leisten? Dafür kommt er zu spät.«

»Bestimmt kann er helfen.« Herausfordernd sah Stine ihn an. »Möwen aus dem Rat haben Sonderrechte. Er könnte uns Svea mit einem bloßen Flügelwink zurückbringen.«

Zur Begrüßung hob Mattis eine Schwinge. Beide zu umarmen, wie er es für gewöhnlich tat, war ihm bei Alinas abwehrender Haltung zu riskant.

»Ähm«, begann er, während er nach einem vernünftigen Anfang suchte.

»Steck dir dein *Ähm* an den Bürzel!«, keifte Alina. »Du traust dich was, einfach aufzutauchen, nachdem du Ladislaus vorgeschickt hast, um dich von Svea zu trennen.«

»Alina, bitte«, zischte Stine. »Lass uns erst Svea aus dem Gefängnis holen. Danach kannst du Mattis rupfen. In Ordnung?«

Alina kniff die Augen zusammen, als hätte sie an einer Zitronenschale geleckt. »Meinetwegen. Soll der Verräter sagen, was er sagen muss.«

Mattis hing der Schnabel offen. Der Schmetterling hatte mit Svea gesprochen? Er hatte seine Beziehung mit Svea beendet? »Ladis–?« Was für ein dämlicher Name! »Was hat dieser verdammte Falter getan?«

Alles war so schnell gegangen. Erst seine Zeremonie, danach Tildas Drohung. Mattis hatte sich weder bei den *Wilden* noch bei Svea gemeldet. Erst hatte er eine Brieftaube zu ihr schicken wollen, jedoch nicht gewusst, mit welcher Nachricht.

Ich komme nicht wieder, liebe dich aber sehr?

Die Ratsmitglieder lauschten jeder Brieftaube, die auf der Heiligen Birke aufsetzte und er wollte nicht, dass sie seine Gedanken kannten.

»Mattis ist unfähig. Siehst du Stine? Wir müssen das allein regeln. Ich werde unsere Freundin rausholen.« Alina schwenkte den schwarz-weiß gefleckten Kopf zum Rettungsschiff. »Da hinten ist Henk. Jetzt werden wir sehen, wer den längeren Atem hat.«

Nachdenklich schaute Stine ihr hinterher und blieb vor dem Steg stehen. Mattis musste einen Weg finden, um zumindest Stine auf seine Seite zu …

»Augustus Ferdinand Blasius III.«

Die kleinen Froschaugen des Hybriden leuchteten als freute er sich, Mattis zu begegnen.

Widerlich.

»Interessiert mich nicht, wer du bist.«

Mattis schenkte dem Fremden keine Aufmerksamkeit. Er fürchtete, ihm den Kopf in den Bauch zu rammen, wenn diese Hampelmöwe auch nur ein weiteres Wort sprach. Dafür fixierte er Stine. »Was hat dieser hinterhältige Schmetterling getan? Erzähl es mir, bitte!«

»Das solltest du doch wissen. Immerhin hast du ihn selbst zu Svea geschickt. Du hast dich lieber mit dem Rat beschäftigt, als dich um deine Freundin zu kümmern.«

Falsch. Falsch. Falsch.

Irgendjemand trieb seine Spielchen mit ihm und das Letzte, das Mattis wollte, war der Spielball irgendeines Wichtigtuers zu sein.

»Nein, Stine, ich schwöre es dir. Ich bin diesem Ladis– Ach, verdammt! Ich bin diesem Falter vorhin das erste Mal begegnet.«

»Das verstehe ich nicht. Svea hat uns erzählt, dass du einen Schmetterling namens Ladislaus geschickt hast, um eure Beziehung offiziell zu beenden. Ich erinnere mich genau an ihre Worte. Er ist zu ihr geflogen, hat sich höflich vorgestellt und ihr gesagt, dass du sie nicht mehr sehen willst. Es täte dir zwar leid, aber die Arbeit im Rat wäre zu wichtig, um sich weiterhin mit ihr abzugeben.«

Wenn der Sturm Mattis' Schwimmfüße in diesem Augenblick weggerissen und ihn weit über die Insel hinausgeschickt hätte, wäre er nicht fähig gewesen, sich zu wehren.

Er hörte, was Stine gesagt hatte, begreifen konnte er es trotzdem nicht. Warum sollte ein Fremder für ihn seine Beziehung beenden? Und weshalb hatte Svea sich darauf eingelassen? Er wusste, dass sie ihm böse war, weil er sich von ihr fernhielt. Aber dieser Schmetterling ... Wichtige Dinge im Rat? Das hörte sich eher nach seiner Tante an als nach einem Falter, der sich grundlos in fremde Angelegenheiten einmischte.

»Mir scheint, jemand hat euch hereingelegt.«

Dass der Hybride die Frechheit besaß, sich zu Wort zu melden, brachte Mattis zum Grummeln.

»Niemand will deine Meinung hören.«

»Das ist nicht die feine Art, eine Unterhaltung zu führen.«

Was der Hybride von ihm dachte, war Mattis gleich. Er wollte mit Svea sprechen, klären, was es zu klären gab. Er würde ihr alles erzählen. Von der geplanten Abschiebung, von Lutger, von seiner Liebe zu ihr und ihrer gemeinsamen Zukunft, für die er bis zur letzten Feder kämpfen würde. Er war die dümmste Möwe am ganzen Südstrand gewesen, dass er sie nicht trotz Tildas Drohung von vornherein eingeweiht hatte.

»Lasst mich durch!«, rief er Angret und Sören zu. Wie ein Deich standen die Ente und der Erpel vor ihm.

»Besuchszeit ist vorbei«, entgegnete Angret mit eiserner Miene um den braungelben Schnabel.

»Genau«, pflichtete Sören ihr bei und versperrte Mattis die Sicht auf den Steg. »Du bist einfach zu langsam, Ältester.«

»Mistmöwen!«

»Das ist Beamtenbeleidigung«, fauchte Angret ihm zu. »Wiederhol das und du sitzt ein.«

Aber Mattis ignorierte ihre Drohung. Es gab nur eine Möwengang, die ihm helfen konnte, den ganzen Schlamassel zu lösen.

»Pass auf unsere Svea auf, Stine. Ich werde eine Lösung finden. Das verspreche ich euch.«

Ob Stine ihm glaubte oder ihm den Tod wünschte, erkannte Mattis in ihrer reglosen Miene nicht. Dem Hybriden schenkte er ein abfälliges Schnaufen, das mehr sagte als tausend Worte.

Dann flog er los.

~Mattis~

Tod in den Dünen

- Auf der Promenade. Südstrand -

Das Grau der Dämmerung verschluckte mittlerweile jedweden Farbfunken und hinterließ eine trostlose Finsternis am Südstrand. Ein paar Sterne zwängten sich durch die Wolkendecke und kündigten den späten Abend an, während Mattis an den Ferienhäusern am *Strandhaferweg* vorbeiflog. Auf einem der Flachdächer bemerkte er Raudi mit der Neuen von den *Seidenfedern*. Sie schnäbelten, als stünde das Ende der Welt bevor.

Mattis sank näher an die Straße, um im Schutz der rauschenden Bäume an ihnen vorbeizufliegen. Auf Raudis provozierende Kommentare konnte er getrost verzichten. Sein Vorhaben bereitete ihm schon genug Kopfzerbrechen, denn die *Wilden* davon zu überzeugen, ihm zu helfen, nachdem er sie im Stich gelassen hatte, erforderte feinflügelige Überredungskunst ... und jede Menge frische Brötchen, die er nicht besaß.

Während des Fluges sah er sich immerzu um. Zwar hörte er durch den tosenden Wind kein Flattern mehr, das ihm folgte, doch der Gedanke, dass dieser Falter ihm auf den Schwimmfersen war, beunruhigte ihn.

In jeden seiner Flügelschläge legte Mattis besonders viel Kraft. Der hinterhältige Falter mochte Tricks besitzen, von denen er keine Ahnung hatte, aber er war nach Svea die schnellste Möwe am Südstrand. Sein Tempo würde der Schmetterling auf Dauer nicht mithalten können.

An der öffentlichen Toilette bei *Kussmann* bog Mattis auf die Promenade ab. Ein älterer Strandläufer mit feuerrotem Kopf brüllte gerade im Schein einer Laterne in sein Smartphone, während er einen weinenden Jungen in einem Bollerwagen hinter sich herzog. Auf der Sitzbank vor der Düne saßen zwei jüngere Strandläuferinnen und umarmten sich innig. Im Vorbeifliegen schielte Mattis nach ihren Eiswaffeln, jedoch fehlte ihm die Zeit, sich beide zu ergaunern.

Bei den Strandkörben begafften Strandläufer das Spektakel der brausenden Ostsee. Wie sich die Wellen jagten, aber nie erreichten, wie die Schaumkronen an den Strand gespült wurden und den Sand mit sich zurückzogen, wie der Wind die Vögel antrieb und ihre Flügel mit einer steifen Brise durchlüftete.

Auf der Terrasse des Strandhotels *Bene* flüchteten die Gäste von den Tischen, um sich im Innern vor dem Fauchen des Windes zu verstecken. Die Decken schwirrten unruhig unter dem Geschirr, während die Servietten orientierungslos durch die Luft segelten. Mattis flog im Slalom um sie herum, damit sie ihm nicht die Sicht nahmen.

Vor dem Appartementhaus *Strandburg* kreisten *Piepmätze* ein Strandläuferpärchen ein, das die Nimmersatten mit Brötchenkrümeln fütterte. Immer mehr Spatzen, aber auch Krähen versammelten sich, um ein

Stück aus der knisternden orange-weißen Brötchentüte zu ergattern. Mattis überlegte, anzuhalten und
sich in die Menge zu stürzen, um eines der begehrten
Stücke zu erkämpfen, entschied sich jedoch dagegen.
Die nicht mehr ganz so frischen Muscheln, die er in
Burgstaaken gegessen hatte, lagen ihm bereits schwer
im Magen.

»Der ist Matsch wie Schneckenschleim. Da kommt
jede Hilfe zu spät.« Ein paar Worte drangen aus der
Düne zu ihm hinauf. Anschließend tauchte Bertis
weißer Kopf zwischen den Gräsern der Düne gegenüber der *Strandburg* auf. Mattis sank auf die Promenade und drängte sich durch die Dünenrosen den
Hügel hinauf, um nachzusehen, was vor sich ging.

»Wir sollten Henk informieren. Es wäre das Beste,
wenn sich ein Profi darum kümmert.« Das war Fiete.
Seine sanfte Stimme erkannte Mattis selbst bei Sturm.

»Und dann?«, fragte Pit. Durch das Gebüsch der
Dünenrose entdeckte Mattis die *Wilden*. Sie standen
im Kreis, umringt von Strandhafer, der seine Gräser
zum Lied des Windes schwang. »Denkst du, der Erpel
glaubt uns? Der hält uns für Lügner, die sich wichtig-
machen wollen.«

Mattis kroch aus seinem Versteck, wischte die rosa
Blütenblätter vom Flügel und näherte sich den drei
Möwen. Sein rasender Puls pochte ihm bis in die
Schwimmfüße. Was er ihnen sagen würde, wie er sie
dazu bewegen wollte, ihm zu helfen, hatte er noch
nicht entschieden. Wenn es andersherum gewesen
wäre und sie ihn im Stich gelassen hätten, würde es
dauern, bis er ihnen verzieh. Das wusste er so sicher,
wie er wusste, dass die Dornen der Dünenrose ihn
jedes Mal quälten, wenn er sie streifte.

»M-Mattis«, stammelte Fiete, der ihn als Erster entdeckte.

»Geh mir weg mit dem. Der wird uns nicht helfen. Der interessiert sich nicht fü—«

»Nein, das meine ich nicht, Berti. Mattis ist da.« Mit einem seiner graubraunen Flügel zeigte Fiete auf ihn wie auf einen zweiköpfigen Fisch.

Berti und Pit drehten sich um. Keine Begrüßung, kein Leuchten in den Augen. Kein *Moin, schön, dich zu sehen* – Nichts. Seine einzige Familie behandelte ihn wie Luft.

Scheiße.

Die *Wilden* um ihre Unterstützung zu bitten, würde schwerer werden, als er gedacht hatte. Zögerlich hob er einen Flügel zur Begrüßung. Die richtigen Worte brannten ihm auf der Zunge, doch sie wollten ihm nicht über den Schnabel hüpfen.

»Was willst du von uns?« Pit sah ihn unverwandt an.

Bertis Magen knurrte lauter als der tosende Wind. Nur Fietes Schmunzeln verriet, wie sehr sich die junge Silbermöwe über seine Anwesenheit freute.

Da standen sie. Seine besten Freunde. Seine Familie. Sie passten aufeinander auf, waren füreinander da. Und sie würden es auch jetzt sein, wenn er ihnen alles erklärte, wenn er ehrlich zu ihnen war und sie miteinbezog. Gemeinsam waren die *Wilden* unbesiegbar.

»Ich brauche eure Hilfe«, sagte Mattis.

»Jetzt plötzlich?« Wie ein Hund, der sein Rudel beschützte, positionierte sich Berti vor Fiete und Pit. »Auf der Kohlhof-Insel sah es nicht danach aus, als *bräuchtest* du uns. Wir haben dich alle erkannt. Du hast keinen Flügel gerührt, als Haui nach dir gerufen hat.«

»Das war furchtbar, ich weiß.« Er ging ein paar Schritte vor, um der Mantelmöwe in die Augen zu sehen. Der Wind schoss durch die Düne und das umherwehende Gras erschwerte ihm die Sicht. »Eure Freundschaft bedeutet mir alles. Das müsst ihr mir

glauben. Ich war gezwungen, mich von euch fernzu-
halten. Tante Tilda hat mich erpresst.«

»Wie das?« Ruckartig drängelte sich Pit an Berti
vorbei. »Ich hatte gehofft, dass du uns nicht aufgege-
ben hast.«

»Das würde ich nie, Pit!« Krampfhaft unterdrückte
Mattis die aufsteigenden Tränen.

Fiete traute sich ebenfalls nach vorn und lehnte sich
an Bertis Flügel.

»Parasiten«, knirschte Berti. »Dieser muschelver-
seuchte Rat. Der ist schlimmer als jede Diät!«

Pit wedelte mit den Flügeln. »Erzähl weiter. Wie hat
sie dich erpresst?«

Die *Wilden* hörten ihm zu. Seine Freunde grenzten
ihn nicht aus, stießen ihn nicht fort, wie er es befürchtet hatte. Mit jedem weiteren Wort wich Mattis' Anspannung.

»Die Hybriden werden beim nächsten Vollmond
von der Insel verbannt. Sie entsprechen nicht dem
Gesetz der Reinrassigkeit. Meine Tante hat mir gedroht, sie alle ermorden zu lassen, wenn ich euch oder
jemand anderem von diesem Vorhaben erzähle.«

»Heilige Scheiße!« Berti nahm Fiete in die Flügel,
als müsste er sich irgendwo festhalten, um nicht umzufallen.

»Aber …« Pit hielt inne und sah an die Stelle des
düsteren Abendhimmels, hinter der sich der Mond
verbarg. »Das ist bereits morgen Abend, morgen ist
Vollmond! Wie sollen wir … Was können wir tun?«

»Ich habe es versucht, Jungs. Wirklich! Ich wollte,
dass Lutger die Ältesten belastet, aber er hat sich dagegen entschieden. Jetzt rächt er sich auf seine Weise
an ihnen. Überall habe ich nach ihm gesucht, um Haui
wenigstens entlasten zu können, denn Lutger ist der
Schlüssel. Aber auch hier …« Mattis japste nach Luft.
»Alles ohne Erfolg. Deshalb brauche ich unbedingt

eure Hilfe. Wir müssen Lutger gemeinsam fassen, damit er die Morde an den Ältesten gesteht. Mit vereinten Kräften finden wir ihn und holen unseren Freund aus dem Yachthafen. Danach kümmern wir uns um Svea. Ich bin nicht sicher, wie wir es hinbekommen werden, aber ich habe Vertrauen in die *Wilden*.«

Pit, Berti und Fiete starrten ihn mit betroffenen Gesichtern an. Glaubten sie ihm nicht? Oder hielten sie seinen Plan für fehlerhaft?

»Was ist? Was ist falsch an meiner Idee?«

»Haui ist nicht mehr zu helfen«, sagte Berti.

»Nicht aufgeben, Berti. Zusammen werden wir Lutger finden. Selbst wenn wir die ganze Insel überfliegen müssen. Wenn die *Wilden* wieder vereint sind, hält uns ni—«

»Das ist es nicht«, unterbrach Pit ihn und warf Berti einen fragenden Blick zu. Die Mantelmöwe nickte, weshalb er fortfuhr: »Es ist viel schlimmer. Wir hatten auch gedacht, besser gesagt gehofft, dass sich alles klärt, wenn wir Lutger stellen. Aber das ist jetzt nicht mehr ... Also ...«

»Beim großen Njörd! Sagt mir bitte, was los ist!«

»Der Kormoran ist tot. Er liegt eine Düne weiter.« Pit verzog den roten Schnabel und zeigte hinter sich. »Sein Kopf und sein Schwimmfuß. Mehr ist von ihm nicht übrig.«

Scheiße.

Zwischen der Dünenrose und einem dicken Büschel Strandgras hing Lutgers blutverschmierter Schädel. Seine bronzeschwarzen Federn schwammen in frischem Blut, selbst sein leichenblasser Schnabel schimmerte rot. Bei genauerem Hinsehen erkannte Mattis die weißen Stellen an Lutgers Scheitel und Nacken. Aber am schlimmsten waren die smaragdgrünen Augen, die ihn reglos fixierten.

Mattis schloss die Lider des Kormorans, damit er ihn nicht aus dem Jenseits anstarrte. Der linke Schwimmfuß lag weiter abseits, als hätte ihn jemand wie eine kaputte Muschel achtlos in den Sand geworfen. Darauf entdeckte Mattis den Abdruck zweier ineinander verfangener Kronkorken, das Zeichen für die *Stille Post*. Bei dem Toten handelte es sich zweifellos um Lutger.

Wie oft hatte Mattis sich diesen Moment vorgestellt. Zwar war Lutger in seinen Gedanken noch in einem Stück gewesen, aber dass dem Kormoran dasselbe zugefügt wurde wie seinen Opfern, hatte er sich sehnlichst gewünscht.

Aber ... Irgendetwas stimmte nicht. Je länger er ihn betrachtete, desto seltsamer fühlte er sich. Er hätte Freude und Erleichterung empfinden sollen oder wenigstens Gerechtigkeit. Stattdessen stieg eine unerwartete Traurigkeit in ihm auf. Doch nicht, weil Lutger nicht mehr lebte. Die einzige Möglichkeit, Haui zu entlasten, war gestorben. Das Schlimmste daran war, dass ein Unbekannter auf der Insel sein Unwesen trieb. Wie sollten sie denjenigen in so kurzer Zeit fangen?

»Weißt du, wer das getan hat, Klugscheißer?«

Berti lehnte sich an einen Stein und atmete schwer. Die Diät schlug ihm nicht nur auf den Magen, sondern auch auf seine Standhaftigkeit. Wenn er nicht bald ein paar Brötchen aß, wäre er selbst zu schwach zum Fliegen.

Der Wind hatte die Spuren – sofern es welche gegeben hatte – längst verwischt. Der Sand war überzogen mit Blutschlieren. Er sah weder irgendwelche Abdrücke von Schwimmfüßen noch fremde Federn.

»Ich dachte, Lutger tötet die Ältesten. Aus Rache, wisst ihr? Weil sie ihn verraten haben. Er selbst hat es mir erzählt. Wer sonst sollte sie ermordet haben?«

Einer der Hybriden? Einer wie dieser *Augustus*, der sich bei jeder Möwe einschmeichelte, alle mit seiner nervigen Art umgarnte und sich in jedes Herz schlich.

»Ich halte Fenja für schuldig. Die Zwergmöwe ist nicht koscher. Alina hat mich gebeten, ein Auge auf sie zu haben.« Pit hob die Brust voller Stolz. »Alina und ich sind jetzt zusammen, falls es dir entgangen ist.«

»Ich freue mich für dich.« Das tat Mattis wirklich, obwohl er Svea in diesem Moment noch mehr vermisste als vorher. So glücklich wie sein Freund strahlte, wenn er von Alina sprach, erinnerte Mattis daran, dass er einen mächtigen Fehler begangen hatte. »Aber warum hältst du gerade Fenja für schuldig?«

»Ihre Geschichte ist an den Federn herbeigezogen. Sie stammt gar nicht aus Burg, wie sie allen gesagt hat. Nicht eine Möwe kennt dort ihren Namen. Ich habe extra Zeit auf dem *Kaufhaus Stolz* verbracht und mich umgehört, aber niemand hat sie je gesehen.«

»Das ist ein guter Hinweis, Pit«, lobte Mattis. »Aber Fenja ist als Zwergmöwe recht schmächtig, denkst du nicht? Wie sollte sie gegen einen Kormoran antreten, der drei Mal so groß ist wie sie? Wir alle sollten eher an das Offensichtliche denken: an den niesenden Hybriden. Dieser Neuling. Er könnte ein Verwandter der Hybriden sein, die zu Pfingsten gestorben sind. Und jetzt rächt er sich an den Ältesten. Habt ihr daran gedacht? Diese Virenschleuder schreit förmlich nach einer Leiche im Nest. Das rieche ich.«

»Was du riechst, ist deine Eifersucht, Klugscheißer.« Berti verkniff sich ein Lachen.

»Augustus ist Yogi«, warf Pit ein. »Und irgendetwas mit Medi. Der krümmt keiner Fliege einen Flügel. Der prügelt sich nicht, hält sich ständig raus. Er ist sanft wie eine Feder. Unheimlich irgendwie, das ja!« Pit kicherte leise. »… aber absolut harmlos.«

»Das sehe ich anders. Dieses ständige Niesen und wie er den *Seidenfedern* auf der Pelle hockt. Absichtlich verbreitet er Viren am Strand, um uns alle anzustecken. Wenn ihr mich fragt, muss er sofort in Quarantäne.«

»Dich fragt aber keiner«, sagte Berti. Dieses Mal grinste die Mantelmöwe unverhohlen – wie in alten Zeiten!

Mattis hasste es, ausgelacht zu werden, trotzdem tat sein Herz einen Freudensprung. Wieder bei seinen *Wilden* zu sein, ließ ihn tief durchatmen.

»Augustus ist allergisch«, erklärte ihnen Fiete. »Leider verträgt er den Sand nicht. Er kommt aus Bayern und lebt dort in den Bergen. An unsere Sandmengen am Strand ist er nicht gewöhnt.«

Pah. Mattis verfiel in schallendes Gelächter, in das keine der anderen Möwen einstieg. »Was für eine Schlappmöwe. Sie kämpft nicht und fürchtet sich vor *Sand?*« Lachtränen strömten ihm aus den Augen, als würde es regnen. Die Vorstellung, wie der Hybride sich bei jedem Schritt am Strand ins Gefieder machte, befeuerte seine Schadenfreude.

Erst als er bemerkte, dass nicht einmal Pit seinen Humor teilte, schloss er schlagartig den Schnabel.

»Gut, ähm, Spaß beiseite.« Mattis räusperte sich übertrieben lang, um sich zu beruhigen. »Jedenfalls wissen wir jetzt, dass der Mörder vor niemandem Halt macht. Ob es jetzt Fenja ist oder Augustus. Das Ziel sind aber weiterhin die Ältesten. Da bin ich mir so sicher, wie ich weiß, dass Brötchen lecker schmecken. Der Rat ist unsere einzige Spur. Deshalb sollten wir wie folgt vorgehen: Ihr gebt Henk wegen Lutger Bescheid und besteht auf Hauis Entlassung. Ich werde zur Kohlhof-Insel zurückfliegen und meine Tante warnen.«

»Du willst sie warnen, Klugscheißer? Warum? Sie haben dich erpresst und von uns ferngehalten. Die alten Möwen sind es nicht wert, dass man sich das Gefieder für sie schmutzig macht.«

»Da bin ich Bertis Meinung.« Pit kam auf ihn zu und legte einen Flügel um ihn. Eine Geste, mit der Mattis nicht mehr gerechnet hatte und die er dankbar annahm. »Das wäre deine Möglichkeit, frei zu sein. Du könntest zu uns zurückkommen, am Südstrand leben. Lass den Mörder morden, bis er alle Mitglieder erledigt hat. So schlagen wir zwei Fliegen mit einem Flügel. Kein Rat mehr, keine Abschiebung mehr der Hybriden.«

»Und wenn er zum Schluss hinter Mattis her ist?«

Alle sahen Fiete an. Sein Einwand war berechtigt. Niemand konnte sagen, ob Mattis nicht längst in das Visier des Mörders geraten war.

Das Rauschen der Ostsee und der tosende Wind drängten sich wie eine kalte Dusche zwischen die *Wilden* und klärten Mattis' Gedankengänge. Dass er selbst dem Mörder zum Opfer fallen könnte, daran hatte er bislang nicht gedacht. Aber wenn Lutger nicht der Täter war, musste er sich ebenso vorsehen wie alle anderen Ratsmitglieder. Für die Öffentlichkeit saßen sie alle auf demselben Baum.

»Du hast recht, Fiete. Trotzdem muss ich es versuchen. Es besteht die Möglichkeit, dass die Ältesten von ihrem Kampf gegen die Hybriden absehen, wenn sie selbst in Gefahr sind.« Mattis ging ein paar Schritte, um die Flügel auszubreiten. »Raudis Zeremonie fängt bald an. Ich werde sowieso erwartet und muss Richards Nachfolger im Rat willkommen heißen. Kümmert ihr euch um Henk und Haui?«

»Machen wir«, bestätigte Pit. »Danach fliegen wir zu der Versammlung der Hybriden im *Haus des Gastes*,

199

wenn du dabei sein willst. Meine Freundin wird auch dort sein.«

»In Ordnung.«

Mattis breitete die Schwingen aus, um abzuheben.

»Mattis?« Fiete legte ihm einen Flügel auf den Rücken. Die dunklen Augen der jungen Silbermöwe schimmerten glasig. »Freunde für immer?«

Einen Herzschlag lang hielt Mattis die Luft an. Fietes Warmherzigkeit ließ ihn schwer schlucken.

»Freunde für immer«, röchelte er heiser und flog hastig davon, ehe jemand seine Tränen bemerkte.

~Svea~

Auf der Flucht

- Jollensteg 1. Yachthafen -

Unablässig kämpfte Haui. Wie ein halb verhungerter Berti, der leckere Teigwaren suchte, rammte er jeder Ente und jedem Erpel, die sich ihm in den Weg stellten, den schwarzen Kopf in den Bauch.

Haui stand am Ende vom *Jollensteg 1* und schnappte nach fremden Federn, Bürzeln und Schwimmfüßen. Nach allem, was ihm zwischen die rötlichbraunen Schnabelhälften kam. Mit ausgebreiteten Schwingen schlug er um sich und stieß seine Flügelspitzen in aufgebrachte Schnäbel.

»Flieg!«, forderte er Svea auf, die unter ihm im Wasser schwamm.

Bei dem Lärm, den die *SAR* zusammen mit dem Sturm verursachte, verstand sie ihn kaum. Vorsichtig schwamm sie unter den Holzlatten hervor. Haui griff gerade zwei Erpel an, die sich ihm in den Weg stellten. Beide plumpsten wie Steine in die See und trieben auf der unruhigen Oberfläche dahin. Die Strandläufer verscheuchten die SAR in der Zwischenzeit von ihren Segelschiffen und bewarfen die Vögel mit Brotkrumen.

Svea schlug die Flügel und saß wenige Momente später auf ihrer Zelle. Die aufgewirbelte Seeluft roch fantastisch und der frische Wind zwischen den Federn fühlte sich nach Freiheit an.

Unter unnachgiebigen Flügelschlägen, Schnabelbissen und Schwimmfußtritten drang Haui bis zur Mitte des Stegs vor. Er drehte sich, duckte sich und schwang die Flügel, um den Enten sowie Erpeln nicht zwischen die schnappenden Schnäbel zu kommen – alles ein Ablenkungsmanöver, damit Svea aus dem Yachthafen fliehen konnte.

Von einem Augenblick auf den nächsten war er aus seiner Zelle ausgebrochen und hüllte den Hafen seitdem in Chaos. Von dem Ufer waren die Wärter auf ihn zugeflogen und hatten sich im Sturzflug auf ihn geworfen.

Sveas Proteste waren Haui egal. Er ignorierte ihre Bitten. Stur wie er war, wollte er ihr die Freiheit schenken. Was mit ihm selbst geschah, scherte ihn offenbar nicht.

»Jetzt verschwinde!« Mit dem Kopf stieß Haui eine weitere Ente vom Steg. Doch Svea blieb an Ort und Stelle stehen. Ihren Freund kämpfend zurückzulassen, lähmte ihr die Schwimmfüße.

»Komm mit mir!«, flehte sie ihn durch den Wind und das Geschnatter der SAR an. »Ich werde nicht ohne dich fliegen.«

Ein Erpel sprang Haui von hinten an und drückte ihn zu Boden. Selbstgefällig setzte er sich auf ihn und hielt ihn auf diese Weise in Schach.

Svea wollte der Zwergmöwe helfen, doch Haui sah sie mit dem dunklen Auge warnend an, während seine mattroten Beine unter dem Gewicht des Erpels zappelten.

»Verschwinde!«, presste er aus dem Schnabel. Der Erpel über ihm breitete die Schwingen aus und hüllte Haui ein. Svea zögerte, obwohl zwei weitere Enten auf dem Steg landeten. Haui opferte sich für sie. Ihn im Gefängnis zurückzulassen, sprach gegen alles, was sie in ihrem Leben über Freundschaft und Hilfsbereitschaft gelernt hatte. Was würde die *SAR* mit ihm anstellen, wenn sie ihn zurückließ? Nahrungsentzug? Folter? Oder Genickbruch?

Allein die Vorstellung brachte Sveas wirre Gedanken zum Toben.

Am Anfang des Stegs hüpften Alina, Stine und Augustus auf und ab. Zwei *SAR* Wärter hinderten sie daran, zu ihr zu gelangen. Ihre Freunde kreischten nach ihr und baten darum, dass sie zu ihnen flog.

Wie aus dem Nichts setzte Haui sich durch, rollte sich unter dem Erpel hervor und rang ihn mit intensiven Schnabelbissen zu Boden. Der Erpel wetterte Schimpfworte, während Haui ihn nach unten drückte. Mit den Flügeln fegte er eine der Enten vom Steg. Ein kurzer Schrei und sie tauchte unfreiwillig in der Ostsee ab. Die andere Ente zog er zu sich und warf sich ihr entgegen, bis sie stöhnte.

»Beim großen Njörd! Muss ich dich erst zwingen?« Haui presste den Schnabel der Ente in das Holz und traktierte den Vogel dabei mit Schwimmfußtritten. Niemand am Südstrand kämpfte leidenschaftlicher als Haui. »Verschwinde, Svea. Jetzt gleich!«

Doch Sveas Beine verharrten auf der Stelle, als hing ein schweres Gewicht an ihnen. Ihre Vernunft riet ihr, zu fliehen. So eine Gelegenheit kam nie wieder. Aber ihr Herz schrie danach, auf Haui zu warten.

Die Ente, die im Wasser gelandet war, flog zurück auf den Steg. Haui stieß sich ab und sprang ihr wie ein Frosch mit aufgerissenen Flügeln entgegen.

»Svea!«, brüllte er und schimpfte, während er sich mit der Ente wie ein Knäul aus Federn über den Steg rollte. Wie versteinert beobachtete sie das Geschehen und hoffte, dass Haui die Vögel schnell besiegte, damit sie gemeinsam fliehen konnte.

Ein Erpel näherte sich Svea von hinten. Sein Watscheln vernahm sie erst, als er nach ihr schnappte.

»Hab ich dich!«

Doch sie war schneller. Mit ausgestreckten Schwingen fegte sie umher, brachte den überraschten Erpel zum Wanken und schob ihn mit aller Kraft vom Steg.

»Jetzt, Svea!« Wie ein Eroberer stand Haui auf der keuchenden Ente und stampfte mit den Schwimmfüßen auf ihrem Gefieder. »Ich komme nicht mit. Ich halte die Vögel auf, die dir folgen wollen.«

Ihr blieb nichts anderes übrig. Hauis Opfer sollte nicht umsonst sein. Svea nickte ihm zu. »Danke!«

Dass die Zwergmöwe ihr zur Flucht verhalf, würde sie nie wieder gut machen können. Aber sie würde einen Weg finden, ihn und alle anderen, die unschuldig in ihren Zellen saßen, aus dem Gefängnis zu holen. Selbst wenn sie dafür mit allen Hybriden in die Offensive gehen musste. Das hatte sie sich geschworen.

Der Erpel stemmte sich aus dem Wasser zurück auf den Steg. Svea flog davon, ehe er sie ergreifen konnte. Sie bekam noch mit, dass er ihr folgte, aber kein Vogel am Südstrand flog schneller als sie. Selbst ein gewisser Jemand konnte ihr im Wettfliegen nicht das Seewasser reichen. Sie beschleunigte die Flügelschläge, nutzte den Sturm als Unterstützung und ließ den Erpel hinter sich.

Unter ihr stürmten fünf weitere Erpel den Steg. Sie umkreisten Haui und griffen ihn gleichzeitig an. Svea zitterte bei dem Gedanken daran, wie die Zwergmöwe gegen alle antrat und hoffte, dass er die *SAR* mit seinen Kampfkünsten bloßstellen würde. Sie selbst wich einer Ente aus, die sich ihr von der Seite her näherte. Ihre Flucht war offiziell nicht mehr geheim, denn die Wärter vor dem *Jollensteg 1* schlugen Alarm.

Alina, Stine und Augustus hoben ab, als sie über ihren Freunden hinwegflog. Sie folgten ihr, wohin sie auch fliehen würde, dessen war sie sich sicher.

Doch zuvor musste sie die *SAR* loswerden. Hinter ihnen flogen zwei Enten und drei Erpel.

»Wir treffen uns am vereinbarten Ort!«, rief sie den *Seidenfedern* sowie Augustus zu und beobachtete, wie die *SAR* an ihnen vorbeizog.

Alina, Stine und der Hybride winkten ihr zu, während sie in die andere Richtung abbogen. Svea flog dem Sturm entgegen, direkt auf die Ferienwohnungen zu. Von Pit wusste sie, dass es dort Schlupfwinkel gab, in denen er sich vor den *Dunklen Rittern* versteckt hatte, als er ihnen bei *Mensch ärgere dich* aus Versehen in die Quere gekommen war.

»Stopp!«, keifte eine der Enten hinter ihr her. »Tritt sofort den Sinkflug an!«

Aber Svea dachte nicht daran, zu gehorchen. Vor ein paar Tagen noch hätte sie sich dem Gesetz gebeugt. Aber jetzt, jetzt war sie eine Rebellin.

Dass sich ihr Leben in kürzester Zeit auf diese Weise verändert hatte, konnte sie noch immer nicht glauben. Sie war froh, ihre Freunde auf ihrer Seite zu wissen, mit denen sie zusammen jede Hürde überfliegen würde.

Mit schnellen, kurzen Flügelschlägen floh sie über den Parkplatz an der Straße *Am Yachthafen* entlang, kreuzte danach den *Strandhaferweg* und umflog das erste Ferienhaus, um in den *Dünenweg* einzubiegen. Jeder Flügelschlag brachte sie weiter nach vorn und mehr Abstand zwischen sie und die Polizei. Ungesehen überquerte sie den Strandläuferweg und suchte im *Dünenweg* nach einem Versteck, in dem sie durchatmen konnte.

Zwischen zwei Ferienhäusern fand sie eine winzige Zuflucht. Auf den grauen Steinplatten vor dem seitlichen Eingang setzte sie auf und quetschte sich neben einen steinernen Blumentopf, der an die Hauswand grenzte. Die hängenden Blätter und Blüten der violetten Geranien kitzelten sie am Schnabel, trotzdem rührte sich Svea nicht. Stattdessen drückte sie sich in die untere Ecke und schloss für einen Moment die Lider.

Was für ein Albtraum.

Die *SAR* hatte Haui inzwischen gewiss überwältigt. All die Möglichkeiten, mit denen sie ihn quälen würden, verdrängte sie aus ihren Gedanken. Sveas Atem ging schnell, wie noch nie zuvor. So leise wie möglich rang sie nach Luft, damit ihre Verfolger nicht auf sie aufmerksam wurden.

Das Unwetter erschwerte es ihr, sich auf die Geräusche an der angrenzenden Straße zu konzentrieren. Allein das Rauschen des Windes und das Ächzen der Bäume hörte sie. Nicht einmal ein schnelles Flügelschlagen.

War die *SAR* an ihr vorbeigerauscht, ohne dass sie es mitbekommen hatte? Vorsichtig schlich sie ein paar Schritte und schaute um den Blumentopf herum.

Nichts.

Wie eine Maus presste sie sich an die Hauswand und pirschte sich voran, ehe sie auf die Straße blickte. Die Baumwipfel kämpften im Sturm um die Oberhand. Aber niemand von der Entenpolizei war zu sehen.

Sie setzte einen Schwimmfuß vor den anderen, um unter den parkenden Autos Schutz zu suchen. Der Gummigeruch der Reifen umhüllte sie, als sie unter einem mintgrünen VW-Bus erstarrte. Die Bürzel zweier Erpel ragten über die Seite des weißen Autodachs hinaus. Geschwind huschte Svea zurück unter den Bulli. Ein falscher Schritt und die *SAR* bemerkte sie.

»Wo ist die Gefangene?«, fragte eine Ente. »Sie kann sich nicht in Luft auflösen. Cordula fliegt zwischen den Häusern umher. Wir sollten auch weitersuchen.«

»Ganz ruhig, Silke«, sagte ein Erpel. »Norbert ist bald mit der Verstärkung zurück. Zusammen durchkämmen wir den Südstrand, Muschel für Muschel. Wir werden die Flüchtige finden. Wir finden jeden. Sie kann nicht weit sein.«

Mehr brauchte Svea nicht hören. Sobald es zwischen den Ferienwohnungen und Bungalows von der *SAR* wimmelte, hatte Haui sich umsonst geopfert und sie würden sie zurück zum Yachthafen eskortieren.

Vor Aufregung hielt sie die Luft an. In drei von vier Richtungen würden die Enten und Erpel über ihr sie vom Dach aus sehen, ob sie davonflog oder querfeldein lief. Dafür gab es im *Dünenweg* zu wenig Bäume, die ihre Flucht vertuschen würden. Allein die Häuser, die in einem sanften Halbkreis zur Ostsee standen, gaben ihr einen gewissen Sichtschutz. Svea duckte sich und kroch zurück zum Blumentopf, von dem sie gekommen war. Bei jedem Schritt schielte sie in die Luft, um sich nach dieser Cordula umzuschauen.

Aber von der Ente war – Njörd sei Dank! – nichts zu sehen.

Neben dem Blumentopf atmete Svea durch und überlegte, wie sie am schnellsten zum Treffpunkt gelangte, an dem die Hybriden und *Teufelsmöwen* auf sie warteten. Das *Haus des Gastes* lag zwar an der Promenade, gehörte jedoch zum Besitz von Kumpel Fasan. Tagsüber benutzten die Strandläufer die Räumlichkeiten für Ausstellungen, nachts besetzte Burger das leerstehende Gebäude für private Events. Aber vor allem war es ein Ort, zu dem die *SAR* keinen Zutritt besaß, es sei denn, sie wollten Bekanntschaft mit Burgers Schlägerspechten machen.

Svea eilte los. Sie durfte nicht Gefahr laufen, von der *SAR* auf dem Autodach gesehen zu werden. Sie rannte am Haus auf den kalten Steinplatten entlang. Ihr Atem ging so schnell, dass sie sich fast verschluckte. Svea hob die Flügel, damit sie rasch abheben konnte, falls die *SAR* hinter ihr herflog.

An der Hausecke verharrte sie und spähte in die Dunkelheit. Die steife Brise brauste an ihr vorbei, als würde sie ganz Fehmarn mit sich reißen wollen. Eine mächtige Wolkendecke hing über ihr, die keinen Stern und kein Mondleuchten hindurchließ. Wenn sie zum *Haus des Gastes* laufen würde, von Busch zu Busch und von Bungalow zu Bungalow, würde die *SAR* sie einholen, ehe sie an der Promenade angelangt war.

Hinter ihr polterte es. Entweder flog der Deckel einer Mülltonne auf oder die *SAR* war ihr nun auf den Schwimmfüßen.

Svea wollte nicht warten. Jetzt oder nie.

Sie stieg in die Luft, schlug die Flügel und bog um die Ecke. Sie zog an den Terrassen der Bungalows vorbei, auf denen sich die Planen der Strandkörbe krampfhaft festhielten. Die See zu ihrer rechten, nicht weit von ihr entfernt, schwappte auf das Ufer, als wollte sie die Insel verschlingen. Den Geräuschen nach zu urteilen, folgte ihr niemand, doch zur Sicherheit schaute sie sich mehrfach um.

Kein Vogel war da, nicht einmal ein Strandläufer.

Der Sturm peitschte an ihr vorbei, zwang sie, die kräftigen Flügelschläge zu beschleunigen. Doch aufhalten konnte er sie nicht. Niemand konnte das.

Das *Haus des Gastes* versprühte von Weitem den ungemütlichen Charme eines schäbigen Kaninchenbaus. Svea passierte im Flug den Spielplatz, auf dem die Strandläufer auf Trampolinen springen konnten, und bog vor der *FehMare* Badelandschaft zum *Haus des Gastes* ab. Burgers Schlägerspechte standen mit wenigen Metern Abstand wie Pfeiler um das Gebäude herum, dessen Glasfronten von innen mit Plakaten einer Ausstellung verdeckt war. Selbst wenn die Sonne geschienen hätte, Svea wäre nicht in der Lage gewesen, zu sehen, was im *Haus des Gastes* vor sich ging.

Ihr Landeanflug gestaltete sich äußerst wackelig. Die Windböen wollten sie vom Erdboden fernhalten, doch sie schaffte es mit voller Konzentration, auf den steinernen Platten Halt zu finden.

Wie unzufriedene, ausgestopfte Vögel starrten die Schlägerspechte geradeaus. Keiner von ihnen schien sie zu bemerken, als sie über die Steine eilte. Zwei hohe Eingangstüren, bei denen Svea nicht wusste, wie sie zu öffnen waren, versperrten ihr den Weg. Davor standen vier Schlägerspechte mit durchgestrecktem Rücken und wirkten wie unüberwindbare Säulen. Sie hielten die langen Meißelschnäbel gefährlich geradeaus, um jeden Fremden vom Eindringen abzuhalten. Von ihrem glatten, schwarz-weißen Gefieder stand nicht eine Feder ab, während Sveas Federkleid durch den Sturm aussah wie ein aufgeschreckter Igel.

Die keilförmigen Schwänze der Spechte ruhten regungslos in der Luft, bereit, sie zum Angriff in jede Richtung zu steuern. Ihre Anspannung war deutlich in den wachen Augen zu erkennen, doch die kräftigen

Krallen an den Zehen zuckten keinen Millimeter, als Svea nähertrat.

»Halt!«

»Stopp!«

»Stehenbleiben!«

»Keinen Schritt weiter!«

Svea erkannte nicht, welcher der Schlägerspechte zuerst gesprochen hatte.

»Bitte, ich muss da rein«, flüsterte sie, um keine Aufmerksamkeit zu erregen. »Ich werde erwartet. Bitte lasst mich hinein.« Unruhig trat sie auf der Stelle und fürchtete bereits, weiterfliegen zu müssen. Sollte sie keinen Einlass erhalten, müsste sie sich irgendwo in Meeschendorf oder Staberhuk einen schäbigen Unterschlupf suchen, um sich ihr Leben lang vor der *SAR* zu verstecken.

Das war kein Leben, wie sie es sich vorstellte. Sie wollte ein ehrliches Männchen an ihrer Seite, mit dem sie sich eine gemeinsame Zukunft aufbauen konnte, und nicht als meistgesuchte Möwe in der Einsamkeit unter einem Wohnmobil versauern. Automatisch zog sie größere Kreise vor den Spechten, wobei sie ihre angriffslustigen Schnäbel im Auge behielt.

Erwarteten die Spechte, dass sie mit ihnen um den Einlass kämpfte? Ihre tiefroten Unterschwanzfedern unter dem hellen Bauch wirkten, als kämen sie gerade aus einem Kampf. Und das siegreich.

»Halt!«

»Stopp!«

»Stehenbleiben!«

»Keinen Schritt weiter!«

Die Schlägerspechte bewegten die Meißelschnäbel so schnell, dass Svea nicht erkannte, wer von ihnen das Wort an sie richtete. Ihr Blick huschte von links nach rechts und durch die fehlende Decke des Vorbaus nach oben. Bis die *SAR* die Promenade und die

Dünen durchforstete, würde es nicht mehr lange dauern. Verzweifelt biss sie den Schnabel zusammen. Ihre Flucht durfte nicht daran scheitern, dass sie im *Haus des Gastes* keinen Einlass erhielt.

»Bitte!«, flehte sie die Spechte an und lief von einem Vogel zum anderen. »Es ist dringend, ich werde erwartet.«

»Verschwinde!«

»Flieg weg!«

»Zutritt verboten!«

»Mach 'ne Fliege!«

»Bitte! Lasst mich durch!« Svea spannte die silberschwarzen Flügel auf und wedelte sich weiter in Rage, während sie vor der Eingangstür im Kreis lief. Wenn sie glaubten, sie mit ihrer sturen Haltung zu beeindrucken, hatten sie sich geirrt. Svea war nicht mehr die Möwe, die sich von Männchen herumschubsen ließ. Wenn die *SAR* sie nicht aufhalten konnte, würde sie sich von Burgers Spechten auch nicht davon abhalten lassen, zu ihren Freunden zu gelangen.

Selbst wenn sie dafür zu einem zweiten Haui werden musste.

»Wenn ihr es nicht anders wollt.« Bedrohlich scharrte Svea mit den Schwimmfüßen auf den Steinplatten und richtete den Kopf so aus, dass sie ihn in den hellen Bauch des Spechtes vor ihr stoßen konnte.

Der Schlägerspecht schien Sveas Absicht zu erahnen. Er schnellte nach vorn und hielt ihr den Meißelschnabel zur Abwehr entgegen. Seine Kameraden folgten der Aufforderung und streckten die Schnäbel allesamt in Sveas Richtung.

»Kirsche!«, rief eine bekannte Stimme durch den Sturm. Ihr Blick huschte nach rechts. »Hier drüben.« Alina schaute ein paar Meter weiter aus der unteren Glaswand hervor, die von Rissen und Sprüngen gekennzeichnet war.

Svea eilte ihrer Freundin entgegen. Vor der zerstörten Scheibe, aus der das Glas wie Eiszapfen heraushing, blieb sie stehen.

»Wo bist du gewesen? Wir haben uns schreckliche Sorgen gemacht.« Alina zog den Kopf ein und deutete mit einem Flügel an, ihr zu folgen. Wie ein Regenwurm krümmte sich Svea, um nicht von den scharfen Auswüchsen des Fensters geschnitten zu werden. Obwohl sie mit ihrer größeren Statur als Küken einer Silbermöwe und einer Mantelmöwe recht zufrieden war, wünschte sie sich in diesem Moment, lieber eine kleinere Zwergmöwe oder eine Lachmöwe zu sein.

Meterhoher Staub empfing sie im *Haus des Gastes*, flügelgroße Spinnenweben und alte Möwen. Ein beißendes Duftgemisch. So flach wie möglich atmete sie, als sie Alina in den Saal folgte.

Die *Teufelsmöwen* saßen in der hintersten Ecke in einem Kreis auf dem Podest und verzehrten Muscheln. An ihrer Seite unterhielten sich Hybriden, die Svea von ihrer Versammlung am Strand wiedererkannte. Ein paar von ihnen rangelten zum Spaß auf den Treppenstufen miteinander.

»Hattest du vor, dich mit Burgers Armee anzulegen?« Im Gehen zwinkerte Alina ihr zu. »Du hättest sie bestimmt allesamt platt gemacht.«

»Eher nicht«, sagte Svea, als sie Stine entdeckte. Ihre Freundin beugte und streckte sich neben den *Wilden* und Augustus, als bereitete sie sich für die Sommerspiele vor. »Ich hätte kaum gegen die Schlägerspechte bestehen können. Ihre Schnäbel sehen aus, als wären sie aus Stahl. Hast du sie dir mal angesehen? Gegen die Spechte kommt niemand an.«

Alina gluckste und hüpfte fünf Treppenstufen in den Saal hinab. »Du wirst noch bekannter werden als Jörn, Kirsche. Legendär und gefürchtet am ganzen Südstrand.«

Vor Schreck blieb Svea an der Treppe stehen. Jörn hatte zusammen mit ihrem Großvater die *Teufelsmöwen* angeführt. An vorderster Front war er gegen die Polizei und den Rat angetreten, bis er schließlich in der Ostsee versunken war.

Ein eiskalter Schauder überfiel sie. Sie wollte nicht wie Jörn kämpfen. Sie wollte weder ins Gefängnis noch in dem stickigen *Haus des Gastes* hocken mit dem Wissen, dass draußen die *SAR* lauerte und sie bei jedem falschen Schritt festnahm. Sie wollte Frieden – nichts anderes. Ohne Konflikte am Südstrand leben und nicht darum bangen, nachts ermordet oder wegen einem zu lauten Huster eingesperrt zu werden.

»Svea!« Stine kam auf sie zugelaufen und umarmte sie so fest, dass Svea beinahe umgefallen wäre. »Ist dir jemand gefolgt? Geht es dir gut?«

»Mir ist nichts geschehen. Hat die *SAR* euch gejagt?«

»Alles lief glatt, mach dir bloß keine Sorgen.« Stine sprach ungewohnt laut. Anschließend zog sie Svea zu sich und flüsterte ihr ins Ohr. »Augustus hat die *SAR* auf seine Fährte gelenkt. Aber ich bin ihnen trotzdem hinterher, weil ich ihn nicht allein lassen wollte. Du weißt ja, er kennt sich am Südstrand nicht aus.« Stine atmete aufgeregt, als wäre sie in einen Hundehaufen getreten. »Stell dir vor«, sie senkte die Stimme und Svea musste sich anstrengen, um sie bei den tobenden Möwen im Hintergrund zu verstehen. »Augustus hat es mit fünf Vögeln gleichzeitig aufgenommen. Fünf, Svea! Als ich bei ihm ankam, lagen sie wie leere Flaschen auf dem Rasen. Alle tot.« Eindringlich sah Stine sie an. »Unser Yogalehrer ist nicht so sanftflügelig, wie du denkst.«

»Augustus? Du musst dich irren, Stine! Er hält sich doch aus jeder Rauferei raus. Er meditiert, wenn Vögel sich bekämpfen.«

Svea suchte den Hybriden zwischen den *Wilden* und fand ihn an Bertis Seite. Er wackelte mit den Flügeln und Schwimmfüßen, während er mit ihnen sprach.

Für einen Moment stockte Svea der Atem. Wie ein Luchs verfolgte Augustus jede ihrer Bewegungen. Als sich ihre Blicke trafen, bemerkte sie, dass in seinen Augen etwas Dunkles lauerte. Etwas Fremdes, dass ihr vorher nicht aufgefallen war. Wie Stunden kam es ihr vor, bis er den Schnabel öffnete und sie begrüßte.

»Mylady!«, rief er. »Wir sind froh, dass du es geschafft hast!« Fröhlich winkte er ihr zu und doch ... Er hatte sich verändert. Diese Leichtigkeit in seinem Gemüt war verschwunden. Als hätte der brausende Sturm sie über die Ostsee vertrieben.

Je länger Svea ihn betrachtete, desto mehr fragte sie sich, was sie von dem Hybriden wusste und was er vor ihr verbarg. Zu welchen Taten war er fähig, wenn er die Enten und Erpel der *SAR* ausschalten konnte?

Sie besaß kaum Informationen über ihn. Zu wenig, um sich eine flügelfeste Meinung zu bilden. Er war Yogi und Meditationslehrer aus dem Süden. Einer von Ignaz' Freunden. Und wenn ihr Cousin ihm vertraute, durfte sie es auch. Immerhin reisten die beiden seit einiger Zeit gemeinsam durch die Welt. Außerdem besaß er die wunderschönsten Augen, die sie je gesehen hatte. Aber reichte das aus, um eine Möwe wirklich zu kennen? Um ihr zu vertrauen?

»Lutger ist tot.«

Wie aus der Ferne drangen Pits Worte an Sveas Ohren.

»Wir haben ihn gesehen. Naja, das, was von ihm übrig war. Sein Kopf und sein Schwimmfuß lagen wie Abfall in der Düne.«

Fiete und Berti zogen Grimassen. Auch Alina und Stine ekelten sich, so wie sie die Schnäbel verzogen. Augustus jedoch zeigte keine Regung, weder Mitleid noch Freude. Er wirkte wie Burgers Schlägerspechte, wie eine muskelbepackte Hülle ohne Wärme im Herzen.

»Wir haben es Henk erzählt«, fuhr Pit fort. »Aber er sprach bloß von Hauis Fluchtversuch und Sveas Ausbruch. Wir wollten, dass er ihn freilässt, weil er nicht der Mörder ist. Aber Henk hat uns verscheucht. Er muss erst alle Fakten prüfen, ehe er eine Entscheidung fällt.«

Svea hörte, was Pit sagte, doch es fiel ihr schwer, zu glauben, dass der Kormoran tot war. Dass das Monster vom Südstrand nicht mehr leben sollte. Wenn sie nachts auf dem Strandkorb die Augen schloss, fühlte sie Lutgers Atem an ihrem Hals und wie er sie auf der Rinderwiese mit den Flügeln an sich gedrückt hatte. Er hatte sie tot sehen wollen, weil sie eine Hybridin war und damit für ihn ein abscheuliches Geschöpf wider die Natur.

»Ich will ihn sehen.« Es musste sein. Svea musste sichergehen, dass der Kormoran nicht mehr am Leben war, dass sein letzter Atemhauch versiegt war. »In welcher Düne liegt er?«

Ein Aufschrei ging durch ihre Freunde.

»Auf gar keinen Fall!«, sagte Alina.

»Du bleibst bei uns!«, forderte Stine.

»Du wirst von der *SAR* gejagt«, fügte Augustus hinzu und trat aus der Mitte hervor. »Du solltest dich am allerwenigsten hinauswagen. Ich fliege, wenn du unbedingt willst. Stine und Alina sind zu auffällig. Sie würden die *SAR* in dieses Versteck führen. Mich hingegen kennt die Polizei nicht.«

Stimmt. Und die Enten und Erpel, die dich verfolgt haben, können nicht mehr von dir berichten.

»Du vertraust mir doch, oder?«

Eine Frage, die Svea vor ihrer Flucht mit einem lauten »Ja!« beantwortet hätte. Aber jetzt, nachdem Stine ihr von seiner Tat erzählt hatte … Wer war dieser Hybrid mit den wunderschönen Augen?

»Svea?« Augustus wirkte, als lächelte er gequält. Die Leichtigkeit um seinen Schnabel war verschwunden. »Langsam glaube ich, dass du mi—«

»Nein, entschuldige! Ich bin bloß gestresst. Das Alles nimmt mich ziemlich mit.«

»Ich verstehe dich.« Er beugte sich zu ihr, um sie zu umarmen, doch Svea wich aus. Irgendetwas in ihr sträubte sich, ihm in diesem Augenblick nahe zu sein. Schnell wich sie seinen pechschwarzen Flügeln aus und lief an ihm vorbei.

»Geh ruhig. Geh du für mich schauen, ob Lutger in der Düne liegt. Ich muss mit meinem Großvater sprechen. Wir müssen uns auf die Revolution vorbereiten.«

Dass sie Jupp fragen wollte, was er von Augustus hielt und ob der Hybride aus seiner Sicht ein Mörder sein könnte, behielt sie für sich.

~Mattis~

Die Sturheit der Möwen

- Heilige Birke. Kohlhof-Insel -

Der Sturm erschwerte Mattis das Vorankommen. Die Windböen drückten ihn während des Flugs an das begrünte Ufer zurück. Als würde der große Njörd ihn persönlich davon abhalten wollen, die Ältesten zu warnen. Aber Mattis konnte nicht untätig dabei zusehen und warten, wie es weiterging. Flügelschlag um Flügelschlag kämpfte er sich weiter über den Burger Binnensee zur Kohlhof-Insel.

Lutger war tot. Eine Tatsache, die Mattis ebenso verrückt fand wie den Umstand, dass der Kormoran nicht der Mörder der Ältesten sein sollte. Alles an den Tatorten roch nach Lutger, nach seiner Hinterlist, seinem Hass. Nur, dass seine Kunst eine neue Stufe von Wahnsinn erreicht hatte und er nun die Opfer in seiner Mordlust zerriss.

Oder führte ihn jemand am Schnabel herum? Gab es eine andere, eine bisher unbekannte Figur, die er nicht auf dem Radar hatte?

Das aufbrausende Wasser der Ostsee peitschte an seinen Bauch und zwang ihn in die Höhe zu steigen, aber von seinem Kurs wich er nicht ab. Obwohl sich die Dunkelheit langsam über Burgtiefe ausgebreitet hatte, steuerte Mattis auf die Kohlhof-Insel in der Mitte des Binnensees zu.

Hatte Lutger einen Partner? Den Graureiher vielleicht? Immerhin war Jonte sein ehemaliger Kollege und obwohl er vorgab, den Kormoran zu hassen wie eine Scherbe in der Kralle, verband beide eine Abneigung gegen den Rat. Aber würde der Journalist für eine gute Schlagzeile Morde begehen?

Lutgers Tod konnte ein Unfall gewesen sein. Jemand hatte ihn auf seinem Rachefeldzug auf frischer Tat erwischt. Derjenige könnte den Kormoran ebenso zugerichtet haben wie Lutger seine eigenen Opfer. Aber wer wäre stark genug, einen Kormoran zu besiegen?

Mit ausgebreiteten Flügeln glitt Mattis über die stürmische See und ließ seine Gedanken sich entfalten. Die steife Brise, die ihm durch sein Gefieder stürmte, durchflog er mit wechselnden Kurven über das ungestüme Wasser.

Wer wäre kräftig und schnell genug, es mit einem Kormoran aufzunehmen? Tilda kam ihm als erstes in den Sinn. Seiner Tante war alles zuzutrauen. Wenn sie sich mit den anderen Ältesten zum Südstrand begeben hatte und ... Nein! Tilda verließ die Heilige Birke nur in absoluten Ausnahmesituationen. Außerdem musste sie Raudis Zeremonie vorbereiten, da hätte sie keine Zeit gehabt, Lutger zu suchen und zu töten.

Was war mit ... Wie hieß er? Der nervige Hybride? Augustus Ferdinand Blasius III. Einen dämlicheren

Namen hatte Mattis selten in seinem Leben gehört. Dieser Name schrie buchstäblich danach, dass sein Träger einen an der Muschel hatte. Warum bemerkte das niemand außer ihm? Als *harmlos* hatte Pit den Nieser bezeichnet. Keine Möwe war *harmlos*. Schon gar kein selbst ernannter Yogalehrer, der Anspruch auf Svea erhob. Aber er hatte Pit in diesem Moment nicht widersprechen wollen. Wieder ein Teil der *Wilden* zu sein, durfte er nicht riskieren. Er würde seinen Freunden auf eine andere Art beweisen müssen, dass der Neue kein reines Gefieder besaß. Geheimnisse kamen am Südstrand immer ans Licht.

Bei dem Gedanken an den Hybriden zog sich sein Magen zusammen, als wollte er sich auflösen. Einzig und allein, dass Haui frei sein würde, beruhigte ihn. Henk musste inzwischen eingesehen haben, dass die Zwergmöwe nicht der Mörder war. Bald wären die *Wilden* wieder vereint und konnten sich gemeinsam dem Problem mit der Abschiebung widmen, sollte Mattis abermals daran scheitern, seiner Tante ins Gewissen zu reden.

Auf der Heiligen Birke war es ungewöhnlich ruhig, allein der Wind rauschte durch die Blätter. Mattis setzte auf dem Ast seiner Vorfahren auf und suchte nach Tilda. Raudi saß auf Richards Ast, sein Blick haftete auf Fenja und Ignaz, die unten am Baumstamm standen und ihm undefinierbare Flügelzeichen gaben. Ehrenfried, Alkmund, Melina, Lennja, Hindrik und Anderson hockten schweigend mit gesenkten Köpfen auf ihren Plätzen.

»Tante Tilda!«, rief Mattis in den Wipfel. Bis auf Raudi schreckten die Ältesten um ihn herum hoch, als wäre er ein kläffender Schäferhund.

Zwischen den herzförmigen Blättern der Baumspitze wackelte es. Die Altmeisterin saß definitiv auf ihrem Ast.

Üblicherweise war es nicht gestattet, sie im Wipfel aufzusuchen, doch Mattis hielt die seltsame Stille auf dem Baum nicht aus. Er flog an Anderson, Lennja und Alkmund vorbei, um auf Tildas Ast aufzusetzen.

Was er am Ende der Birke entdeckte, raubte ihm den Atem.

Ein Schmetterling saß vor seiner Tante. Ladislaus, der Schwalbenschwanz, höchstpersönlich. In hohen Tönen wisperte er ihr mit seiner vibrierenden Stimme ins Ohr.

»Ihr ... kennt euch?«

Mit offenem Schnabel marschierte Mattis über die Rinde. Nur schwer widerstand er dem Drang über den Tagfalter zu laufen, als wäre er ein Stück belangloses Papier.

Ladislaus' Flügelschlag hielt abrupt inne.

»Du überschreitest deine Kompetenzen, Neffe! Du hast auf meinem Ast nichts zu suchen.«

Rücklings lehnte Tilda lässig am Baumstamm. Dass sie vor Zorn fast explodierte, bemerkte er nur am Zittern ihrer Stimme. Sie hasste es, wenn sich jemand nicht an die Regeln des Ältestenrats hielt.

Aber Regeln waren Mattis gleich. Es war an der Zeit, das Geheimnis um den fiesen Falter zu lüften. Absichtlich vermied er es, dem Tagfalter in die Facettenaugen zu sehen. Diesen Fehler würde er nicht noch einmal begehen.

»Beantworte meine Frage, Tante! Woher kennst du ihn?«

Die Altmeisterin hob einen Flügel und der Schmetterling flatterte davon.

»Bleib hier, du verda–«, schrie Mattis dem Winzling hinterher, doch der Sturm trug ihn geschwind davon.

»Ladislaus ist einer unserer Spione. Viele Tiere am Südstrand sehnen sich danach, Teil des Rates zu sein. Wie zum Beispiel die fleißige Fenja.« Tilda stieß sich vom Baumstamm ab und kam Mattis entgegen. »Ladislaus hat mich darüber informiert, dass du dich gegen unsere Abmachung mit den *Wilden* getroffen und sie auch in unser Vorhaben eingeweiht hast.« Die Zornesfalte auf der Stirn seiner Tante wurde von Sekunde zu Sekunde tiefer. »Du hast dich meinen Anweisungen widersetzt und wirst nun bestraft werden.«

»Spione?« Mattis ignorierte ihre Drohung.

Das hatte der Schmetterling also die ganze Zeit getrieben. Er hatte ihn verfolgt. Das ständige Flattern in seinem Rücken, dieses Gefühl, gleich von irgendjemandem erschreckt zu werden. All das stammte von dem verfluchten Ladislaus.

»Seit wann lässt du deine eigenen Ratsmitglieder bespitzeln?«

»Mich nicht«, keifte Raudi von unten dazwischen.

Mattis wäre am liebsten hinabgesprungen und hätte ihn in die Dunkelheit gestoßen. Zwischen den Zweigen hindurch entdeckte er die Ältesten, sie alle blickten zu ihm und Tilda hinauf.

»In besonderen Ausnahmesituationen, wenn ich das Gefühl habe, dass ich ihnen nicht trauen kann.« Tilda betrachtete ihn mit argwöhnischen Augen. Er erinnerte sich nicht daran, wann sie ihn das letzte Mal mit der Liebe einer Tante angesehen hatte. Der Möwe, die jetzt vor ihm stand, war Familie gleichgültig. Ihr einziges Ziel war es, die Bedürfnisse des Rates durchzusetzen. Vor lauter Regeln und Gesetzen war sie blind für das Wichtige im Leben geworden.

»Und ich hatte recht. Oder nicht? Du bist bei den *Wilden* gewesen. Mehrfach. Du bist nicht anders als dein Vater, der gekniffen hat und Lutger von seiner

Mission abhalten wollte. Und wo hat Moje sein Fehlverhalten hingebracht? Zum großen Njörd.«

»Lutger ist tot«, quetschte Mattis aus dem Schnabel. Alles in ihm sträubte sich, aber er wich nicht von seinem Vorhaben ab, die Ältesten zu warnen.

Seine Tante wirkte, als hätte er ihr gerade einen seiner Flügel über den Kopf gezogen.

»Die *Wilden* haben Lutger gefunden. Es ist noch nicht allzu lange her. Deshalb bin ich bei ihnen gewesen. Sie haben mich gerufen, damit ich ihnen beistehe.« Dass er um ihre Hilfe gebeten hatte, musste seine Tante nicht erfahren. »Ich bin gekommen, um euch zu warnen, denn Sivert ist ebenfalls tot. Ich selbst habe Teile von ihm in Burgstaaken entdeckt, als ich auf der Suche nach Lutger war. Wie bei den anderen Opfern lagen sein Kopf und sein Schwimmfuß nebeneinander. Hat Henk euch nicht informiert? Jemand macht Jagd auf die Ältesten und Lutger ist es nicht. Jedenfalls nicht mehr.«

Tilda stand der Schnabel offen, aber in ihren Augen loderte das Unverständnis. »Du lügst! Du lügst mich an, um dein Gefieder zu retten. Damit wir dich nicht aus dem Rat ausschließen.« Mit einem ihrer Flügel zeigte sie auf Mattis, als wäre er der Ursprung ihrer Wut. »Sivert lebt. Eine Brieftaube hat ihn benachrichtigt, dass er in Wulfen bei seinen Verwandten gebraucht wird. Er wollte zu Raudis Zeremonie zurücksein. Wir warten bereits auf ihn, denn *Sivert* ist sein Versprechen gegenüber dem Rat wichtig – anders als dir.«

Wie kleine Messerstiche fühlten sich ihre Worte an.

»Der Lügner soll den Rat verlassen. Wenn er nicht für uns ist, ist er gegen uns!«

Raudis Gehässigkeit peitschte Mattis wie der Wind um die Ohren. Dass der Anführer der *Biester* ihn nicht unterstützte, überraschte ihn nicht. Aber dass er ihn so vehement aus dem Rat verdrängen wollte, warf die Frage auf, ob die Zwergmöwe nicht etwas im Schilde führte, was ihm bislang entgangen war.

Hatte Raudi sich vielleicht mit Lutger zusammengeschlossen, um den Rat zu schwächen? Die Zwergmöwe gierte schon seit Kükentagen nach Macht und Ansehen. Und sein Vater war als Erster gestorben. Ohne Richards Tod besäße Raudi keinen Schwimmfuß im Rat.

Lag die Lösung des Rätsels direkt unter ihm?

»Hört auf meinen Liebsten!«, kreischte Fenja. Von unten sicherte sie Raudi ihre Unterstützung zu, während Ignaz neben ihr stumm die Diskussion verfolgte.

Wenn Raudi annahm, Mattis würde sich kampflos ergeben, hatte er sich verrechnet. Vermutlich war dieser Moment die letzte Gelegenheit, um die Zwergmöwe auszufragen und sie zu überführen. Er musste sich genau überlegen, was er ihr sagen wollte.

»Du hast deinen Vater gehasst, Raudi. Ständig ist er dir über den Schnabel gefahren und hat dich zurechtgewiesen. Du bist seine größte Enttäuschung gewesen, nichts weiter als eine nervige Qualle unter seinem Schwimmfuß, oder nicht?«

Raudis Lachen verstummte, in seinem dunklen Gesicht blieb blanke Boshaftigkeit zurück.

»Hast du ihn deswegen ermordet, weil du gierig warst auf den Ast deines Vaters? Ich könnte mir gut vorstellen, dass dir Lutger dabei geholfen hat. Denn wie wir alle wissen, machst du dir nicht gerne selbst die Flügel schmutzig. Und deine Leibwächter sind dafür zu dumm.«

Mattis hätte ewig so weiterspekulieren können. Wenn er die Ältesten um ihn herum und allen voran seine Tante davon überzeugen konnte, dass Raudi keine Muschel wert war, würden sie ihn vielleicht nicht in den Rat aufnehmen. »Kamen dir Juna und Sivert in die Quere, Raudi? Haben sie dich bei dem Mord an deinem Vater beobachtet? Oder hast du sie aus bloßer Leidenschaft am Töten umbringen lassen?«

»Wehr dich gefälligst, mein Liebster. Lass dir das nicht gefallen!« Mit weit geöffneten Flügeln feuerte Fenja ihren Angebeteten an.

Von oben sah sie stärker aus, als Mattis sie in Erinnerung hatte. Fenja könnte seine Komplizin sein. Selbst Pit traute ihr nicht über den Weg. War sie die fehlende Verbindung zu den Morden? Fenja war erst seit kurzem Mitglied der *Seidenfedern*. Raudi könnte sie bei den Hybridinnen eingeschleust haben, damit sie ihn auf dem Laufenden hielt. Aber hatte Tilda nicht gesagt, Fenja wäre ihre eigene Spionin?

So oder so, die kleine Zwergmöwe spielte ein falsches Spiel.

»Raudi!« Mattis musste seine Chance nutzen und ihn wie einen Wurm zum Frühstück auszupressen. »Hast du Lutger verraten, damit er dich nicht vor dem Rat bloßstellen kann oder hast du ihn zusammen mit Fenja ermordet?«

Wie einen Flummi pumpte Raudi sein Gefieder auf und streckte ihm den rötlichbraunen Schnabel voller Verachtung entgegen. Doch warum verteidigte er sich nicht?

Wenn er ihn weiter provozierte, würde die Wahrheit bestimmt aus Raudi heraussprudeln wie frisches Wasser aus einem Springbrunnen.

»Mattis!«, herrschte Tilda ihn von der Seite her an. »Du traust dich, ein Ratsmitglied zu beschuldigen? Hältst du dich an gar keine Regeln mehr?«

»Raudi ist kein Ältester, noch nicht. Dafür ist er ein Verräter. Siehst du das denn nicht?«

Seine Tante lief so schnell auf ihn zu, dass Mattis fürchtete, sie würde ihn von ihrem Ast schubsen. Kurz vor ihm blieb sie stehen. Erschrocken kniff er die Lider zusammen, um ihr Donnerwetter über sich ergehen zu lassen.

Aber nichts dergleichen geschah.

Vorsichtig sah er sie an.

»Du lässt mir keine andere Wahl. Hiermit schließe ich dich vom Rat der Möwen aus, Mattis, Sohn von Moje, Enkel von Marten und Urenkel von Morik.«

»Was? Nein!« Nur weil er Raudi aus der Reserve locken wollte, warf sie ihn raus? Hatte er etwa … Scham kroch ihm die Beine hinauf und setzte sich in seinem Herzen fest. Mattis hatte die Tradition seiner Familie zerstört. Er sah seinen Vater vor sich, wie Moje ihn mit einem enttäuschten Blick strafte, weil er dem edlen Clan der Silbermöwen als Einziger keine Ehre zuteilwerden ließ.

»Eine Schande bist du, für unsere Vorfahren und unsere Nachkommen. Ich wollte dich als meinen Nachfolger einsetzen, Mattis. Nach meinem Abschied solltest du als Altmeister den Rat anführen. Aber die Ältesten hatten Bedenken, hielten dich für viel zu ungestüm, gar treulos. Und siehe da … Sie lagen richtig. Nun …« Tilda ging zurück an ihren Platz am Baumstamm. »Die Abschiebung steht bevor, morgen ist ein bedeutender Tag. Die Hybriden müssen gehen. Henk wird das erfreuen. Die Rebellen fort und die *Wilden* gleich mit, sodass der Südstrand den Strandläufern offensteht. Ladislaus ist bereits auf dem Weg zur *Eduard Nebelthau*.«

Jetzt war Mattis sich sicher, dass seine Tante den Verstand verloren hatte. Er saß auf einem Baum voller verrückter Möwen und Tilda war ihre Königin.

Er musste sie aufhalten.

»Die *Wilden* haben euch nichts getan und die Hybriden auch nicht. Ihr dürft sie nicht fortschicken. Niemanden von ihnen!« Die Worte flogen ihm so schnell aus dem Schnabel, dass er aufpassen musste, sie nicht zu verschlucken. »Außerdem läuft der Mörder noch frei herum.« Aus schmalen Lidern sah er zu Raudi. »Oder die *beiden* Mörder.« Dann schaute er seine Tante flehentlich an. »Willst du das alles außer Acht lassen? Ich bin gekommen, um euch zu warnen. Bitte hört auf mich!«

»Wir brauchen dich nicht. Wir passen selbst auf uns auf.«

Als wäre das Gespräch zwischen ihnen beendet, sprang Tilda von ihrem Ast. Die Blätter um sie herum raschelten, während sie hinunter zu Raudi hüpfte. Das, was sie miteinander besprachen, verstand Mattis nicht. Der Sturm brauste durch die Heilige Birke und übertönte jedes Geflüster.

Zeit zu fliegen.

Einen letzten Blick warf er auf die Ältesten. Gesichter voller Gram und Unvernunft. Alte Vögel, die eher mit dem Kopf gegen eine Fensterscheibe flogen, als einen Fehler zuzugeben. Jedes weitere Wort an die sturen Möwen war pure Verschwendung.

Mit einem bedrückenden Gefühl im Magen kehrte er ihnen und dem Stammsitz seiner Vorfahren den Rücken. Er fühlte, wie Moje, und seine anderen Ahnen mit ihren Flügeln auf ihn zeigten und ihn aus dem Reich des großen Njörds verspotteten.

Es gab nur noch einen Ort, an den er fliegen konnte, an dem ihn ein Hauch von Freundlichkeit erwarten würde.

Das *Haus des Gastes*.

~Svea~

Teufelsmöwen Training

- Haus des Gastes. Südstrand -

Nach Svea betraten noch viele andere Hybriden das *Haus des Gastes.* Um den Geräuschpegel zu dämpfen, begab sie sich auf die oberste Stufe des Treppenabsatzes und sah in den Saal voller Vögel hinab. Vor ihr lag ein Meer aus bunten Federn und angespannten Gesichtern.

Augustus war bereits zurückgekehrt. Er hatte sich zu Stine und Alina gesellt, mit grasgrünen Augen betrachtete er Svea. Er hatte allen bestätigt, dass ein Kormoran tot in der Düne lag. Die *SAR* war vor Ort und schirmte den Tatort inzwischen vor neugierigen Blicken ab.

Trotzdem wahrte Svea Abstand zu ihm. Wenn Augustus in der Lage war, mehrere Vögel gleichzeitig zu besiegen, wozu war er noch fähig? Verrat? Mord?

Vertraue deinem Herzen, hatte Jupp ihr geraten, doch ihr Herz traf in letzter Zeit keine guten Entscheidungen.

Svea verdrängte die Gedanken und konzentrierte sich auf das, was vor ihr lag. Die Zukunft der Hybriden am Südstrand von Fehmarn. Die Hybriden glaubten an sie und Svea wollte niemanden von ihnen enttäuschen. Mit erhobenen Flügeln wartete sie, bis das Gemurmel um sie herum verstummte.

»Wie ihr wisst, will der Rat uns von unserem Strand verdrängen. Zum Wohle der Strandläufer, wie sie sagen, und weil ein antiquiertes Gesetz Hybriden für unwürdig erachtet. Deshalb müssen wir uns wehren, uns gegen die Willkür der Obrigkeit auflehnen und ihnen zeigen, dass wir uns nicht wie Quallen herumschubsen lassen. Mir wäre es lieber, sie würden das Gespräch suchen, anstatt uns zu verjagen. Aber ich konnte mich im Yachthafen selbst davon überzeugen, dass ihnen Worte nichts bedeuten. Das Einzige, worauf sie hören, sind Taten. Deshalb teilen wir uns in Gruppen auf.«

Mit einem Flügelwink zeigte Svea auf Jupp und seine Freunde, die sich in jede Ecke im Saal verteilt hatten. »Mein Großvater und seine *Teufelsmöwen* werden jeden trainieren, der seine Kampfkünste verbessern möchte. Darüber hinaus hat Augustus angeboten, allen Interessierten Pranayama beizubringen. Eine Atemtechnik, um in Extremsituationen ruhig zu bleiben und seine Konzentration nicht zu verlieren. Denn wir lassen uns nicht vertreiben! Hört ihr? Wir werden uns wehren!«

Die Hybriden jubelten ihr zu und verteilten sich anschließend um die *Teufelsmöwen*. Svea schloss sich Alina, Stine und den *Wilden* an, die sich bei ihrem Großvater versammelt hatten. Um Augustus scharrte sich eine weitere Traube von Hybriden, mit denen er sich in einen Kreis setzte, um das Atmen zu üben.

Jupp wirkte wie ein junges Küken. Er saß im hinteren Winkel des Saals und wedelte energisch mit den schwarzen Flügeln, damit seine Schüler ihm zuhörten. Berti winkte er als Einziger zu sich heran.

Die Mantelmöwe stierte auf ihre Schwimmfüße und lächelte schief. Die Aufmerksamkeit war Berti unangenehm, aber sie alle mussten neue Tricks und Kniffe lernen, um sich gegen die *SAR* und den Rat zu wehren. Selbst wenn ihnen die Zeit dafür zwischen den Flügeln davonlief.

»Du machst Beugen, um deine Mitte zu stärken, denn du brauchst mehr Kraft, um dein mächtiges Gefieder im Kampf richtig einzusetzen.«

Bertis Kopf sank nach unten, aber er folgte Jupp, ohne sich zu beschweren. Abseits stellte er sich vor ihm auf und beugte mit ausgebreiteten Flügeln den Oberkörper auf und ab, als pickte er Körner vom Boden. »Ein Brötchen, zwei Brötchen, drei Brötchen ...«, zählte er vor sich hin. Sein Keuchen intensivierte sich mit jeder einzelnen Beuge.

»Ihr anderen kommt näher.« Jupp winkte Svea zu sich. »Würdest du mir helfen?« Nickend stellte sie sich vor ihm auf. »Meine Enkelin wird euch die Übung zeigen, die ich ihr vorgebe und ihr ahmt sie bitte nach.«

Niemand sagte ein Wort. Alle Möwen sahen Jupp gespannt an, als hätte er die Sonne verdunkelt.

»Ihr alle kennt die klassischen Kopfnüsse, die unser Freund Haui perfektioniert hat. Man senkt den Kopf, richtet ihn auf den Gegner aus und stößt ihn mit aller Kraft in dessen Gefieder. Deshalb lassen wir die Kopfnüsse aus und fangen mit den *Schwimmfußkicks* an. Kennst du noch den Ablauf, Svea?«

Vage erinnerte sie sich an all die Übungen, die ihr Großvater ihr und Ignaz beigebracht hatte. Nie im Leben hätte sie geglaubt, diese einmal anzuwenden.

»So in etwa?«

Svea lockerte die Flügel und richtete sie zu beiden Seiten aus, damit sie nicht ihr Gleichgewicht verlor. Hochkonzentriert schwang sie das eine Bein nach vorn, um ihren imaginären Gegner in den Bauch zu treffen. Sofort setzte sie nach und stieß mit dem anderen Bein zu.

»Exakt!«, lobte ihr Großvater sie. »Seht euch Svea an. Wenn ihr das Tempo beschleunigt, euch dabei zusätzlich dreht und die Flügel einsetzt, hat euer Gegner keine Chance.«

Svea blieb stehen und beobachtete, wie die Möwen auf den Treppenstufen die *Schwimmfußkicks* trainierten. Fiete stand Pit gegenüber und trat mit zögerlichen Kicks nach ihm.

»Mehr Kraft einsetzen!«, spornte Jupp die junge Silbermöwe an. »Pit ist widerstandsfähiger als du denkst. Tritt ruhig mehr zu.«

Pit ging in Angriffsstellung, lief um Fiete herum, zwickte und zwackte ihn mit dem Schnabel ins Gefieder. Automatisch verstärkte die junge Silbermöwe die *Schwimmfußkicks*.

»Das Nächste, das ich euch beibringen möchte, ist der *High Five*. Ihr nehmt Anlauf, fliegt knapp über euern Gegner hinweg, um ihn zu verwirren, dreht euch während des Fluges um und schlagt zu, sobald ihr auf dem Boden angekommen seid. Zögert bloß nicht, damit euer Gegenüber keine Zeit hat zu reagieren. Das Überraschungsmoment ist das Wichtigste bei diesem kleinen Trick. Ob ihr danach zuschnappt, *Schwimmfußkicks* anwendet oder dem Gegner eine Kopfnuss verpasst, bleibt euch überlassen.« Jupp deutete Svea mit einem Flügel an, fortzufahren. »Zeig ihnen bitte, wie ein *High Five* funktioniert.«

Svea ging in Position, hinter ihr zählte Berti nach wie vor Brötchen, während er sich vor- und zurückbewegte. Mit Anlauf schnellte sie auf ihren Großvater zu, hob kurz vor ihm ab, rotierte im Flug, setzte hinter Jupp auf und umschlang ihn gleich mit den Flügeln.

»So in der Art.« Jupp rubbelte Svea den Rücken und schob sie sanft von sich. »Aber ihr solltet mit euerm Feind nicht kuscheln, sondern ihn angreifen. Auf geht's!«

Während die Möwen um Jupp den *High Five* übten, spähte Svea unauffällig zu Augustus in der Mitte des Saals. Vor ihm standen mittlerweile andere Hybriden. Mit geschlossenen Augen summten sie eine Melodie, während ihre Brustkörbe sich rhythmisch hoben und senkten.

Wer war dieser Meditationslehrer? Die Verkörperung des Friedens oder ein erbarmungsloser Killer? Ihr Herz traute sich nicht, der Frage nachzugehen. Sie wollte nicht herausfinden, ob Augustus ein Mörder war, ob er nur zum Schein an den Südstrand gekommen war, um seine Gier nach frischem Vogelblut zu befriedigen.

»Das *Klappmesser*«, fuhr Jupp fort, »sieht relativ harmlos aus, besitzt aber einen Ablenkungseffekt, der euch besonders in einem Zweikampf Vorteile bringt. Seht her.« Er marschierte auf Berti zu, der in einer aufrechten Position krampfhaft verharrte. »Ihr öffnet eure Schwingen zu beiden Seiten und schmettert sie energisch gegen euer Ziel, als müsstet ihr vor einem Unwetter fliehen.«

Geduldig ließ Berti Jupps Flügelschläge über sich ergehen. Svea war dankbar, dass sie nicht diejenige war, die mit dem *Klappmesser* von ihm durchgeschüttelt wurde.

Jupp stoppte und hielt Berti davon ab, durch die Gegend zu taumeln. »Danke, Berti, du kannst deinen kräftigen Körperbau übrigens hervorragend für den *Bomber* einsetzen. Aus dem Flug lässt du dich auf deinen Gegner fallen wie ein Netz voll frischer Fische. Möglichst mit dem Bürzel und den Schwimmfüßen zuerst, so hat dein Angreifer keine Chance. Oder ...« Jupp positionierte sich, sodass alle Möwen ihn sehen konnten. »... ihr wendet den *Stählernen Schnabel* an. Diese tödliche Technik haben wir uns von den kampferprobten Schlägerspechten abgeschaut. Ihr umfasst mit dem Schnabel den Hals eures Widersachers und drückt zu. Er wird sich wehren wollen, aber ihr müsst standhalten und euren *Stählernen Schnabel* zusammenpressen, bis es knackt und das Zappeln verebbt.«

Die Hybriden probierten alle Tricks aus. Berti flog von der obersten Treppenstufe, zog die Beine an und rief »Bomber!«, ehe er in die Menge hinabfiel. Pit wich aus und protestierte laut, da sein Freund beinahe auf ihm gelandet wäre.

»Wunderbar, Berti!«, lobte Jupp. »Jetzt könnt ihr den Nahkampf trainieren.« Er zeigte auf den Bereich neben der Eingangstür. »Hildemar hat dort vorn einen Parcours aus Muscheln, Steinen und leeren Dosen für euch aufgebaut. Eine Art Zirkeltraining mit Slalom und Kurzsprints, um eure Stärken und Schwächen herauszustellen. Wenn ihr mit meinen Übungen fertig seid, reiht ihr euch bei ihm ein und holt euch seine Tipps ab. Wenn ihr nicht gleich alles schafft, seid nicht ...«

Jupps Motivationssätze verblassten für Svea, als sie entdeckte, wer neben der Eingangstür stand.

Mattis.

Ein Hybride führte ihn an Augustus und den summenden Möwen vorbei. Ihre Melodie stoppte und sie verfolgten den Neuankömmling mit irritierten Blicken und Geflüster.

Mit jedem Schwimmfuß, den Mattis näherkam, spannten sich Sveas Glieder an. Sie drückte die Flügel an den Körper, selbst die Schnabelhälften presste sie aufeinander, um nicht das Gleichgewicht zu verlieren. Sie wusste nicht, was sie mehr erzürnte. Seine Dreistigkeit, an diesem Ort aufzutauchen, oder das anziehende Lächeln, das er auf dem Schnabel trug, als hätte er sie nicht sitzengelassen, als hätten er und seine Ältesten den Hybriden nicht den Kampf angesagt. Dass er es wagte, ihr entgegenzutreten, einfach so, ohne Einladung, war die Krönung ihres katastrophalen Tages.

»Verschwinde!«, keifte sie und schnappte nach Luft. Wenn es noch eine Möwe gegeben hatte, die Mattis nicht bemerkt hatte, so tat sie es spätestens in diesem Moment.

»Bitte hör mich an.« Vor der Treppe blieb er stehen.

Typisch, Mattis. Er dachte, er konnte zu ihr kommen nach alldem, was passiert war, und sie würde ihn fröhlich mit frischen Würmern und Algenhäppchen begrüßen.

»Dass du dich traust, hier aufzutauchen. Für so unverschämt hätte ich dich nicht gehalten! Wir wollen in Ruhe trainieren, um gegen dich, den Rat und die *SAR* anzutreten. Weil *ihr* uns vertreiben wollt. Und du denkst, du kannst uns ausspionieren?«

»Ich bin nicht hier, um eu—«

»Brauchst du Hilfe, Mylady?« Wie aus dem Nichts stand Augustus neben Mattis und begutachtete ihn von oben herab. »Wenn ich ihn hinauswerfen soll … Ein Wort genügt.«

»Wenn du mich anfasst, hast du dein letztes Mal geniest, du Schlappmöwe.«

Mattis hob den Schnabel, als wollte er ihn Augustus ins Gefieder stoßen. Die Vorstellung, einen Kampf zwischen beiden zu erleben, erheiterte Svea mehr als sie zugeben mochte.

»Mattis, wo geiht di dat?« Jupp schlängelte sich hinter ihr vorbei. Von der oberen Treppenstufe aus begrüßte er den Ältesten mit einer kleinen Verbeugung. »Wat bringt di to uns?«

»Jupp!« Mattis strahlte Sveas Großvater an, als wäre er der einzige Vogel, der ihm wohlgesonnen war. »Morgen will de Rat den Süüdstrand rümen laaten. All Hybriden schüllt wech. Ook de *Wilden*. Tante Tilda is mall worrn. Se let nich mit sik snacken.«

»Dat heff ik me dacht. Is good, dat du vörbi kommen büst, üm uns to ünnerstütten.« Jupp winkte die anderen *Teufelsmöwen* zu sich, die sich aus ihren Ecken die Hälse nach ihnen verrenkten.

»Meenst du? Ik glööv, Svea süt dat anners.« Mattis hielt den Blick auf Jupp gerichtet, obwohl er über sie sprach.

»Ik heff ok allen Grund dorto, Mattis.« Seine Verzweiflung zu sehen, schenkte Svea ein ungewohntes Gefühl von Erhabenheit. Ihr würde es nichts ausmachen, wenn er über die Ostsee hinausfliegen und für immer auf das Festland verschwinden würde.

»Ich verstehe kein Wort!«, beschwerte sich Alina. »Lasst das Platt schnacken und sagt uns, was der Älteste will!« Auch Stine sah Svea vorwurfsvoll an. Sie vergaß oft, dass kaum noch eine Möwe am Südstrand Plattdeutsch sprach.

Mattis öffnete den Schnabel, aber Jupp fuhr ihm dazwischen. Svea gefiel es, dass Mattis sich nicht in den Vordergrund drängen durfte.

»Der Rat beharrt auf seiner Entscheidung. Das hat Mattis uns mitgeteilt. Morgen sollen alle Hybriden den Südstrand verlassen – auch die *Wilden*.«

»Wir?« Fiete trat mit erstauntem Gesicht vor. »Was haben wir getan?«

»Nichts!«, entgegnete Mattis. »Die Ältesten sind engstirnig und verrückt. Sie lassen nicht von ihrem absurden Plan ab.«

»Und du bist einer von ihnen.« Svea rang mit sich, um nicht eine von Jupps Techniken bei ihm anzuwenden. Das *Klappmesser* vielleicht und danach den *Stählernen Schnabel*?

»Ich sollte Iggi Bescheid geben. Wir brauchen jede Unterstützung, die wir kriegen können.«

Augustus sah Svea an, als warte er auf ihre Erlaubnis. Dabei hatte sie gar nicht mitbekommen, dass ihr Cousin nicht mit ihnen übte. Und warum war Fenja wieder nicht da?

Svea wandte sich Alina und Stine zu. »Wo ist Fenja? Trainiert sie nicht mit uns?«

»Fenja ist mit Ignaz auf der Kohlhof-Insel. Bei Raudis Zeremonie, obwohl das Zusehen für Außenstehende verboten ist. Aber für ihren *geliebten* Raudi scheint meine Tante mit jeder Richtlinie zu brechen. Außerdem bin ich kein Ratsmitglied mehr. Wenn du mir zuhören wür–«

»Mit dir habe ich nicht gesprochen! Dräng dich nicht immer in den Vordergrund, Mattis.«

»Ich bin aber der Einzige, der von Fenja weiß. Ob es dir gefällt oder nicht. Du wirst mir glauben müssen.«

»Nicht streiten! Das hilft uns nicht weiter.« Pit hob die Flügel und kam wedelnd auf sie zu. »Meine Freundin und ich finden, wir sollten uns alle vertragen und eine gemeinsame Front gegen den Rat bilden.«

Alina schmiegte sich an Pit und wirkte glücklicher, als Svea sie jemals gesehen hatte.

»Wo ist Haui?«, fragte Mattis. »Hat Henk ihn nicht entlassen?«

Sveas schlechtes Gewissen schoss in die Unendlichkeit. Dass die Zwergmöwe weiter im Gefängnis saß, belastete sie ebenso schwer wie die Vorstellung, in einen echten Kampf zu ziehen.

Pit senkte den Kopf und wirkte auf einmal weniger glücklich. »Wir haben Henk von Lutger erzählt, aber es war zu spät. Er hält ihn im Yachthafen fest.«

»Wieso das?« fragte Mattis. »Was fällt ihm ein, ihn weiter gefangen zu halten?«

Pit sah Svea an, als wäre sie an der Reihe, Mattis zu antworten. Auch Fiete und Berti behielten die Schnäbel geschlossen.

»Warum sagt ihr nichts mehr?«

Svea überlegte, Mattis am ausgestreckten Flügel hängenzulassen. Aber sein flehender Blick und sein nervöser Augenaufschlag zwangen sie, ihm doch zu antworten.

»Haui hat so getan, als wollte er fliehen und alle Aufmerksamkeit auf sich gezogen, damit ich frei sein kann.« Ob das eine weise Entscheidung gewesen war, dieser Frage wollte sich Svea lieber nicht stellen.

»Oh.« In Mattis' Gesicht tauchten hundert Fragezeichen auf, die sie ihm nicht beantworten wollte.

»Svea, ich muss meinem Iggi Bescheid sagen, wo wir sind. Ich kann nicht länger warten. Du willst doch auch, dass er weiß, was bei unserer Rebellion vor sich geht, oder nicht?«

»Ignaz ist über alles informiert. Er hat jedes Wort auf der Heiligen Birke gehört. Wahrscheinlich ist er ebenso Tildas Spion wie Fenja und dieser Ladis… dieser verdammte Schwalbenschwanz.«

»Das würde mein Iggi niemals tun. Wir sind erst vor ein paar Tagen angekommen. Wir wussten nichts von dem Rat oder von Lutger. Wir wollten lediglich einen kurzen Liebesurlaub an der Ostsee verbringen. Hätten wir geahnt, welche gefährlichen Zustände bei euch herrschen, wären wir im Süden geblieben. Da kannst du deinen Bürzel drauf verwetten, Mattis.«

»Einen … Liebesurlaub?« Svea traute den Ohren nicht. Waren ihr Cousin und Augustus ein Paar?

Ein heiseres Lachen kroch ihr aus der Kehle. War sie so blind gewesen, dass sie davon nichts gemerkt hatte? Aber Augustus hatte die ganze Zeit über mit ihr getanzt und geflirtet. Oder nicht?

Mit ausgebreiteten Flügeln stolperte Svea nach hinten. Sie spürte Alinas und Stines Blicke auf sich, beide waren nicht sonderlich stolz auf ihre Freundin. Aber Svea war zu sehr damit beschäftigt, die aufsteigende Hitze unbemerkt aus den Federn zu lüften.

»Seid … Seid ihr beide zusammen, du und Ignaz?«, fragte sie.

»Seit zwei Jahren.«

Da war es wieder, dieses Leuchten in seinen Augen. Augustus hatte nicht wegen ihr gestrahlt, sondern wegen ihres Cousins. Svea wusste nicht, ob sie lachen oder weinen sollte. Noch nie im Leben hatte sie sich mehr geschämt.

»Iggi wollte es euch sagen, aber der Tod von Raudis Vater kam dazwischen. Sein Freund aus Kükentagen hat ihn gebraucht. Sie haben sich lang nicht mehr gesehen. Doch wenn mein Iggi bei mir wäre, würde er es bestätigen. Wir beide lieben uns!«

Ein Staunen ging durch die Reihen der Möwen, das beinahe greifbar war. Svea war nicht die Einzige, die von der Beziehung nichts geahnt hatte. Lag sie mit ihrem anderen Verdacht auch falsch? War Augustus kein Mörder, sondern bloß ein guter Kämpfer, der die *Seidenfedern* vor der *SAR* beschützen wollte?

»Ihr könntet trotzdem Spione sein«, zeterte Mattis. »Alle beide! Du solltest vorsichtig sein, wem du dein Vertrauen schenkst, Svea. Der niesenden Möwe ist nicht zu trauen.«

Svea lachte so herzhaft, dass ihr Tränen in die bernsteingelben Augen traten. Erst entpuppte sich ihr Sommerflirt aus Bayern als Reinfall und jetzt sprach ihr Ex-Freund, der sie abermals hatte sitzen lassen, über Vertrauen. Dabei war Mattis die letzte Möwe am Südstrand, die dieses Wort in den Schnabel nehmen durfte.

»Du willst mir vorschreiben, wem ich zu vertrauen habe? Du bestehst selbst nur aus leeren Versprechungen – nichts weiter. Du hast nicht nur mich im Stich gelassen, sondern auch deine *Wilden*. Wie Luft hast du uns behandelt, wir waren für dich weniger Wert als Dreck. Haui sitzt sogar im Gefängnis.«

Hilfesuchend sah Mattis die *Wilden* an.

Pit war der Erste, der sprach. »Das stimmt so nicht ganz.«

»Und irgendwie doch«, fügte Berti hinzu.

»Aber nicht absichtlich«, warf Fiete ein. »Diese Tilda hatte ihn gezwungen. Er ist kein Verräter, sondern unser Freund.«

Beschwichtigend hob Mattis die Flügel. »Ihr habt alle recht … Irgendwie. Ich habe das alles getan, um euch zu schützen. Ich wollte den Rat von seinen Absichten abbringen, eine Lösung finden und die Ältesten für ein gemeinsames Miteinander gewinnen. Das verspreche ich euch! Ich hatte stets die besten Absichten.«

Dann hast du es nicht genug versucht!, wollte Svea ihm entgegenschreien. Aber ihre Tränen drängten an die Oberfläche. Und vor allen Möwen zu weinen, kam für sie nicht infrage. Sie schluckte ihre Entrüstung hinunter und sagte stattdessen: »Das Wort eines Reinrassigen ist bei uns nichts wert. Das Wort eines Ältesten noch viel weniger.«

Mit glasigem Blick schaute Mattis sie an.

Ihn leiden zu sehen, fühlte sich gut an.

»Findest du nicht«, hauchte er, »dass du übertreibst? Mich mit den anderen Ältesten auf eine Stufe zu stellen? Außerdem bin ich kein Ratsmitglied mehr.«

Mittlerweile waren alle Möwen näher gerückt. Niemand sprang über Dosen oder übte das Atmen. Sie alle ergötzten sich an der Tragödie, die sich vor ihnen abspielte.

War sie zu weit gegangen?

Stine betrachtete ihre Schwimmfüße. Alina lehnte mit geschlossenen Lidern an Pit.

Das Durcheinander in Sveas Kopf hinterließ einen pochenden Schmerz an den Schläfen. Es half nicht, dass Mattis sie mit schwefelgelben Augen anbettelte. Sie musste ihre Gedanken ordnen. Morgen war ein wichtiger Tag für die Hybriden. Und er war keiner von ihnen.

»Du solltest besser gehen.«

Sie zögerte einen Moment, ehe sie zu den umherstehenden Möwen sprach. »Und ihr solltet trainieren! Oder seid ihr so gut in Form, dass ihr es problemlos mit der *SAR* aufnehmen könnt?«

Wie in einem Ameisenhaufen sprangen die Hybriden auf und liefen umher, um sich ihre Plätze zu suchen.

»Svea, bitte! Überleg es di–« Mattis' Stimme brach.

Wenn er dachte, das würde sie umstimmen, lag er falsch. Mit traurigen Augen und haltlosen Versprechen erreichte er bei ihr nichts mehr. Sie hüpfte die Treppenstufen hinunter, ging auf ihn zu und eilte an ihm vorbei, ohne ihn eines Blickes zu würdigen. Erst als sie am Parcours bei Hildemar angekommen war und eine Muschel mit dem Schnabel anhob, um sie zurück in eine Linie mit den anderen Muscheln zu schieben, bemerkte sie, dass sie am ganzen Körper zitterte.

Wäre Mattis doch niemals ein Ältester geworden. Hätten sie sich bloß niemals kennengelernt. Aber am meisten wünschte sich Svea, nichts mehr für ihn zu empfinden.

Hinter ihr rief Alina nach Pit. »Bleib hier! Bitte flieg nicht mit ihm. Ich brauche dich an meiner Seite.«

»Ich muss das tun, Liebchen. Aber ich komme wieder. Verlass dich auf mich.«

Als Svea sich umsah, stand Mattis an der zerbrochenen Scheibe am Ausgang und suchte ihren Blick. Die *Wilden* gingen neben ihm einer nach dem anderen nach draußen.

Sehnsucht keimte in ihr auf, nach seinen Liebkosungen und innigen Umarmungen. Gefühle, die sie längst verdrängt glaubte. Doch bei seinem Anblick schoben sie sich in ihr Herz zurück und flehten um Beachtung.

Zum Abschied hob er einen Flügel in Sveas Richtung.

Ihr schwirrte der Kopf und blutete das Herz.

Reglos blieb sie stehen, bis sein Bürzel hinter dem zerbrochenen Glas verschwunden war.

~Mattis~

Das Böse ist näher als man denkt

- Heilige Buche. Kohlhof-Insel -

Müdigkeit lastete auf Mattis und drückte ihm die Lider während des Fluges zu, aber die Sturmböen hielten ihn wach. Von der Seite her brauste ihm der Wind ins Gefieder und trieb ihn nach Süd-Ost, direkt zur Kohlhof-Insel.

Fiete deckte seine linke Flanke, Berti und Pit hielten sich rechts von ihm auf. Es war ein unglaubliches Gefühl, seine Freunde wieder bei sich zu wissen. Dass Svea ihn behandelt hatte, als wäre er selbst für die Abschiebung der Hybriden und der *Wilden* verantwortlich, lastete schwer auf seiner Seele.

Er würde eine sehr lange Zeit um ihre Freundschaft, geschweige denn um ihre Liebe ringen müssen. Sofern sie ihm jemals wieder vertraute. Aber dieser Kampf würde sich lohnen. Das wusste er tief in seinem Herzen.

Ein Seitenblick auf den Yachthafen versicherte ihm, dass die *SAR* sich ebenso vorbereitete wie die Hybriden. Enten und Erpel rannten sprintartig im Schein der Laternen über die Stege, flogen im Slalom um die Masten und schwammen zwischen Schiffen um die Wette. Ladislaus hatte Henk informiert, so wie Tilda es gesagt hatte.

»Was ist dein Plan, Klugscheißer?« Berti kämpfte mit dem Wind und setzte sich über Mattis, damit Pit zu ihm aufrücken konnte. Wie ein Schutzmantel kesselten seine *Wilden* ihn ein.

Mattis besaß keinen Plan. Die ganze Situation war zu konfus. Sein Instinkt führte ihn zurück zur Kohlhof-Insel und sein Instinkt war alles, was ihm geblieben war. Er leitete ihn dorthin, wo der Samen des irrwitzigen Hasses auf die Hybriden gekeimt war.

»Wir finden den Mörder und entlasten Haui. Ich bin es ihm schuldig, ihn zu befreien. Wenn der Mörder noch aktiv ist, wird er wieder zuschlagen. Sein Ziel sind die Ältesten, da wette ich meine Flügel drauf. Lutgers Tod war ein Versehen oder ein Ablenkungsmanöver – jedenfalls eine Ausnahme. Die Morde werden nicht aufhören, bis alle Ältesten tot sind.«

»Und wir werden ihn stellen?«, fragte Pit.

»Netter Plan«, bemerkte Berti. »Aber wir sind zu viert. Zu wenige, um alle Ältesten gleichzeitig zu beschatten. Das ist dir bewusst?«

»Zusammen schaffen wir das.« Entschlossen sah Mattis seine Freunde an. Niemand teilte seine Euphorie. Noch nicht. Aber von seinem Kurs abzuweichen, kam nicht infrage. Das war der letzte Grashalm, an den er sich flügelringend klammerte.

Mattis führte die *Wilden* zur Heilige Buche. Auf den freien Ästen mit Blick auf die Heilige Birke setzten sie lautlos auf, um die dort schlafenden Spatzen nicht zu wecken.

Raudis Zeremonie war vorüber, Fenja und Ignaz waren fort. Ungewohnt still saßen die Ältesten auf ihren Plätzen und wirkten nachdenklich.

Alle Ratsmitglieder waren auf dem Baum. Raudi hockte neben Tilda auf seinem Familienast wie eine fette Made im Speck. Als Einziger trug er ein Lächeln auf dem Schnabel, das an Maßlosigkeit nicht zu überbieten war.

»Auf die Miesmuschel zu treten, hat gar nicht wehgetan!« Das Kreischen der Zwergmöwe musste jedes Tier auf der Kohlhof-Insel hören. »Ich wette, Mattis hat geweint, als er aufgenommen wurde. Es ist eben nicht jeder zu einem Ältesten geboren. Nicht jeder besitzt den Schneid, den es erfordert, ein wahrhaftiges Ratsmitglied zu sein. Oder? Oder?«

Mit einem Flügel stieß er Tilda an, aber sie reagierte nicht auf die Frage. Sie betrachtete den Ast, auf dem ihr Neffe gesessen hatte.

Mattis hätte schwören können, einen Funken Reue in ihrer nachdenklichen Miene zu sehen. Aber am meisten verwunderte ihn, mit wie viel Engagement sich Raudi bei den Möwen einschmeichelte.

»Ihr habt weise entschieden«, bemerkte die Zwergmöwe. Sie streckte ihre Brust raus, als trüge sie wie der Kriminalhauptkommissar einen Orden um den Hals. »Ich werde den Rat ins nächste Jahrzehnt führen und euch nicht – wie Mattis – enttäuschen.«

»Hört, hört!«, stimmte Ehrenfried ihm zu. Dabei stupste er Alkmund an, die neben ihm eingeschlafen war.

»Wir glauben an dich, Raudi.« Melina applaudierte ihm wie einem Helden.

»Ab morgen wird der Strand den reinrassigen Möwen gehören«, fuhr Raudi fort. Umgeben von willigen

Zuhörern, die jedes seiner Worte wie flüchtende Würmer aufsaugten.

Aus der Ferne hörte Mattis dem Geschwätz zu, wie er über die Hybriden und ihre Unfähigkeit philosophierte, am Strand ein artgerechtes Leben zu führen. Auch den anderen *Wilden* war die Betroffenheit über Raudis Gerede anzumerken. Berti kaute grummelnd auf einem Zweig. Pit öffnete und schloss den Schnabel immer wieder, als fasste er nicht, dass jemals eine Möwe auf diese Art über eine andere Möwe herzog. Fiete wischte sich die feuchten Augen und tat, als wäre nichts gewesen. Aber Mattis entging seine Trauer nicht.

Mit Freuden hätte er Raudi den Schnabel mit Sand gestopft. Durch seine bloße Anwesenheit kitzelte er Mattis' tiefste Gelüste nach einer ausgiebigen Schlägerei – jedes verdammte Mal.

Berti spuckte den Zweig aus und schlich zu Mattis. »Wie sollen wir uns aufteilen, wenn wir sie verfolgen wollen? Wir sind zu viert. Die sind sieben.«

»Acht«, korrigierte ihn Pit einen Ast nebenan. »Ich zähle acht Älteste.«

»Ich krümme keinen Flügel, um Raudi zu retten, wenn ihn der Mörder holt. Ich werde danebenstehen und nach einer Zugabe rufen. Nennt mich grausam, aber für den mache ich mich nicht schmutzig.«

Mattis verstand Bertis harsche Ablehnung. Gleichzeitig stellte er sich die Frage, wie er reagieren würde, wenn der Mörder sich Raudi schnappte. Die Antwort darauf schien eindeutig. Und auch wieder nicht. Niemand hatte den Tod verdient, selbst Lutger nicht, obwohl Mattis dem Kormoran mehrfach den Tod an den langen Hals gewünscht hatte. Die beste Lösung für alle wäre, dass Raudi selbst der Mörder war. Dann müssten sie ihn nicht retten, sondern könnten ihm Kopfnüsse verpassen, bis die *SAR* ihn einsperrte.

»Aber für die anderen Ältesten würdest du dich bemühen?«, fragte Pit und sah dabei Berti fragend an.

»Eigentlich nicht. Die sind nicht besser als Raudi.«

»Und warum sind wir dann hier, wenn wir niemanden vom Rat beschützen wollen?« Pits Frage galt Mattis, aber er besaß keine Antwort.

»Pit!«, zischte er stattdessen. »Nicht so laut!«

Mattis schaute auf die Äste der Heiligen Buche. Einige Spatzen rekelten sich auf ihren Plätzen, aber zum Glück wachte keiner auf.

»Wir wollen und wir werden die Ältesten retten«, fuhr er im Flüsterton fort. In der Hoffnung, dass alle *Wilden* ihn unterstützten. Allein schaffte er es nicht, alle Möwen gleichzeitig zu beobachten.

»Ich will den Rat nicht retten«, erwiderte Berti. »Die Ältesten wollen uns vertreiben. Warum sollten wir sie beschützen?«

»In erster Linie wollen wir den Mörder fassen und Haui entlasten. Ist das nicht auch in deinem Sinn?«

»Haui ist wegen dir im Knast, Klugscheißer.«

Bei Bertis Worten verlor Mattis den Halt und sank auf den Ast zurück. Was Raudi auf der Heiligen Birke für weitere Reden schwang, hörte er nicht mehr.

Pit wedelte mit den Flügeln, um Bertis Aufmerksamkeit zu erlangen. »Haui ist aber auch gefasst worden, weil er zur falschen Zeit am falschen Ort war. Du kannst Mattis nicht für alles die Schuld geben.«

»Kann ich und werde ich.« Mit den blassgelben Augen sah Berti auf Mattis hinab, als hätte er es gewagt, ihm das Frühstück zu stehlen.

Hatte er nicht langsam genug Reue gezeigt? Wie lange wollte Berti auf ihn sauer sein? Bis zu seinem Lebensende?

Mattis erhob sich und stellte sich der Mantelmöwe entgegen.

»Wie oft muss ich mich noch bei euch entschuldigen, Fridbert? Hast du vor, mir meinen Fehler ewig vorzuhalten?« Mattis fiel es schwer, die Stimme nicht zu erheben und trotzdem genügend Missmut in seine Silben zu legen.

»Erstens …« Berti schubste ihn mit den Flügeln beinahe vom Ast. »… nenn mich nicht Fridbert, das kann ich nicht leiden. Und zweitens …« Er beugte sich zu ihm hinab, um ihm ins Gesicht zu sehen. »Unser feiner Herr Klugscheißer hat sich bei uns gar nicht entschuldigt!«

»Auch wieder wahr«, sagte Pit.

»Oh, das …« Mattis verstummte. Er hätte schwören können, dass er die Verantwortung für sein Fehlverhalten bereits übernommen hatte. Aber … Wem machte er zwischen den Blättern etwas vor? Er war nicht der Typ Möwe, der sich entschuldigte. Denn er machte keine Fehler. In der Regel.

»Seid ihr sicher?«, bohrte Mattis nach. »Ich dachte, ich hätte …« Er kannte die Antwort längst, schindete jedoch Zeit, um sich die richtigen Worte zu überlegen.

Pit runzelte die Stirn und Berti wirkte, als wollte er ihm eine breite Auswahl an Schimpfwörtern um die Flügel pfeffern. Fiete hingegen beobachtete die Heilige Birke und hielt sich wie gewohnt aus ihrem Streit raus.

»Gut … Ich …« Mattis schnaufte. »Stimmt, ich gebe es zu. Es tut mir leid! Sehr sogar. Verzeiht mir, bitte, dass ich mich von euch abgewandt habe. Das werde ich niemals wieder tun. Niemals. Wieder.«

Seine Worte fühlten sich nicht so falsch an, wie er vermutet hatte. Es war befreiend, seinen *Wilden* in die Augen zu sehen und zu sagen, was in ihm vorging.

»Hörst du das, Langfeder?« Berti gluckste zufrieden. »Der Klugscheißer sagt, dass es ihm *leid* tut.«

Pit grinste. »Wer hätte das gedacht. Wenn wir jetzt noch Haui befreien, ist es der schönste Tag meines Lebens.«

»Jungs«, wisperte Fiete hinter Mattis, wobei nur er ihn hörte. Aber er drehte sich nicht zu ihm um. Dass Pit und Berti ihn verspotteten, nervte ihn. Am liebsten wäre er vom Ast gefallen und in die Dunkelheit abgetaucht.

»War dein schönster Tag nicht der, an dem du mit Alina zusammengekommen bist?«

Pit erschrak. »Du hast recht, Berti. Beim großen Njörd, beinahe hätte ich meine Freundin ver–«

»Jungs, dort!« Ungehalten pochte Fiete mit einem seiner graubraunen Flügel an Mattis' Rücken.

Mattis drehte sich zu der jungen Silbermöwe um und bemerkte gerade noch, wie Tilda sich von der Heiligen Birke entfernte und in Richtung Strand flog.

»Fiete!«, zischte er, doch sein Freund hörte nicht auf ihn. Er schlug bereits die Flügel und folgte geschwind der Altmeisterin.

»Ihr haltet die Stellung«, rief Mattis Berti und Pit zu. »Falls einer der Ältesten fortfliegt, teilt ihr euch auf. Fiete und ich verfolgen Tilda.«

»Deinen Befehlston habe ich vermisst.« Pit hüpfte herunter und gesellte sich zu Berti.

Mattis stellte sich dem Sturm, breitete die Flügel aus und jagte hinter Fiete her.

Die junge Silbermöwe war in der kurzen Zeit zu einer hervorragenden Fliegerin herangewachsen. Trotzdem überholte Mattis sie mit Leichtigkeit und zog an Fiete vorbei, damit Tilda nicht außer Sichtweite geriet. Gleichzeitig musste er aufpassen, dass seine Tante ihn selbst nicht entdeckte. Die Verfolgungsjagd erinnerte ihn an die Überwachung des Kriminalhauptkommissars an Pfingsten und er betete zum großem Njörd, dass diese Beschattung nicht mit Zigarettenstummel-sammeln endete.

Zielstrebig überquerte Tilda bei starkem Wind die Straße *Am Yachthafen*, um über den großen Parkplatz auf die drei Türme des IFA Hotels zuzufliegen.

»Weißt du, wohin sie will?«

Fiete sprach die Frage aus, die Mattis sich selbst stellte. Was hatte seine Tante mitten in der Nacht vor? Tat sie das heimlich jede Nacht oder war heute eine Ausnahme? Ohne Eskorte allein zum Südstrand zu fliegen, wenn ein Mörder frei herumlief, war äußerst leichtsinnig. Aber der Leichtsinn lag offenbar in der Familie. Oder wusste sie mehr als er? Hatte sie vielleicht selbst bei den Morden ihre Flügel im Spiel?

Zwischen dem ersten und dem zweiten Turm des Hotels verschwand seine Tante. Mattis beschleunigte den Flug, damit er die Altmeisterin nicht aus den Augen verlor.

»Schneller, Fiete!«

Die junge Silbermöwe biss den Schnabel zusammen und jagte ihm nach.

In den Türmen der Hotelanlage war es ungewöhn-lich ruhig. Kaum ein Licht brannte in einem der Zimmer. Vereinzelt saßen Strandläufer auf den Balkonen, um ihren Urlaub trotz der starken Böen mit Bier und Wein zu genießen. Tilda jedoch war nicht zu sehen.

»Wo … ist … sie?«, hechelte Fiete hinter ihm. Als Mattis sich zu ihm umdrehte, nutzt die junge Silber-möwe den Aufwind, um über ihn zu fliegen.

»Siehst du sie von oben?«

Fiete schüttelte den Kopf und Mattis hoffte, dass seine Tante sie nicht entdeckt hatte und sich irgendwo auf einem der Balkone versteckt hielt.

Gemeinsam ließen sie die Türme hinter sich und suchten zwischen umherpeitschenden Dünenrosen, wehenden Fahnen und Strandkörben nach ihr.

Die Promenade war strandläuferleer, auch kein Tier wagte sich auf die Pflastersteine. Mattis bog auf den Strand ab, Fiete folgte ihm wie sein Schatten. Da er seine Tante nirgends entdeckte, wollte er beidrehen und zurück zur Kohlhof-Insel fliegen, als Fiete ihn umflog und dabei auf die stürmische Ostsee deutete.

»Siehst du sie? Dort unten steht Tilda.«

Neben dem Steg stand die Altmeisterin und beobachtete, wie die Wellen auf ihr Gefieder schwappten.

Einen Moment verharrte Mattis in der Luft, was sich bei dem kräftigen Wind als schwierig erwies. Fiete flog kleinere Kreise, um nicht fortgetragen zu werden.

Warum sollte Tilda mitten in der Nacht an … Moment! War das nicht? Nein! Erst jetzt fiel ihm auf, wo seine Tante sich befand. Es war nicht lange her, da hatte der Ältestenrat sich an diesem Steg von Moje verabschiedet.

»Habt ihr deinen Vater nicht dort unten bestattet?«

»Ja, genau.« Mit gemischten Gefühlen dachte er an die Trauerfeier seines Vaters zurück, wie seine Tante mit wohlwollenden Worten ihrem Bruder lebe wohl gesagt und auf eine glorreiche Zukunft durch ihren Neffen hingewiesen hatte. Eine Zukunft, der Mattis sich nicht mehr fügen würde.

Sprach Tilda in diesem Moment mit Moje und beschwerte sie sich bei ihm oder erklärte sie ihrem Bruder, warum sie ihren Neffen aus dem Rat geworfen hatte?

»Sollen wir sie allein lassen?« Fiete wirbelte um Mattis wie ein Flugzeug, das außer Kontrolle geraten war – Eine Angriffsvariante, die zum *Doppelten Lottchen* gehörte.

Ein ersticktes Kreischen gellte durch den Sturm zu ihnen hoch, das sich wie ein Hilferuf anhörte. Als Mattis zu Tilda sah, entdeckte er zwei weitere Möwen bei ihr, die sie eingekreist hatten.

»Sind das Ignaz und Augustus?«

In der Tat. Mattis setzte sofort zum Landeanflug an. Siegessicher stürzte er an den Strand, während die Genugtuung in ihm wuchs, dass er wegen Augustus als Einziger recht behalten hatte. Dieser Festländer war ein mieser Mörder. Besser gesagt Teil eines Mörderpärchens und jetzt besaß er den Beweis.

Ignaz thronte auf Tilda wie auf einem Schatz, als Mattis in seiner Nähe aufsetzte.

»Lass meine Tante frei! Runter von ihr, Ignaz!«

Zeitgleich stellte Fiete sich Augustus und achtete mit ausgebreiteten Flügeln darauf, dass er nicht fliehen konnte.

Mattis wedelte Sveas Cousin im Gesicht herum, aber die Mantelmöwe legte ungerührt ihr ganzes Gewicht auf die Altmeisterin und drückte ihr mit einem Schwimmfuß die Kehle zu.

»Iggi, bitte«, flehte Augustus hinter Fiete, während Tilda röchelte. »Hör auf damit. Das bist du nicht. Lass uns verschwinden, ehe du etwas tust, das du bereust.«

»Du kennst mich nicht. Niemand tut das. Hilda war die Einzige, der ich mich je anvertrauen konnte. Sie wusste, dass ich anders war und mich Weibchen nicht reizten. Und der beschissene Rat hat mir meine beste Freundin einfach genommen.«

»Ignaz!«, rief Mattis. »Ich warne dich. Beweg dich von meiner Tante oder du wirst es bereuen! Lass uns das wie normale Möwen regeln. Von Angesicht zu Angesicht.«

Augustus schob sich an Fiete vorbei, doch die junge Silbermöwe stellte sich ihm erneut in den Weg. Fiete war kleiner als der Hybride und Mattis fragte sich, wer von beiden einen Kampf gewinnen würde.

»Das ist kein Grund, einen Mord zu begehen, Iggi.« Augustus wand sich hinter Fiete, wobei er zu seinem Freund spähte. »Alles lässt sich friedlich lösen. Wir finden auch dafür eine Lösung. Versprochen. Wir beide, wie immer.«

Ignaz ließ Tildas Hals frei, als er sich zu Augustus umdrehte.

»Mach die Augen auf! Siehst du denn nicht, dass durch solche Möwen wie die Ratsmitglieder, unsereins niemals frei sein wird? Für uns wird es keinen Frieden geben. Ebenso wenig wie für Hybriden. Nirgendwo haben wir einen Platz. Sie halten an ihrer alten Weltanschauung fest und werden nicht einlenken. Mir blieb nichts anderes übrig, als Lutger zu befreien.«

»Sag, dass das nicht wahr ist, Iggi! Das ist alles ein großer Irrtum, nicht wahr?«

»Ohne Lutgers Hilfe hätte ich die Ältesten nie erledigen können. Die letzten Tage waren wie ein Rausch. Du kannst dir das nicht vorstellen, Augustus. Macht über das Leben eines anderen zu besitzen, versetzt dich in Sphären, die unvergleichlich sind.«

»Ich verstehe dich besser als du denkst, Iggi. Trotzdem ist das nicht der richtige Weg.«

»Du bist verrückt, Ignaz.«

»Bin ich das, Mattis?« Sveas Cousin gluckste und brachte Tilda mit einem Tritt zum Röcheln. »Das mag sein. Ich bin ein Verrückter, der für Unschuldige eintritt.« Er hielt den Schnabel provozierend auf Mattis gerichtet. »Was hast du denn getan, Ältester? Soweit ich weiß, hast du nichts bewirkt! Bist im Kreis geflogen und hast gejammert. Deine Ermittlungen waren nerviger als die der *SAR*. Lutger hatte schon befürchtet, wieder von dir entdeckt zu werden. Deshalb wollte er aufhören und seine Freiheit genießen. Aber für Vögel wie ihn gibt es keine Freiheit. Ebenso wie für mich oder für Hybriden. Deshalb habe ich ihn erledigt und räume allein auf. Deine Tante ist die nächste.«

»Schäbiger Bastard!«, keuchte Tilda unter Ignaz' Gewicht. »Du bist ein Nichts. Ein Krüppel, der sich mit Hybriden abgibt. Eine Blamage für jede reinrassige Möwe. Wir werden euch alle morgen früh von der Insel jagen oder zerquetschten wie zerbrechliche Eier.«

»Hör mit deinen Hetzreden auf, Tante Tilda«, flehte Mattis. »Wir sind alle gleich. Egal, welche Farbe, welche Form oder wen wir lieben. Wir sind der Südstrand. Bunt und laut, denn das ist das Leben. Ihr solltet das endlich akzeptieren.«

Augustus huschte an Fiete vorbei und redete dabei auf Ignaz ein. »Komm mit mir, zurück in den Süden. Dort leben wir, wie wir es für richtig halten. Ich vermisse meine Heimat. Ich vermisse … uns. So wie wir waren. Erinnerst du dich noch an den Gardasee? Dort waren wir gemeinsam glücklich.«

»Ich … Ich kann nicht. Ich muss das tun. Für Hilda. Für all die Möwen, die anders sind. Der Rat wird niemals aufhören … und ich auch nicht.«

Ignaz rutschte von Tilda oder sie warf ihn von sich. Mattis sah nicht, wer zuerst nach wem pickte, zuschlug und mit den Schwimmfüßen trat. Beide wälzten sich im Sand, schnappten, schubsten, hackten mit Schnäbeln in fremdem Gefieder.

»Achtung, Iggi!«

Geschickt umrundete Tilda ihren Angreifer. Plötzlich stand sie hinter ihm, schnappte zügig mit dem Schnabel nach seinem Hals und drückte gnadenlos zu.

»Der *Stählerne Schnabel*«, wisperte Fiete. »Das ist der *Stählerne Schnabel*«

Knacks.

Tilda biss zu und ein Geräusch mischte sich unter den Sturm, als zerbrächen Muscheln.

Mit aufgerissenem Schnabel stolperte Augustus nach hinten, als hätte ihm der Anblick jegliches Leben ausgesaugt. Fiete fing ihn auf und stützte ihn.

Für einen Moment war Mattis, als hörte der Wind um ihn herum auf zu tosen. Seine Tante spuckte Ignaz' Hals wie eine faule Alge aus. Zu ihren Schwimmfüßen sank er in den Sand. Die stürmische See bemächtigte sich gierig seiner Federn. Augustus lief zu ihm und schob seinen Freund wimmernd beiseite, damit das Wasser ihn nicht mehr erreichte.

Ignaz bewegte sich nicht.

Mattis war nicht in der Lage, zu sprechen.

»Was schaut ihr so traurig?« Tilda strich ihre Flügel glatt. »Ihr habt ihn selbst gehört. Er wollte mich töten. Ich habe mich bloß gewehrt. Außerdem hat er alles gestanden. Er war der Mörder. Demnach habe ich die Ältesten gerettet. Das war reiner Selbstschutz.« Mit erhobenem Kopf marschierte sie auf Mattis zu. »Die Abschiebung ist noch nicht zu Ende, Neffe. Morgen werdet ihr alle die Insel verlassen. Du und deine jämmerlichen …«

Ein Kreischen ertönte, das Mattis' Blut in den Adern gefrieren ließ. Augustus stürmte Tilda entgegen. Ruckartig schmetterte er den weiß gefiederten Kopf an ihren. Die Altmeisterin schwankte und fiel ohnmächtig zur Seite.

Wie gelähmt betrachtete Mattis seine Tante.

Augustus schnaufte und grummelte wie ein Ungeheuer. Er knurrte. Tief.

Mattis versperrte ihm mit den Flügeln die Sicht auf Tilda, um sie zu beschützen.

»Fiete, komm her!« Die junge Silbermöwe löste sich von der Stelle und ging mit hängendem Kopf auf Mattis zu. »Flieg zu Berti und Pit. Sag ihnen, dass wir den Mörder gefasst haben und dass sie Henk Bescheid geben sollen. Ignaz befindet sich beim Steg. Danach fliegst du zu Svea und erzählst ihr, was vorgefallen ist. Sie wird jede Hilfe brauchen, die sie bekommen kann. Und Trost.«

Fiete wackelte mit dem Bürzel und öffnete die graubraunen Flügel. »Kommst du nicht mit?«

»Ich bleibe hier, bis meine Tante aufwacht.«

»Ich auch.« Augustus begab sich zu Ignaz und streichelte seinem Freund mit einem Flügel über den Kopf. »Eure nutzlosen Kämpfe müssen ein Ende haben. Krieg. Tod. Hass. Das ist keine Lösung.«

Alles in Mattis drängte ihn dazu, den Hybriden fortzujagen. Er brauchte Augustus nicht. Er war sehr wohl in der Lage, allein auf seine Tante aufzupassen, bis die *SAR* eintraf. Aber als der Hybride zu Ignaz schlich, sich neben seinen verstorbenen Freund setzte und in Tränen ausbrach, entschied Mattis sich, zu schweigen.

Stumm nickte er Fiete zu und schaute der jungen Silbermöwe hinterher, wie sie geschickt den Wind nutzte, sofort Auftrieb erlangte und auf die Türme des IFA Hotels zusteuerte.

~Svea~

Kampf um den Südstrand

- Düne am Haus des Gastes. Südstrand -

Nach dem Sturm glänzte die Ostsee wie funkelnde Diamanten. Svea stand auf der Düne, versteckt in einem Gebüsch, und beobachtete die Strahlen der aufgehenden Sonne, wie sie mit den sanften Wellen der Ostsee spielten. Von ihrer Wildheit, die die steifen Böen mit sich gebracht hatten, war nichts mehr zu sehen.

Ihre Tränen wischte Svea nicht fort. Ungeniert ließ sie ihnen freien Lauf. Der Gedanke an Ignaz nahm sie vollständig ein. Dass er ein Mörder gewesen sein sollte, konnte und wollte sie nicht glauben. Noch weniger durfte es sein, dass sie ihn niemals wiedersehen würde. Zu vielen geliebten Möwen hatte sie in letzter Zeit Lebewohl gesagt.

Wie hatte Fiete sich ausgedrückt? *Mit dem Stählernen Schnabel hat Tilda ihm das Genick gebrochen.*

Wenn sie darüber nachdachte, wie viel Hass und Zwietracht den Südstrand beherrschten, wurde Svea übel. Obwohl die Morgensonne ihr Gesicht wärmte, war sie innerlich leer und fühlte sich verloren.

Wie sollte sie in solch einer Verfassung die Hybriden anführen? Die Möwen vertrauten ihr und bauten auf sie. Gemeinsam wollten sie den Sieg erringen, um weiter am Südstrand zu leben. Doch Svea fühlte sich nicht wie eine Kriegerin. Ihr Herz wog schwer. Die Trauer um Ignaz hatte sie die Nacht über wachgehalten und bis in den Morgen hinein gepeinigt.

Aber da war noch ein anderer Gedanke, der sie nicht schlafen ließ, der in ihr brannte und sie verwirrte, weil sie ihn hartnäckig ignorierte.

Ihre ungestillte Sehnsucht nach Mattis.

Ihn zu sehen, ihn beinahe zu berühren, weckte Bedürfnisse in ihr, die sie tief vergraben geglaubt hatte.

Ihm hatte ihr erster Gedanke gegolten, als sie von dem Tod ihres Cousins erfahren hatte. Sie wollte in Mattis Flügeln sinken und von ihm gehalten werden. So wie es von Anfang an bestimmt war, bevor sich alles verändert hatte.

Wenn sie der Geschichte nur glauben könnte. Wenn es wahr wäre, dass Mattis reingelegt worden war, dass die Ältesten ihn erpresst hatten, wenn …

Worin lag Wahrheit, worin Lüge?

Svea horchte in sich hinein, ließ ihr Herz sprechen, so wie Jupp es ihr geraten hatte. Aber es eierte wie ein Blatt im Wind, schwebte mal auf die eine, mal auf die andere Seite, unfähig, sich zu entscheiden.

Der Geräuschpegel stieg, als hinter Svea die Hybriden auf die Promenade strömten. Ihre Gefühle und ihre Trauer musste sie nun ruhen lassen. Die Zukunft der Hybriden am Südstrand von Fehmarn war in Gefahr. Viele Möwen bauten auf ihre Führung und sie würde sie nicht im Stich lassen!

Mit Tränen in den Augen trat sie aus dem Gebüsch. Ihr Herz war von einer Kraft belegt, die viel schwerer wog als spitze Dornen.

Die *Teufelsmöwen* hatten die Hybriden vor der Düne versammelt, erwartungsvoll blickten sie zu Svea auf. Alina und Stine entdeckte sie bei Fiete in der ersten Reihe. Neben Augustus fehlten auch alle anderen *Wilden*. Henk hatte sich geweigert, Haui zu entlassen. Eine Tatsache, die Svea zur Weißglut trieb. Aber diese Willkür hatte bald ein Ende.

Heute setzten sich die Hybriden zur Wehr.

»Ihr erwartet sicher aufmunternde Worte. So etwas wie: Wir werden siegen. Wir werden nicht weichen. Wir werden ihnen in den Bürzel treten!«

Die Möwen vor ihr kreischten im Chor. Es dauerte einen Augenblick, bis Svea ihre Zuhörer mit erhobenen Flügeln zum Schweigen brachte.

»Aber wenn ich ehrlich sein soll … Ich weiß nicht, was gleich geschehen wird. Ob wir siegen werden oder nicht. Ich weiß nur eins: Heute ist Vollmond. Heute ist der Tag, an dem die Ältesten uns vom Südstrand vertreiben wollen. Aber das werden wir nicht zulassen! Wir kämpfen mit allem, was uns zur Verfügung steht. Für unsere Zukunft. Für die Zukunft unserer Küken und die nächsten Generationen von Hybriden, die frei am Südstrand leben wollen.«

Ein schrilles Kreischen wuchs vor dem *Haus des Gastes*. Mit den Schwimmfüßen patschten die Möwen auf den Steinen und brachten die Promenade unter ihnen zum Beben.

Sie waren bereit.

Bereit für den Kampf um den Südstrand.

Die Luft legte sich kühl um Sveas Flügel, als sie gemeinsam mit den anderen Möwen abhob, um Seite an Seite an den Strand vor der *Strandburg* zu fliegen. Der

Sturm hatte ein Meer aus Algen angespült, die den feinen Sand wie einen braunen Teppich bis zu den Strandkörben bedeckten.

Mehr als einen Strandläufer in grünen Shorts, der mit seinem Border Collie über die Promenade lief, entdeckte Svea nicht. Nach dem Unwetter wirkte der Südstrand wie ausgestorben.

Wenig später flogen drei Möwen über das Dach der *Strandburg* auf sie zu. Svea wollte gerade zur Verteidigung aufrufen, weil sie annahm, es wären die *Biester*. Ihr Herz hüpfte vor Erleichterung, als sie Berti, Pit und Haui erkannte.

»Wollt ihr ohne uns kämpfen?«, beschwerte sich Pit zwinkernd und scherte im Flug neben Alina ein. Berti und Haui schlossen sich unterhalb von Svea dem Möwenschwarm an.

»Ich bin so froh, euch zu sehen!«

Svea flog aus der Spur, als sie Haui bemerkte. Die Zwergmöwe sah furchtbar aus. Das Auge verkrustet und am Rücken fehlten ihr Federn, selbst ihren Kopf zierten Kratzer.

»Wir haben den richtigen Zeitpunkt abgewartet und ein paar Kopfnüsse verteilt«, raunte Berti unter ihr. Aber Svea hörte ihn kaum, sie betrachtete Haui. Ihr schlechtes Gewissen reichte bis nach Dänemark und sie fragte sich, ob seine Verletzungen das Ergebnis ihrer Flucht gewesen waren.

»Willkommen zurück, Haui!«, flüsterte sie und reihte sich in die Gruppe ein, denn ihr schlechtes Gewissen quälte sie unerbittlich. Wie sollte sie seine Qualen jemals wieder gut machen?

Gemeinsam gingen sie in den Sinkflug über.

Wie eine Statue stand der Kriminalhauptkommissar auf dem *Strandkorb 13*, unter ihm seine Enten und Erpel, die sich auf dem Sand und in den Dünen versammelten hatten.

Sveas Herzklopfen beschleunigte sich angesichts der hohen Zahl an Vögeln, die Henk vom Yachthafen mitgebracht hatte. Umso dankbarer war sie, dass die *Wilden* zu ihr standen.

Aber wir haben die Gerechtigkeit auf unserer Seite, sagte sie sich in Gedanken, um nicht den Mut zu verlieren. Auch die Hoffnung, dass Mattis und Augustus rechtzeitig zu ihnen zurückkehrten, gab sie nicht auf. Je mehr Möwen zusammenkamen, desto abschreckender wirkte ihre Rebellion. Vielleicht kapitulierte die *SAR*, ehe alles eskalierte?

Mit ein paar Strandkörben Abstand setzten die Möwen um Svea herum auf dem angeschwemmten Algenteppich auf. Sobald ihre Schwimmfüße den feuchten Boden berührten, eilte Fiete zu Haui und schlang seine Flügel um die Zwergmöwe. Auch Pit und Berti bekamen von ihm liebevolle Stupser.

»Es tut richtig gut, euch alle zu sehen.« Hauis Worte rührten Svea zu Tränen.

»Freunde für immer!«, rief Fiete und erntete von der *SAR* abfälliges Gackern.

»Lauter dumme Küken!«, witzelte einer von ihnen.

»Schielauge Pit ist da.«

»Und der fette Berti.«

Das Gelächter verstärkte sich mit jeder weiteren Beleidigung, die den *Wilden* und den Hybriden entgegenkreischte.

In der ersten Reihe entdeckte Svea die *Biester*. Klaas und Tillmann umrahmten Fenja wie eine stählerne Eskorte. Die Gelassenheit, die ihre ehemalige Freundin zwischen den anderen Möwen ausstrahlte, kitzelte an Sveas strapazierten Nerven.

Mattis hatte also die Wahrheit gesprochen. Fenja war im Auftrag des Rates an den Südstrand gekommen und hatte sich den *Seidenfedern* angeschlossen. Und Svea hatte es zugelassen.

Bei dem Gedanken daran, was Fenja dem Ältestenrat an Informationen mitgeteilt hatte, plusterte sie sich innerlich auf. Alles wussten sie, alles über die *Seidenfedern* und Sveas Trauer wegen Mattis. Über die Hybriden. Die Rebellion. Alles.

Wut und Widerwillen entfesselten sich in Svea. Genau diese Art von Gefühlen, die sie für den folgenden Schritt brauchte.

Sie trat aus der Möwenmenge und ging Henk auf dem Strandkorb entgegen. Das Gekreische der Gegenseite verblasste wie der Sturm der letzten Nacht.

»Ich habe eine freie Zelle für dich«, spottete der Kriminalhauptkommissar. »Bist du bereit für den Abflug? Die anderen Hybriden und die *Wilden* werden die Insel verlassen, so hat es euer Rat beschlossen.« Henk trug einen selbstbewussten Ausdruck im Gesicht, der Sveas Groll noch mehr befeuerte. »Wenn die Ältesten kommen, ist eure Zeit am Südstrand vorbei. Dann haben die Strandläufer Ruhe vor euch und euren lästigen Spielchen.«

Fasziniert betrachtete Svea den Erpel und sein Gefolge. Wie hoch sie die Schnäbel trugen und ihre hasserfüllten Augen. Nahmen sie an, dass die Hybriden sich kampflos fügen würden? Dass sie klein beigaben und ihnen den Strand ohne Gegenwehr überließen?

Oh, wie sie sich irrten.

Eine solche Wut hatte Svea noch nie in sich gespürt. Eine Wut, die nach Widerstand und Gerechtigkeit rief. Niemals hätte sie gedacht, dass Vögel einander derart niederträchtig behandeln könnten. Die heile Welt am Südstrand, die an der sonnigen Oberfläche brutzelte, verbarg im Innern eine abgrundtiefe Dunkelheit voller Hass und Abscheu, vor der sie viel zu lange die Augen verschlossen hatte.

Hier und heute hatte das ein Ende.

»Wir werden nicht weichen, Henk. Wir werden bis zur letzten Möwe kämpfen. Für unseren Strand und unsere Freiheit.«

Die *SAR* und die *Biester* kreischten aus voller Kehle. Durch den Lärm angelockt, spähten Strandläufer, die mit ihren Hunden spazieren gingen, über die Dünen. Einer nach dem anderen reckte neugierig den Kopf und gesellte sich an den Strand, um zu sehen, was vor sich ging.

»Seht!« Ein Raunen der Hybriden begleitete Alinas Flügelzeig in den Himmel. »Die Ältesten kommen.«

»Und Mattis mit Augustus«, fügte Stine hinzu, wobei sie aufgeregt hüpfte.

Svea hatte nicht genügend Zeit gehabt, um mit ihren Freundinnen über die Auswirkungen des bevorstehenden Kampfes zu sprechen. Sie waren alle zu sehr damit beschäftigt gewesen, zu trainieren und zum großen Njörd zu beten, dass ihnen nichts geschah. Aber zu sehen, wie sich die Angst in ihren Gesichtern in Zuversicht wandelte, als sie Mattis und Augustus entdeckten, gab auch Svea Hoffnung.

Sie kehrte Henk den Rücken zu und erreichte Alina, als beide Möwen auf dem Sand aufsetzten.

»Sie lassen sich nicht belehren«, klagte Augustus und nieste ein paar Mal kräftig hintereinander.

»Gesundheit«, riefen einige Möwen um ihn herum.

»Danke!« Schniefend wischte er sich den Schnabel und schaute Svea an. Seine grasgrünen Augen waren mit einer Trübheit belegt, die von großem Kummer zeugte. »Die Verbohrtheit der Ältesten ist schier grenzenlos, glaub mir.«

Svea ging auf ihn zu und drückte ihn an sich.

»Tut mir leid wegen Ignaz.«

Sein Herzschlag beschleunigte sich, aber mehr Gefühle zeigte er ihr nicht. Augustus erwiderte die Umarmung mit einer Festigkeit, die ihr selbst ein tiefes

Schluchzen entlockte. Der Tod ihres Cousins hatte zwischen ihnen beiden einen Bund geknüpft, der niemals brechen würde.

Es dauerte einen Augenblick, bis Svea sich überwand, Mattis anzusehen. Von Fiete hatte sie gehört, wie Mattis versucht hatte, die prekäre Lage zu lösen, Tilda zu beruhigen und Ignaz davon abzuhalten, einen weiteren Mord zu begehen.

Mattis hielt die Lider geschlossen und hatte den Kopf gesenkt, als ertrage er nicht, dass Svea eine andere Möwe umarmte.

Ein klein wenig freute sie dieser Moment.

»Du darfst Mattis nicht abweisen.« Augustus' Worte überraschten sie. »Er ist einer von den Guten. Auch wenn dir dein Herz momentan etwas anderes sagt.«

Als Mattis sich durch den Sand auf sie zubewegte, flatterte ihr Herz. Wenn er dachte, sie würde ihn wohlwollend begrüßen, konnte er lange warten.

Reglos stand sie ihm gegenüber. Von Tag zu Tag sah er schlimmer aus. Angespannte Miene, schlappe Flügel. Wann hatte er das letzte Mal geschlafen? Oder gegessen?

»Ich ... Ich möchte mich bei dir entschuldigen. Alles tut mir unendlich leid. Dass ich dich im Ungewissen gelassen und dir nicht einmal ein Zeichen gegeben habe.«

Svea erschauderte, als hätte Mattis ihr eiskaltes Wasser ins Gesicht gespritzt. Es kostete sie all ihre Kraft, nicht vor ihm und allen anderen in Tränen auszubrechen.

»Lass mich euch unterstützen, Svea. Ich will für euch kämpfen. Auf der Seite der Hybriden. Für einen freien Südstrand. Für dich. Für ... uns.« Das letzte Wort ähnelte einem Hauchen, als wäre es zu zerbrechlich, um von allen Möwen gehört zu werden.

Wie schaffte er es, innerhalb von wenigen Augenblicken ihre ganze Welt auf den Kopf zu stellen?

Sveas Schnabel fühlte sich wie Blei an. Keine Silbe wollte ihr darüber huschen und sich einer Konversation stellen.

»Dat warrt Tied, Svea. Stell di den Raat. Föhr de Rebellen to 'n Sieg. Maak uns stolt. Wi hebbt jo allens wiest, wat wi wüssten.«

Er hatte recht. Die Hybriden waren bereit, sich der Übermacht zu stellen.

Liebevoll strich Jupp ihr über den Kopf und gesellte sich mit den *Teufelsmöwen* zu den anderen Hybriden.

Augustus kehrte um und begab sich zu Irmgard und Adelheid, die an einem Strandkorb weiter hinten saßen und das Spektakel aus der Ferne beobachteten.

»Warte! Bleibst du nicht? Wir zählen auf dich! Wir brauchen jede Möwe auf unserer Seite.«

»Ich kann nicht, so sehr ich es auch möchte. Bitte versteh mich. Ich habe Iggi im Kolosseum versprochen, mit dem Kämpfen aufzuhören. Wenn ich Blut vergieße, dann … Irgendwie … Beschwöre ich ein unbändiges Wesen in mir herauf, das ich nicht unter Kontrolle habe. Das Risiko wäre zu groß, jemanden von euch zu verletzen.«

Svea nickte, obwohl sie nicht verstand, wovon er sprach.

Mattis tauchte neben ihr auf. Er berührte sie nicht und doch fühlte es sich so an, als gäbe er ihr Kraft. Er besaß etwas Magisches, das sie immer wieder zu ihm hinzog.

»Sollen wir?«

Gemeinsam traten sie den Ältesten entgegen, die sich auf dem Strandkorb der *Seidenfedern* neben Henk gedrängt hatten. Raudi stand zwischen Fenja, Klaas und Tillmann, bereit sich in die Menge der gegnerischen Möwen zu stürzen.

»Wurde aber auch Zeit«, sprach Haui schnabelknirschend hinter ihr. »Mir juckt es gewaltig in den Flügeln«.

Anders als er, hoffte Svea darauf, dass die Ältesten einlenkten, auch wenn Augustus und Mattis bereits alles versucht hatten.

Wie die Herrscher der Sonneninsel starrten die Ratsmitglieder mit erhobenen Schnäbeln auf Svea und ihre Hybriden.

»Der Mai scheint ein Todesmonat zu sein.« In Tildas Miene regte sich nicht der Hauch einer Emotion. »Es müssen keine weiteren Vögel verletzt werden oder sterben. Beide Seiten haben ausreichend Verluste erlitten.«

Hoffnung keimte in Svea auf, auch Mattis wirkte überrascht von dem, was seine Tante verkündete. Svea hörte, wie er die Luft neben ihr einsog.

Auch wenn sie es nicht zugeben mochte, war sie erleichtert, ihn an ihrer Seite zu wissen. Für lange Zeit war er ihr Fels in der Ostsee gewesen. Sie wollte den Flügel nach ihm ausstrecken, um eine gemeinsame Front gegen den Rassenhass zu bilden, doch dafür war sie noch nicht bereit.

»Deshalb rate ich euch: zieht fort! Sucht euch eine Bleibe in Großenbrode oder Heiligenhafen. Irgendwo auf dem Festland. Ehe ihr eure Liebsten an den Tod verliert.«

Die Begeisterung der *SAR* und der *Biester* erfüllte den Strand mit einem gefährlichen Gebrüll, dass sich wie ein bedrohlicher Schatten über den Sand legte.

»Tilda wird niemals einlenken. Nichts wird sich ändern, oder?«

Mattis brummte. »Ich habe sehr lange gebraucht, um das zu erkennen. Es gibt Möwen, die nicht akzeptieren wollen, wie die Welt sich weiterentwickelt, abseits des Vertrauten. Wie die Natur Veränderungen herbeiführt, die ebenso besonders, ebenso prachtvoll sind wie das Gewohnte.«

Seine Worte berührten Svea tief und brachen die Mauer darum restlos auf. Strikt schaute sie zu den Ältesten hinauf, um nicht in Tränen auszubrechen. Zögerlich legte er einen silbergrauen Flügel um sie und dämpfte ihr Zittern.

Da wusste sie es. Sie waren ein Team. Was auch immer geschah, Mattis war für sie da. Für sie, für die *Seidenfedern* und für den Südstrand.

»Ihr gehört nicht an den Südstrand. Ihr seid anders. Eine Art *Unfall*. Eine Spezies, die die urtümlichen Rassen beleidigt, die …«

Svea hatte genug gehört. Jedes einzelne Wort der Altmeisterin war eine Beleidigung für ihre Existenz, für die Existenz aller Hybriden auf Fehmarn. Sie wollte nicht hören, wie die Ältesten sie weiter beleidigten oder wie die reinrassigen Möwen, Enten und Erpel über sie lachten.

Sie gab ihre Heimat nicht auf. Sie würde nicht fliehen, nicht weichen. Niemals.

»Angriff!«

Mehr brauchte Svea nicht zu rufen. Haui stürzte als Erster an ihr vorbei und warf sich Raudi mit ausgebreiteten Flügeln entgegen, der wie ein verschreckter Wurm hinter Klaas Deckung suchte. Mattis folgte ihm, ebenso Pit und Fiete. Wie eine Einheit sprangen sie auf die *Biester* zu und stellten sich der *SAR*. Unablässig kreischte Berti »Bomber! Bomber!« und fiel aus der Luft auf jammernde Erpel hinab. Fiete hielt sich an Haui. Zusammen verteilten sie unzählige Kopfnüsse. Die *SAR* nahm vor ihnen Reißaus.

Pit ging geschickter vor. Mit *Schwimmfußkicks* verschaffte er sich Platz im Gewühl, um mit Anlauf den *High Five* auszuführen und mit überraschenden

Schlägen die Enten und Erpel in seiner Umgebung in den Sandboden zu quetschen.

Stine und Alina hielten sich an die *Wilden*. Gemeinsam mit ihnen zwangen sie ein paar Vögel mit dem *Klappmesser* und dem *Stählernen Schnabel* in die Flucht. Zwischen den anderen Möwen, die um ihre Freiheit kämpften, schlugen sich die Freundinnen besser, als Svea es je zu hoffen gewagt hatte.

Als Fenja sich heimlich davonschleichen wollte, griff Svea selbst ein. Sie lief ihr hinterher, flog über die kämpfende Vogelmasse hinweg und erwischte die Zwergmöve ehe sie abhob. Svea gab ihr eine Kostprobe des *Klappmessers* und wedelte Fenja mit den Flügeln um die Ohren, bis sie lauthals um Gnade flehte.

»Es war ein Befehl der Ältesten«, jammerte sie. »Was hätte ich tun sollen? Der Rat wollte mir meine Fischhappen kürzen, wenn ich nicht tue, was sie von mir verlangen.«

»Verwöhnte Luxusmöve!« Übermütig legte Svea alle Kraft in ihre Flügelschläge.

Fenja wand sich darunter hervor, um von der Seite über sie herzufallen. Ihr Schnabel klapperte wie Kastagnetten, als sie nach Sveas Hals schnappte. In ihrem linken Flügel biss Fenja sich fest und zog an Svea wie ein Jagdhund, der Beute gemacht hatte. Svea musste aufpassen und Fenjas wirren Wendungen folgen, damit diese Einfaltsmöve ihr nicht den Flügel brach. Der Schmerz der kleinen Schnabelbisse schoss ihr durch den gesamten Körper. Flügelringend unterdrückte sie einen Schrei.

Dieses Vergnügen bekam Fenja nicht.

Aus dem Augenwinkel bemerkte sie Mattis, wie er ihr zur Hilfe eilen wollte, aber sie schüttelte den Kopf.

»Die ... gehört ... mir!«

Mattis zögerte, da stieß ihn ein Erpel nieder und nahm ihm die Sicht.

»Das reicht!« Svea war mit ihrer Geduld am Ende. Wenn sie nicht noch mehr Federn verlieren wollte, musste sie sich durchsetzen. Lange genug war sie zu vorsichtig vorgegangen, wollte trotz allem, was geschehen war, Fenja nicht verletzen. Aber auf dem Schlachtfeld war Höflichkeit fehl am Platz.

Svea beobachtete Fenjas routinierte Schnapper und entschied sich für die *Schwimmfußkicks*. Wie ihr Großvater es ihr gezeigt hatte, trat sie Fenja immer wieder ins Gefieder, bis die falsche Natter sie freiließ. Gleichzeitig senkte Svea den Kopf und stieß ihn ihrer ehemaligen Freundin in den Bauch. Ihr Schädel brummte und ihr wurde schwindelig, doch das berauschende Gefühl der Vergeltung überwog.

Fenja stöhnte und fiel rücklings gegen den Strandkorb. Schwer atmend blieb die Zwergmöwe liegen. Svea stupste sie mit einem Schwimmfuß an, aber zu mehr als einem kaum hörbaren Schnaufen war Fenja nicht fähig.

Zufrieden nickte Svea und kümmerte sich um den Tumult hinter ihr. Die Aufregung der Kämpfe hielt ihr Adrenalin am Limit. Das Verlangen, Federn zu reißen und Flügel zu brechen, stieg mit jeder Sekunde an, aber was sie vor sich entdeckte, verschlug ihr den Atem.

Pit lag am Boden. Auf ihm saß ein drahtiger Erpel, der seinen Triumph mit einem Schnatterkonzert feierte. Haui und Mattis kämpften gegen fünf oder sechs Enten und Erpel, die sie eingekreist hatten und zusammentrieben wie rebellische Rinder. Zwei Erpel rangelten mit Berti, während Fiete von drei Enten umringt war, die ihn mit ihren Schnäbeln zwackten.

Vor der jungen Silbermöwe lagen vier Hybriden reglos im Sand. Die Flügel verbogen, die Schnäbel voller Algen. Zwei andere kreischten um ihr Leben, während Raudi und Klaas wie auf einem Trampolin auf ihnen herumsprangen. Nahe der Düne flüchtete Alina im Slalom vor zwei Enten, die ihr eng auf den Schwimmfüßen waren.

»Pass auf, Liebes!«

Sveas Warnung kam zu spät. Eine der Enten warf sich von hinten auf ihre Freundin und drückte Alina in den Sand.

Als sie der Hybridin helfen wollte, entdeckte sie Stine. Auf der anderen Seite neben dem Strandkorb, von dem aus die Ältesten das Massaker beobachteten, lag ihre andere Freundin. Den dunklen Kopf zu Seite geneigt, die Lider geschlossen, die grau-weißen Flügel von sich gestreckt.

Svea rief nach Stine. Da sie jedoch keine Antwort erhielt, lief sie los. Mit Anlauf hüpfte sie über einen ohnmächtigen Erpel, umlief zwei ineinander verschlungene Enten und rammte einen anderen Erpel zur Seite, der sie mit einem Seitenhieb angriff.

Ein Schlag traf ihre Beine. Einmal, zweimal, dreimal. Svea stolperte über ihre Schwimmfüße und fiel seitlich in den Sand. Ruckartig prallte ihr Kopf auf eine Herzmuschel, die unter dem Druck zerbrach.

Ein Erpel hatte ihr die Flügel ans Bein geschlagen und kam ihr nun lachend entgegen, um seinen Preis zu holen.

In ihrem Kopf herrschten verschwommene Bilder. Mattis und Haui verletzt, Berti besiegt, Fiete eingekreist, Pit am Boden, Alina gefangen. Die Hybriden besiegt.

Von irgendwoher ertönten schrille Schreie als ringe jemand mit dem großen Njörd persönlich. Ein grollender Laut überschwemmte den Sand wie von einer Horde knurrender Hunde, gefolgt von andauerndem, stumpfen Schnaufen, herzzerreißenden Schmerzensschreien, lautem Wehklagen, hilflosem Betteln und verzweifelt flatternden Flügeln.

Ehe sich Svea umsehen konnte, trat der Erpel ihr ins Gefieder. Als wollte er ihr jeden Knochen brechen, stieß er die Schwimmfüße in ihren Bauch. Mit letzter Kraft rollte sie sich von ihm weg, flüchtete ein paar Muscheln weiter. Im nächsten Moment saß der Erpel auf ihr und strich ihr wie einem Küken sanft über den Hinterkopf.

Svea wollte weinen, schreien, nach ihm schnappen. Aber ihr Peiniger drückte ihr mit den Beinen ihre Flügel an den Körper und hielt ihren Schnabel im Sand.

So also schmeckte der Tod.

Nach Schmerz, Leid und Blut.

Svea hielt den Blick auf Stine gerichtet. Ihre Freundin wirkte auf eine seltsame Weise friedlich, wie sie reglos am Strandkorb lehnte, als träumte sie bloß.

»Stine! Stine, bitte!«

Svea kniff die Lider zusammen. Selbst wenn sie gewollt hätte, sie schaffte es nicht, die Augen offenzulassen. Der Schmerz, den der Erpel ihr zufügte, brachte sie fast um den Verstand. Er knechtete ihren Rücken mit hartnäckigen Schnabelbissen, als freuten ihn ihre Qualen. Jeden einzelnen Biss spürte sie, jede einzelne Feder, die er ihr rupfte.

Das Grollen im Hintergrund verstärkte sich stetig. Rumpeln, Zischen, Patschen und Klatschen mischten sich mit Hilferufen und klagendem Geschnatter.

»Achtung! Lasst euch nicht unterkriegen! Kreist ihn ein! Haltet ihn auf! Wehrt euch!« Henk geriet auf dem Strandkorb in Rage, brüllte Anweisungen und forderte mehr Einsatz von der *SAR*.

Um besser sehen zu können, hob Svea den Kopf. Schräg über sich entdeckte sie den Kriminalhauptkommissar neben den Ältesten am Rand des Strandkorbs. Euphorisch schwang Henk die Flügel in unterschiedliche Richtungen. Svea wollte nachsehen, was vor sich ging, doch der Erpel drückte ihren Schnabel zurück in den Sand.

»Dein letztes Stündlein hat geschlagen, du nervi–«, begann ihr Peiniger, doch etwas lenkte ihn ab. »Wieso …? Was? He! Lass das! Woher …?«

Auf Sveas Rücken spielte sich ein Kampf ab. Ein unaufhaltsamer Sturm tobte. Fest umklammerte der Erpel mit den Beinen ihre Seiten, schlug die Flügel an ihren Kopf und Bürzel. Es gab nicht eine Stelle, die ihr nicht schmerzte.

Die Verwünschungen des Erpels mischten sich mit anderen Geräuschen. Keine Worte, eher Laute wie ein unbarmherziges Brüllen.

Die Kraft des Erpels in den Beinen schwand und seine Gewalt über sie verebbte. Wie eine Schlange kroch Svea unter ihm hervor und schaute sich um.

Mit offenen Schnäbeln und verschreckten Mienen stützten sich die *Wilden* und die *Seidenfedern* gegenseitig. Einige der Hybriden umliefen die Enten und Erpel, die bewegungslos im Sand lagen, und stellten sich hinter sie. Aber auch ihre Blicke besaßen nur ein Ziel.

Wie ein Berg aus Federn und Blut stand Augustus vor Svea. Seine grasgrünen Augen besaßen eine Wildheit, die sie vor ihm zurückschrecken ließ. Der Erpel, der sie überwältigt hatte, lag wie eine ausgequetschte Dose neben dem Hybriden im Sand.

Augustus gab ein Grollen von sich, bei dem es Svea heiß und kalt wurde. Ein erstickter Schrei entfuhr ihr, denn er sprang auf sie zu und trat mit den Schwimmfüßen nach ihr, um sie in den Sand zu drücken.

Svea schaffte es nicht, aufzustehen. Sie rollte sich fort, bis sie bei Stine an den Strandkorb stieß. Unter Schmerzen richtete sie sich auf und stellte sich der wahnsinnigen Möwe, die auf sie zu rannte. Sollte sie

Augustus die Flügel entgegenstrecken, um ihn von sich wegzudrücken? Warum erkannte er sie nicht?

Wie ein Auto, das sie am Bordstein zu zerquetschen drohte, schnellte er auf sie zu. Schützend hielt sie die Flügel vor sich, rief seinen Namen, flehte ihn an.

Nichts hielt ihn auf.

Mattis setzte neben Svea auf und stieß sie beiseite. Mit dem Kopf landete sie unsanft im Sand. Als sie sich umdrehte, nahm er ihren Platz ein und stellte sich Augustus mit ausgebreiteten Flügeln.

»Mattis!«

Wie eine Dampflock prallte Augustus auf ihn und presste ihn gegen den Strandkorb.

»Augustus, do dat nich!«

Von hinten kamen die *Teufelsmöwen* angelaufen. Drei von ihnen irritierten den Hybriden mit koordiniertem Flügelwedeln.

»Beruhich di«, redete Jupp auf ihn ein, wobei er Svea half, sich aufzurichten. »Du hesst ehr reddt. Du hesst ehr all reddt.«

Wie ein Boxer nach einem Kampf um ein frisches Stück Fleisch schnaufte Augustus. Svea reckte den Kopf nach dem Hybriden, doch die Möwen schirmten ihn ab.

»Beruhich di«, wiederholte Jupp mit sanfter Stimme. »Wi hebbt wunnen. Wi hebbt wunnen.«

Das Grollen aus der Mitte der *Teufelsmöwen* verstummte und wandelte sich in schweres Atmen, bis Augustus in den Sand sackte und Svea zwischen den Beinen ihres Großvaters sah, wie sich sein Brustkorb langsamer bewegte.

»Allens is good.«

Ob alles gut war, bezweifelte Svea. Als sie ihr Gleichgewicht zurückerlangt hatte, schlang sie die Flügel um Mattis und half ihm auf. Er schwankte nicht weniger als sie selbst. Sanft lehnte Svea ihn

271

zurück an den Strandkorb und hielt ihn mit einem Flügel davon ab, nach vorn zu fallen.

»Du hast mich gerettet«, flüsterte sie ihm zu.

»Das war selbst–« Mit schmerzverzerrtem Gesicht brach Mattis ab. Er krümmte sich, hustete und spuckte in den Sand.

»Snacken is Sülver, swiegen is Gold«, sagte Svea, wobei sie ihm den Rücken streichelte.

Sein schwaches Lächeln genügte ihr als Antwort. Svea lehnte sich an ihn, atmete durch und von Sekunde zu Sekunde beruhigte sich ihr rasendes Herz.

Neben ihr standen die *Teufelsmöwen* und kümmerten sich um Augustus. Ein paar bewusstlose Enten und Erpel weiter legte Alina den Kopf an Pit. Berti, Haui und Fiete sahen erschöpft aus, aber nicht schwer verletzt. Die anderen Hybriden rafften sich auf und halfen einander, um wieder aufrecht zu stehen. Raudi lag bewusstlos zwischen seinen schlafenden Leibwächtern. Ein Anblick, an den Svea sich gewöhnen könnte.

»Was ist los?«, hauchte Stine zu Sveas Schwimmfüßen. »Haben wir gewonnen?« Mit halb geöffneten Augen blickte ihre Freundin zur ihr hoch.

Haui eilte auf Stine zu und half ihr, sich aufzurichten. Es dauerte einen Moment, bis sie sicher auf beiden Schwimmfüßen stand. Wie ein kraftloses Küken hing sie in Hauis Flügeln und ließ sich ohne Widerrede zu ihren Freunden zurückführen.

Auf dem Strandkorb neben Svea entstand Geflüster, das sich mehr und mehr in lauten Protest wandelte. Henk diskutierte mit den Ältesten. Was sie sagten, verstand sie nicht, jedoch konnte sie sich gut vorstellen, worüber sie sprachen.

Svea stieg über zwei ohnmächtige Enten im Sand und stellte sich vor ihren Strandkorb. »Wir sollten uns unterhalten!«

In Tildas Zügen spiegelte sich der Schrecken der Kämpfe und der Schock über ihre Niederlage. Auch die anderen Ratsmitglieder trugen Enttäuschung und viele Fragezeichen im Gesicht. Henk jedoch stand abseits. Mit betrübtem Blick betrachtete er die *SAR*.

»Ihr habt verloren«, begann Svea voller Euphorie, die sie trotz der Schmerzen in den Gliedern spürte. Wir haben euch vo—«

»Du wagst es?« Henk sprang hinter den Ratsmitgliedern hervor und drängelte sich an die Front. »Dir werde ich Manieren beibringen!« Der Erpel wollte sich vom Strandkorb hinabstürzen, doch die Altmeisterin stellte sich ihm in den Weg. Mit einem scharfen Blick wies sie den Kriminalhauptkommissar an, sich zusammenzureißen. Henk zögerte. Es war nicht zu übersehen, wie sich alles in ihm gegen ihre Anweisung auflehnte. Trotzdem zog er sich zurück und verschwand hinter Alkmund und Ehrenfried.

»Sprich!«, forderte Tilda sie auf.

Svea zögerte nicht. »Ihr habt verloren. Eure Vögel liegen am Boden. Wie ihr seht, lassen wir uns von euch nicht vertreiben.« Sie genoss jeden ihrer Sätze. Sie wirkten wie Pfeile in den Gefiedern der Ältesten. Mit jedem Atemzug schienen die Ratsmitglieder kleiner zu werden. »Der Südstrand gehört nun uns, den Hybriden. Und wir wollen in unserer Heimat in Frieden leben. Wir wollen frei sein und lieben, wen immer wir lieben wollen.«

Während Svea sprach, stellten sich die *Wilden*, die *Seidenfedern* und die anderen Hybriden wie ein Schutzwall hinter sie. Einige humpelten und bluteten, anderen fehlten Federn am Kopf und am Bauch. Aber die Wunden würden heilen. Die Zeit heilte alle Wunden. Eine Zeit, die sie gemeinsam in Freiheit verbringen würden.

Am Südstrand von Fehmarn.

~Mattis~

Mensch ärgere dich

- Silberlinde. Südstrand -

Jeder Muskel tat Mattis weh, als hätten Burgers Schlägerspechte ihn alle auf einmal in die Mangel genommen. Trotzdem schlug er die Flügel, glitt durch die frische Vormittagsluft und genoss die warmen Sonnenstrahlen auf dem Gefieder. Um ihn herum der Duft nach Brackwasser und angetrockneten Algen. Er fühlte sich lebendiger denn je.

Nach und nach füllte sich der Südstrand mit Strandläufern. Die Schlange vor der Bäckerei *Börke* reichte unterdessen bis zum Bücherschrank in der ehemaligen Telefonzelle. Die Strandkörbe wurden gelüftet und entsprechend dem Sonnenstand ausgerichtet. Farbenfrohe Handtücher pflasterten den feinen Sand, während Bagger und Schaufeln dazwischen wie Gartenzäune positioniert wurden.

Von den Auseinandersetzungen am frühen Morgen war nichts mehr zu erkennen. Wie versprochen hatte

Henk seine *SAR* den Strand räumen und die Federn einsammeln lassen, die der seichte Wind nicht bereits davongetragen hatte. Die Ältesten waren fort, hatten sich auf die Heilige Birke auf der Kohlhof-Insel zurückgezogen. Was sie dort trieben, was sie dachten, wie es ihnen erging, interessierte keinen Vogel mehr.

Die Hybriden hatten den Kampf um den Südstrand gewonnen. Das war das Einzige, das zählte.

Mattis segelte über die schimmernde Ostsee und beobachtete Adelheid und Irmgard, wie sie neben den *Teufelsmöwen* mit den langen Hälsen ins kühle Wasser abtauchten, um nach Frühstück zu angeln. Er nahm eine weite Kurve, flog mit mehreren Flügelschlägen zurück über den Sand und gesellte sich zu seinen *Wilden*, die neben den *Seidenfedern* und Augustus auf der Silberlinde saßen.

Auf dem oberen Zweig nahm er Platz, wobei er ausreichend Abstand zu Svea wahrte, die in der Nähe des Baumstamms mit Augustus stand. Sie begrüßte ihn mit einem zurückhaltenden Lächeln, das er mit einem schüchternen Zwinkern erwiderte.

Unter ihnen diskutierten Berti und Fiete darüber, welchem der Strandläufer auf der Promenade sie die Brötchen stehlen wollten. Bertis Diät war zur Feier des Sieges vorüber, was alle ebenso glücklich machte wie ihn selbst.

Haui schmuste daneben mit Stine. Mattis war froh, dass sein Freund wieder frei war und sie sich ausgesprochen hatten. Pit und Alina saßen auf dem Ast gegenüber. Sie schwelgten in Erinnerungen darüber, wie Augustus Raudi im Kampf in den Sand gestampft hatte, als wäre die Zwergmöwe ein lästiger Käfer.

»Du musst mir deine Moves zeigen, Augustus!« Haui winkte dem Hybriden zu. »Mit deinen Tricks trete ich den *Dunklen Rittern* ordentlich in den Bürzel.«

Zögerlich schaute Augustus zu Haui hinab. Es war ihm anzusehen, dass er seinen Wutausbruch lieber ungeschehen machen wollte. Mit den Schwimmfüßen schabte er auf dem Ast, als wollte er die Rinde abpellen.

»Eher nicht, Haui. Meine Zeiten als Gladiator im Kolosseum sind vorüber. Das habe ich alles Iggi zu verdanken. Ohne ihn würde ich meinen Schädel weiter gegen jedes Tier schmettern, das mich grundlos herausfordert.« Einen Moment blickte er hinaus auf die Ostsee. »Aber das bin ich nicht mehr. Im Yoga und in der Meditation habe ich meinen Frieden gefunden. Und den möchte ich in die Welt hinaustragen.«

Haui seufzte. Zwar antwortete er nicht, aber Mattis ahnte, dass seinem Freund der brüllende Gladiator lieber war als der sanftmütige Yogi.

»Svea … Mylady … Ich weiß nicht, wie …«, stammelte Augustus, wobei er den Kopf gesenkt hielt. »Ich habe mich gar nicht …« Tief atmete er ein. Mattis tat der Hybride beinahe leid, wie er versuchte, sich bei Svea zu entschuldigen. »Dass ich dich angegriffen habe, ist unverzeihlich! Ich hätte dich verletzen oder töten können. Wenn mich der Kampfgeist packt, kann ich Gut nicht mehr von Böse unterscheiden. Ich hätte es dir sagen sollen. Es tut mir ausgesprochen leid. Wie kann ich das jemals wieder gut machen?«

Mit einem Flügel hob sie seinen Kopf an und schenkte ihm ein Lächeln, das Mattis' Eifersucht entfachte. Er wusste, dass Augustus an Weibchen nicht interessiert war und doch schmerzte ihn die Aufmerksamkeit, die Svea dem Hybriden schenkte, mehr als jede seiner Wunden.

»Es ist nichts geschehen. Du hast mich nicht verletzt.«

Aber mich!, wollte Mattis kreischen. *Ich habe all deine Wut abbekommen!* Stattdessen atmete er so flach wie möglich und behielt seine Gedanken für sich. Der Hybride würde heute Abend nach der Trauerfeier für Ignaz zurück in den Süden fliegen – hoffentlich – und er hätte genügend Zeit, sich um Svea zu bemühen.

»Bevor ich abreise, muss ich jedoch wissen, wie *Mensch ärgere dich* funktioniert. Dieses Spiel mit den schmackhaften Brötchen. Mattis?« Augustus sah ihn auffordernd an. »Du als Anführer der *Wilden*, würdest du mir euer Spiel erklären?«

Mattis wusste, was Augustus vorhatte. Er schmeichelte sich ein. Und obwohl er sich mit Schwimmfüßen und Flügeln innerlich dagegen wehrte, freute er sich über seine Frage.

»Bestimmt. Aber Langfeder Pit ist der beste Spieler in *Mensch ärgere dich*, den du am Südstrand findest. Er bringt dir alle Spielzüge bei, die du brauchst. Pit kann das viel besser als ich.«

Augustus sprang neben Pit und Alina auf den Ast und hörte aufmerksam dabei zu, wie beide ihn in das Spiel einwiesen.

Svea und Mattis waren allein.

Die Möwen um sie herum waren in Gespräche vertieft, die Mattis nicht interessierten. Sein Blick haftete auf Svea, auf ihren silber-schwarzen Federn, die in der Sonne glänzten, auf ihrem elegant gebogenen, rötlich schimmernden Schnabel und ihrem graublauen Kopf, der stur geradeaus gerichtet war.

Zu ihr zu hüpfen und sie anzusprechen, als wäre nichts gewesen, das traute sich Mattis nicht. Verstohlen betrachtete er sie von der Seite, so wie sie ihn damals angesehen hatte, als sie sich das erste Mal begegnet waren.

»Der Rat ist entmachtet«, wisperte sie, als spräche sie mit sich selbst, aber Mattis wusste es besser. Ihre Worte waren allein für ihn bestimmt.

»Das ist euer Werk, das der Hybriden«, entgegnete er ihr mit zitternder Stimme. Er wollte nicht, dass sie je wieder aufhörte, mit ihm zu sprechen.

»Unser gemeinsames Werk, Mattis.« Svea strahlte ihn an, was sein Herz vor Freude schreien ließ. In ihren Augen herrschte keine Abneigung mehr, kein Widerwille, keine Enttäuschung. Sie waren voller Zuversicht und Hoffnung auf die Zukunft.

»Wir benötigen eine neue Ordnung. Jetzt, da die Ältesten keine Macht mehr besitzen.«

Svea schlenderte ihm entgegen, als wären sie alte Freunde. Als wären sie zwei Seelen, die sich aus einem früheren Leben kannten.

Was sollte er tun? Die Flügel öffnen und sie umarmen oder wie bei *Tote Möwe* reglos vom Ast fallen und ihr Platz machen?

»Ich … Ich kann euch helfen«, bot er ihr an. »Wenn du das möchtest.«

Schmunzelnd blieb Svea vor ihm stehen. Lachte sie ihn aus?

»Ich muss nicht mit dabei sein. Also … Du weißt schon. Wenn du das nicht willst.«

Svea lächelte. Sie schenkte ihm ein Lächeln, das jede Strapaze, jede Qual und jeden Federverlust der letzten Zeit wert war.

»Gemeinsam schaffen wir alles.«

Sveas Worte erfüllten sein Herz mit Wärme und obwohl Mattis sie sofort in die Flügel nehmen wollte, zügelte er sich, um sie nicht zu bedrängen.

Ihre Liebe für ihn würde zurückkehren. Das wusste er nun. Denn gemeinsam schafften sie alles.

Eine Weile standen sie schweigend nebeneinander, so nah, dass ihre Federn sich berührten. Als wüssten sie beide, dass sie einander gehörten und für einander da waren, was immer am Südstrand geschah.

Gemeinsam schaffen wir alles. Sveas Worte hallten in Mattis' Gedächtnis nach und hinterließen ein wohliges Gefühl, das ihm seltsam bekannt vorkam und das er schmerzlich vermisst hatte.

Sie war seine Familie. Die *Wilden* waren seine Familie, die *Seidenfedern* und alle anderen Möwen, die sich ihnen anschließen würden. Eine große, bunte, aufgedrehte Familie.

Eine junge Strandläuferin bog mit ihrer stolzierenden Pudeldame, die sie an einer goldglänzenden Leine führte, in die Strandpromenade ein. Die toupierten, wasserstoffblonden Haare der Frau ähnelten einem Leuchtturm, der sich mit Mühe auf ihrem Kopf aufrecht hielt. Wackelig stolzierte sie auf hohen Pfennigabsätzen über die Steine.

In der Hand hielt sie ein leckeres Fischbrötchen.

Mattis und Svea sahen einander an und grinsten. Kreischend stießen sie sich vom Ast der Silberlinde ab, öffneten synchron die Flügel und glitten hinunter, direkt auf das Fischbrötchen zu. Die Strandläuferin riss erschrocken die Augen auf und starrte den beiden Möwen entgegen.

Sie ahnte, was jeden Moment geschehen würde.

Nachbemerkung der Autorin

Die Figuren dieses Möwenkrimis sind frei erfunden. Eventuelle Namensgleichheiten wären reiner Zufall und sind nicht von mir beabsichtigt. Alle möglichen faktischen Irrtürmer wie der Farbe der Gefieder oder das Fress-, Jagd- und Schlafverhalten der jeweiligen Figuren gehen zu meinen Lasten und möge man mir verzeihen.

Den zweiten Band der Möwen von Fehmarn zu schreiben, hat mir beinahe noch mehr Freude bereitet und natürlich hoffe ich, dass er euch ebenso gut gefällt wie mir. Es war ein aufregendes Schreibabenteuer für mich, mit alten Bekannten und neuen Freunden die Geschichte von Mattis und seinen *Wilden* weiterzuerzählen.

Dabei war mir *Adlerauge* Björn eine überaus große Hilfe, die sich nicht mit Muscheln aufwiegen lässt.

Ebenfalls möchte ich mich ganz herzlich bei Cara und Smilla von den *Wortverzierern* für Lektorat und Korrektorat bedanken.

Vielen Dank an dieser Stelle auch an Andrea, deren gestalterische Fähigkeiten ich sehr schätze und die meinem Möwenkrimi erneut ein zauberhaftes Kleid verliehen hat.

Nicht zuletzt jedoch gilt – wie immer – mein größter Dank den Möwengangs von Fehmarn, ohne die diese kleine Buchreihe nicht entstanden wäre.

Bis dahin.

Wir sehen uns bei *Mensch ärgere dich* am Südstrand!

Rebecca Schulz lebt als waschechtes Küstenmädel im hohen Norden. Mit Sonne, Sandstrand und Möwen im Gepäck entführt sie euch für ein paar schöne Stunden an die Ostsee.

Wenn der Möwenkrimi gefallen hat, freue ich mich über eine Rezension. Vielen Dank!

www.rebecca-schulz.de
E-Mail: moin@rebecca-schulz.de
Instagram: on_an_island_like_this
Facebook-Seite: Rebecca Schulz
YouTube: Fehmarn-Roadtrips